BASTEI LÜBBE

Von Leonie Bach sind bei BASTEI LÜBBE erschienen:

16175 Reiche Männer küssen besser
16219 Auf Mallorca liebt sich's besser
16207 Gran Canaria – all inclusive

Leonie Bach

Fiesta Fatal

Ein Fuerteventura-Roman

BASTEI LÜBBE

BASTEI LÜBBE TASCHENBUCH
Band 16233

1. Auflage: Mai 2002

Vollständige Taschenbuchausgabe

Bastei Lübbe Taschenbücher ist ein Imprint
der Verlagsgruppe Lübbe

Originalausgabe

Titelbild: VCL/Bavaria
Umschlaggestaltung: Tanja Østlyngen
Satz: Kremerdruck GmbH, Lindlar
Druck und Verarbeitung: Cox & Wyman Ltd.
Printed in Great Britain
ISBN 3-404-16233-1

Sie finden uns im Internet unter
http://www.luebbe.de

Der Preis dieses Bandes versteht sich einschließlich
der gesetzlichen Mehrwertsteuer.

1. Kapitel

Nur noch zwei Tage, dann bin ich erlöst. Verena trocknete sich die Hände an einem Geschirrtuch ab und schaute aus dem Küchenfenster des Pförtnerhäuschens in den weitläufigen alten Park. Draußen spendeten ausladende Buchen freundliche Schatten an diesem ersten heißen Julitag.

Ein künstlicher See glitzerte in der Sonne, ein Schwanenpärchen zog darauf gemächlich seine Bahnen und verschwand im Schilf. Weiter hinten schimmerte durch das Blattgewölbe eines Wäldchens weiß die Villa der Gablers und erinnerte mit ihren Türmchen, Dachzinnen und Erkern an ein verwunschenes Schloss.

Der Erbauer, ein Sektfabrikant, hatte um neunzehnhundert ganz à la mode im neogotischen Fantasiestil geschwelgt und wahrscheinlich zu viele Dornröschenillustrationen studiert.

Mitte der sechziger Jahre hatte der sehr erfolgreiche Immobilienhändler Randolf Gabler die damals verwaiste, heruntergekommene Villa zu einem günstigen Preis erworben und in ein Prachtanwesen zurückverwandelt, das seinen Bedürfnissen nach Repräsentation und den etwas albernen Prinzessinnenträumen seiner entschieden jüngeren Ehefrau Katharina genügte.

Heute war der Besitz Millionen wert, da er nur knapp vierzig Autominuten von zwei Großstädten entfernt lag. Randolf Gabler war immer ein Mann mit Weitsicht und

Geschäftsinstinkt gewesen. Bis zu seinem Tod vor zwei Jahren hatte der ehemalige Botenjunge einer Bank ein Millionenvermögen angehäuft.

Nur noch zwei Tage, sagte sich Verena, dann kann ich endlich wieder zu mir nach Hause. Seufzend ließ sie das Spülwasser ablaufen, öffnete das Fenster und atmete den kühlen Duft der Teerosen ein, die ihre Mutter vor dem Fenster gepflanzt hatte. Jeder Außenstehende hätte sich verwundert gefragt, warum sie sich so dringlich aus diesem Paradies fortwünschte.

Das Haus, in dem sie sich aufhielt, hatte seinen eigenen, ein wenig englischen Scharm. Es war im Cottage-Stil gebaut und vergleichsweise geräumig mit seiner ersten Etage, dem ausgebauten Spitzdach, seinen fünf Zimmern und der Wohnküche mit Parkblick.

Verenas Mutter – Gisela Malchow – hatte es liebevoll mit alten Möbeln eingerichtet, angeschlagenen Biedermeierstühlen oder zerkratzten Jugendstilschränken etwa, die »im Haupthaus« – so nannte sie die Villa – nicht mehr gebraucht wurden oder die Katharina Gabler zu schäbig fand.

Verena wrang ein Schwammtuch so kräftig aus, als wolle sie es erwürgen, und wienerte verbissen die Stahlspüle und den leicht wackligen Küchentisch. Auch der war angeschlagen und zu schäbig für die Gablers gewesen. Aber selbstverständlich noch lange gut genug, nein, fast zu gut gewesen für Gisela Malchow und ihre kleine Tochter Verena, die den Tisch als Teenager übrigens mit viel Geschick und Sorgfalt wieder hergerichtet hatte. Sie hatte es satt gehabt, dass alles im Haus nach secondhand aussah.

Diese frühe, handwerkliche Begeisterung war ein erster Hinweis auf Verenas spätere Leidenschaft gewesen, die Kunst und vor allem die Bildhauerei, die neben ihrem Job als Köchin einer Szenekneipe inzwischen ihr Lebensinhalt war, auch wenn sie davon nicht leben konnte.

Nur noch zwei Tage, dann wäre sie zurück in ihrer winzigen Dachatelierwohnung, weit weg von den zweifelhaften Wohltaten der Gablers und dem Gefühl hilfloser Minderwertigkeit.

So war es immer und mit allem gewesen. Sie und ihre Mutter hatten sozusagen im Schatten eines Schlosses ein ganzes Leben aus zweiter Hand geführt, in der zweiten Reihe und – so empfand es Verena – als eindeutig zweitklassige Wesen.

Es war nicht so, dass sie die Umgebung, die Möbel oder die abgelegten Modellkleidchen der ein Jahr älteren Gablertochter Beatrice verabscheut hätte. Was sie gehasst hatte und immer noch hasste, waren die Demut und unerschütterliche Dankbarkeit, die ihre Mutter für jede noch so kleine Gefälligkeit seitens der Gablers zeigte, und die Selbstverständlichkeit mit der die Gablerfrauen die ungewöhnliche Dienstbarkeit der Mutter genossen.

So als sei Gisela Malchow ein Wesen ohne eigene Geschichte, Wünsche und Lebensziele, außer dem, die Gablers so umfassend wie möglich zu verwöhnen, zu bedienen und zu bewundern.

Vierunddreißig Jahre lang, seit Verenas Geburt, war Gisela Malchow die Haushälterin der Familie Gabler, rund um die Uhr, die ganze Woche – bis auf einen freien Donnerstag, den sie stets außer Hause verbracht hatte. Wo, das wusste bis heute nicht einmal Verena. Vielleicht hatte die Mutter sich einen Liebhaber gegönnt oder gelegentliche Flirts, es war zu hoffen. Die Donnerstage waren das einzige Geheimnis, die einzige Freiheit, die Gisela Malchow ein Leben lang genossen hatte.

Ansonsten war sie wie ein Wesen aus einer anderen Epoche oder einem Roman von Courths-Mahler: immer bescheiden, freundlich, selbstlos, stets abrufbar. Und genau diese Verhaltensweisen hatte sie gegenüber den Gablers auch im Verhalten ihrer Tochter Verena gefördert und geschätzt.

Was zählte, waren die Bedürfnisse der Gablers – nicht die eigenen. Und zu allem Überfluss hatte die Mutter die kleine Verena stets als Inbegriff der Vernunft dargestellt, ein Mädchen, das freiwillig und aus Einsicht seine Rolle annahm, eine Rolle, die Verena gehasst hatte, genau wie das Gefühl ständiger Zurücksetzung. Aber wie sich dagegen wehren, wenn man seine Mutter liebte?

Sie ist eine geborene Dienstmagd, dachte Verena bitter, warf den Lappen in die Spüle und biss sich auf die Lippen. Sie schämte sich, so von ihrer Mutter zu denken, denn tatsächlich war die vor allem der hilfsbereiteste Mensch, den sie kannte. Aber – verflucht nochmal – auch der unterwürfigste.

Und das nur, weil Katharina Gabler ihr einmal, ein einziges Mal im Leben wirklich geholfen hatte. Wahrscheinlich aus einer sozialen Laune heraus, ihrem Helferknall, wie Verena es nannte, der die kokette Millionärsgattin von Zeit zu Zeit überfiel wie ein heftiges Fieber und ebenso schnell wieder nachließ.

Aus einer Laune heraus konnte Katharina Gabler zum Weihnachtsessen vier Obdachlose in die Villa mitbringen. – »Ich habe sie vor dem Feinkostgeschäft entdeckt, es ist doch Weihnachten! Unerträglich und sehen sie nicht malerisch aus?«

Sie würde ihre Findlinge drei Tage mit Lachs und Kaviar verköstigen, mit scheußlichen selbst gemalten Seidenkrawatten beschenken, um sie dann allmählich in Richtung ihrer Haushälterin Gisela Malchow zu entsorgen: »Die hat bestimmt was Sinnvolles für Sie zu tun, meine Herren. Faulenzen allein bringt schließlich niemanden im Leben weiter, oder glauben Sie, dass wir unsere Villa mit Nichtstun erworben haben?«

Nur ausgesprochen selten zeigten die so behandelten Herren jene Dankbarkeit, die Katharina Gabler von ihrer »lieben, einzigen Gisi« – so nannte sie Gisela Malchow – gewohnt war, und bestärkten die Villenbesitzerin in ihrem wohligen Gefühl, »zu weichherzig für diese Welt« zu sein, in der eben nur nach oben kam, »wer sich wirklich anstrengt und hart gegen sich selbst ist«. So wie ihr Mann.

Dass ihre – Katharina Gablers – einzige Lebensanstrengung in der Heirat Randolf Gablers bestanden hatte, vergass die Dame des Hauses geflissentlich. Es gab auch niemanden, der sie daran erinnerte.

»Die Gablers sind zu reich für unangenehme Wahrheiten«, teilte Verena dem Küchentisch mit, »und darum umso aufgeblasener und widerwärtiger.«

»Du bist ungerecht«, meldete sich in Verenas Kopf die sanfte Stimme ihrer Mutter, »mir hat Katharina Gabler damals wirklich geholfen. Wo sollte ich denn hin? Zurück ins Dorf? Unmöglich. Mit einem unehelichen Kind hätte ich dort in den frühen Sechzigern immer noch als Hure gegolten. Ich wäre erledigt gewesen. Der Mann …«, sie sagte immer nur »der Mann«, wenn sie von Verenas Erzeuger sprach, »der Mann wollte von uns nichts wissen. Ich war sechsundzwanzig Jahre, hatte keinen Pfennig, nichts gelernt und hätte dich ins Waisenhaus geben müssen, wenn die Gablers mir nicht dieses wundervolle Häuschen und diese schöne Stelle als Wirtschafterin angeboten hätten.«

Ja, und die Stelle als Kindermädchen, als Köchin, als Putzhilfe, als Aufsicht für die Bauarbeiter in der Villa, als seelischer Müllabladeplatz, als …

Eine fröhliche, warme Stimme riss Verena aus ihren düsteren Gedanken. »Liebling?«

Verena drehte sich um. In der Küchentür stand ihre Mutter und entsprach nur sehr entfernt dem Bild der überarbeiteten, ausgemergelten, verachteten Sklavin, das Verena soeben gezeichnet hatte.

Irgendwie machte das die Sache noch ärgerlicher. Gertenschlank, elastisch in ihren Bewegungen und gesegnet mit einem mädchenhaften, sanften Gesicht strahlte Gisela Malchow trotz ihrer sechzig Jahre Vitalität und fast jugendliche Lebenskraft aus. Nur wer genau hinsah, konnte hinter dem Bild unverbrauchter Fröhlichkeit die Zeichen ständiger Anspannung erkennen.

Disziplin und Verschwiegenheit waren die zweite Natur Gisela Malchows und Munterkeit ihre schützende Lebensmaske. Verena erkannte dahinter sehr wohl die Zeichen von Ermüdung und sorgsam unterdrückter Enttäuschungen. Ansprechen durfte sie ihre Mutter darauf nicht. Überhaupt waren kompliziertere Gefühlsangelegenheiten nie ein Gesprächsthema zwischen ihnen gewesen.

»Liebling«, sagte Gisela Malchow, während sie eine Hand voll abgezupfter, welker Rosenblätter in den Abfalleimer warf, »wärst du so lieb und würdest du zu den Gablers hinübergehen? Eben wurde eine riesige Auswahl Hochzeitsschuhe angeliefert, und Beatrice kann sich einfach nicht entscheiden. Du weißt ja, wie sie ist. Dabei muss in drei Wochen alles für die große Reise parat sein. Meine Güte, eine Hochzeit auf Fuerteventura!«

Sie wischte sich kurz über die Stirn, als helfe diese Geste, einen Anflug von Müdigkeit zu vertreiben, dann fuhr sie fort:

»Frau Gabler hat heute Morgen einfach nicht den Nerv dafür, und ich muss dringend in die Stadt, um ihr etwas aus der Apotheke zu holen, bevor ich das Mittagessen vorbereite. Danach muss ich noch mit dem Hotel auf Fuerte verhandeln, wegen des Empfangs, der Gästeliste, den Zimmerreservierungen und …«

Die Mutter hielt inne, um Atem zu schöpfen. Sie sollte sich regelmäßigere Pausen gönnen! Nur wann?

»*Du* musst dich darum kümmern? Du?«, fragte indessen Verena, bemüht, nicht allzu empört zu klingen.

»Na ja, du weißt schon, früher hat so etwas immer das Büro von Herrn Gabler gemacht, aber jetzt, wo die Firma endgültig aufgelöst ist …«

Verena explodierte. »Meine Güte. Katharina Gabler könnte sich mit ihrem Erbe doch ein Heer von professionellen Hochzeitsberatern, Sekretären und Personal für so etwas leisten. Die ganze Heirat ist ohnehin eine Art geschäftliche Transaktion: Immobilienerbin heiratet künftigen Erben einer Baufirma. Warum musst da ausgerechnet du dich um die Hochzeit von Beatrice kümmern? Noch dazu, wenn die Hochzeit in einem Hotel stattfindet, dass der Herr Bräutigam, dieser siebengescheite Designer, dieser …«

»Daniel Derndorfer.«

»Von mir aus Daniel Düsentrieb. Jedenfalls hat der doch soeben auf Kosten seiner Tante das Hotel entworfen und fertig stellen lassen. Der ist auf Fuerte und kann sein Personal wohl selber rumscheuchen, oder ist er dafür zu fein?«

Gisela Malchow hob bekümmert die Brauen und versuchte, ihre Tochter zu besänftigen. »Du bist sehr ungerecht, Liebling. Hast du Daniel denn überhaupt kennen gelernt? Du weißt schon, er war zum Sommerfest hier, im vorigen Jahr, da hat auch seine Romanze mit Beatrice begonnen. Eine glückliche Fügung, er ist genau der Mann, den Beatrice braucht, einfühlsam, ruhig, kein Hallodri wie ihre anderen Bekannten. Was war das für ein wundervoller Abend, die Lampions in den Bäumen, die Wärme, die Musik. Oft wollen Menschen die Romantik erzwingen, aber diesen Abend durchzog sie wie ein Duft.«

Verena schüttelte energisch den Kopf, sie wollte nicht an die Lampions und die Musik denken oder etwa an die romantische Stimmung, in die *sie* damals versetzt wurde. Übrigens ein weiterer Grund, sich hier wegzuwünschen. Schließlich war es mit der Romantik auch nicht weit her gewesen. Verfluchte Villa, verfluchte Gablers. Das hier war kein Paradies – nicht für sie, die Tochter der Haushälterin. Voll unterdrücktem Ärger in der Stimme antwortete sie ihrer Mutter.

»Nein, ich habe Beatrices Verlobten nicht kennen gelernt. Wenn du dich erinnerst, musste ich mich um die verpatzten Häppchen vom Partyservice kümmern und die Aushilfsköchin spielen, die aus billigen Scampi und Kühlschrankresten eine repräsentative Delikatesse zaubert.«

»Ach, die Geschichte. Es tut mir wirklich Leid, irgendwie scheinen deine Ferien hier immer auf Arbeit hinauszulaufen. Wirklich, es tut mir Leid, aber als Köchin bist du einfach göttlich.«

»Ich bin Künstlerin, Mama, Köchin ist nur mein Zweitjob.«

Gisela Malchow legte ihrer Tochter beschwichtigend

die Hand auf den Arm. »Du hast ja Recht. Ein weniger vernünftiges und liebes Kind als du würde diesen Ort schon lange meiden. Ich sollte dich nicht immer wieder mit meinen Problemen behelligen.«

»Du solltest dich vor allem einmal ausruhen«, sagte Verena schroff, aber herzlich.

Gisela Malchow begann den bereits sauberen Tisch zu polieren, Kummerfalten gruben sich in ihre Mundwinkel.

Die gehörten nicht dorthin, fand Verena und schämte sich. So ging es ihr immer, wenn sie einen ihrer ehrlichen Ausbrüche gehabt hatte. Sie wollte am liebsten sofort alles zurücknehmen und griff zur nächstbesten Notlüge, um die Harmonie wieder herzustellen.

Deshalb zuckte sie jetzt mit den Achseln und meinte obenhin: »Lass mal, es war halb so schlimm für mich auf dem Sommerfest. Mir ist es am liebsten, wenn ich hier etwas zu tun habe.«

In diesem Fall war die Häppchenpanne tatsächlich ziemlich hilfreich gewesen, um den umwerfend aussehenden Fabian im Rahmen der romantischen Sommernacht kennen zu lernen. Fabian Seiler, TV-Star, gefährlich sexy und einem Flirt mit der Kaltmamsell wider Willen nicht abgeneigt.

»Denn«, so hatte er verschwörerisch grinsend Wilhelm Busch zitiert, »ich hab nun mal – es ist fatal – einen Hang zum Küchenpersonal. Im Ernst, ich hasse dieses überkandidelte Jetset-Pack, diese Gucci-Trullas und Börsen-Blödianer. Frauen wie Sie sind mir lieber. Kennen Sie hier einen Ort, an dem wir ungestört etwas trinken und uns unterhalten können? Ich habe einen Mordstag hinter mir. Und Sie wohl auch? Ich meine nicht als Köchin, sie sehen irgendwie nach mehr aus, nach etwas wirklich Interessantem.«

Versonnen ließ Verena ihren Blick jetzt aus dem Küchenfenster schweifen, hinter dem See stand ein Badehäuschen, ein sehr idyllischer Ort, wenn man ein stilles Fleckchen weit weg von einem Sommerfest suchte.

Schade nur, dass Fabian wohl kein Mann für feste Bindungen war, dass er etwas zu viel getrunken hatte, und … ihr ehrliches Ich gewann die Überhand: *»Dass du einen Hang zu deplatzierter, überschwänglicher Romantik hast, wenn es um Männer geht. Ganz wie deine Mutter damals, als sie sich mit diesem Halunken von deinem Vater eingelassen hat, nicht wahr? Im Namen der Liebe bist du immer auf der Suche nach dem größten Taugenichts«*, meldete sich ein teuflisches Stimmchen in Verena zu Wort.

Sie seufzte, es hatte lange geschwiegen, sie hatte ihm seit Fabian keinen Grund zur Einmischung gegeben. Aber jetzt war es wieder da – ihr persönliches Teufelchen – und putzmunter. Es passte hierher, in diese verhasste, trügerische Umgebung.

»Ist was mit dir Schatz?«, hörte sie die Stimme ihrer Mutter, die inzwischen den Spülstein nachreinigte.

Verena schüttelte den Kopf. »Nein, ich war nur in Gedanken.«

»Jaaa, bei Fabian, dem Schurken, der sich von rohen Frauenherzen nährt oder in deinem Fall doch lieber von Scampi.«

Das Teufelchen musste Amors direkter Gegenspieler sein. Es ketzerte stets los, wenn es um Verenas Liebesversuche ging.

Aber, verteidigte sie sich matt, diesmal war es doch anders gewesen. Diesmal hatte der Mann sie angesprochen, sie geradezu verfolgt, nicht sie ihn. Sie hatte alle Hände voll damit zu tun gehabt, gebratene Scampi auf

Spießchen zu stecken und nicht etwa Männerherzen zu durchbohren. Und schlussendlich war es nicht einmal zum Sex gekommen, darauf hatte er es also nicht angelegt gehabt, eine schnelle Nummer und …

»Er war einfach zu betrunken«, erinnerte sie prompt das Teufelchen.

Gisela Malchow legte den Putzlappen zur Seite und rettete ihre Tochter vor weiteren diabolischen Kommentaren.

»Ganz ehrlich, Liebling, dieser Daniel Derndorfer ist wirklich ein reizender Mann.«

»Wer?«

»Na der Verlobte von Beatrice! Wo bist du nur mit deinen Gedanken. Er scheint auf Fuerte noch sehr viel zu tun zu haben. Zu viel, um sich um die Hochzeit zu kümmern. Deshalb springe ich eben ein. So ein Hotelbau ist doch nie ganz beendet, da gibt es noch tausende Kleinigkeiten, um die er sich …«

Ärgerlich blickte Verena auf. Dämlicher Daniel, was gingen der oder die Hochzeit sie an, und warum ließ ihre Mutter sich wieder so ausbeuten? »Sollst du beim Hotelbau vielleicht auch noch zur Hand gehen? Ein bisschen Beton mischen, die Maurerkelle schwingen?«

»Ach Schatz, was für ein Unsinn. Es geht nur um die Hochzeit, und du weißt doch, wie die Gablerfrauen sind. Sie haben hohe Ansprüche …«

»Vor allem an dich, oder?«

»Sie haben sich eben an mich gewöhnt, andere Menschen machen sie nervös, und nach allem, was die Gablers für uns getan haben, oh, bitte, guck nicht so vorwurfsvoll. Es macht mir Freude, wenn ich gebraucht werde, egal wie viel Arbeit es bedeutet. Das hält mich jung und gesund.«

Das Gesicht der Mutter bekam einen flehenden Ausdruck, der zu sagen schien: »Mach du mir bitte nicht auch noch Kummer.«

Verena schloss die Augen. Sie hasste diesen Gesichtsausdruck, sie kannte ihn seit ihrer frühesten Kindheit, er machte sie stumm. Wenn ihre Mutter sie geohrfeigt, sie ausgeschimpft hätte, aber dieser leidende Gesichtsausdruck …

Nein, sie wollte keinen Streit, keine Leidensmiene, nicht in den wenigen Wochen im Jahr, in denen sie ihre Mutter hier besuchte.

Verflucht, es waren doch nur noch zwei Tage, die sie mit den Gablers als Nachbarn aushalten musste, und im Grunde galt ihre ganze Wut doch denen, nicht der Mutter. Auf ihre Mutter konnte, durfte niemand ernsthaft böse sein – eine Eigenschaft, die man übrigens auch Verena nachsagte. Das war der Lohn für die ewige Opferrolle. Ein zu geringer, fand Verena.

»Außerdem hat Frau Gabler ihre Migräne«, setzte die Mutter das stockende Gespräch fort. »Eben ist irgendein Anruf wegen Fuerte gekommen, von Daniels Tante Lena, der Frau Gabler furchtbar aufgeregt hat. Sie braucht jetzt strikte Bettruhe. Seit Randolfs Tod werden die Anfälle immer heftiger. Dieser junge« – Pause – »dieser Pfleger muss ständig um sie sein.«

Nicht ein Anflug eines ironischen Lächelns umspielte die Lippen ihrer Mutter, dabei musste sie die so genannte »Migräne« und die kompletten Rückzüge ihrer Dienstherrin samt Pfleger doch längst als eine weitere Fiktion Katharina Gablers durchschaut haben.

Immerhin ließ sie sich dazu verleiten nur von »diesem« Pfleger zu sprechen, einem Masseur mit Waschbrettbauch, den Katharina Gabler in ihrem Tennisklub aufgegabelt und in der Villa als ihren Krankenpfleger installiert hatte. Unerträglich, dass dieser Nichtsnutz sich wahrscheinlich auch noch von Gisela Malchow bedienen ließ.

»Was ist mit dir Kind? Du siehst ganz missmutig aus. Es tut mir ja Leid, dass du den Tag nicht einfach im Park verbringen oder schwimmen gehen kannst, aber es wäre wirklich nett, wenn du ins Haupthaus rübergingst. Ich meine ... Beatrice und du, ihr wart doch als kleine Mädchen fast so etwas wie Freundinnen, so niedlich ihr beiden, sie so blond und quirlig und voller verrückter Einfälle, und du so dunkel und still und sanft und nachgiebig ...«

Verena unterdrückte einen Seufzer. Noch so ein unausrottbarer Irrtum. Freundinnen! Von wegen. Sie erinnerte sich noch sehr genau an das Gefühl, mit vier Jahren zum Spielen und Fröhlichsein antreten zu müssen. Im besten Kleidchen – natürlich geerbt von Beatrice – und ohne Anrecht auf eines der wunderbaren Spielzeuge, die die verwöhnte Beatrice vor allem als willkommene Zielscheiben ihrer Zerstörungswut betrachtete.

»Kind, ich würde mich ja selber darum kümmern, aber, na ja, Beatrice langweilt sich so ganz ohne gleichaltrige Gesellschaft ..., alle ihre Freunde sind jetzt im Urlaub, in St. Tropez, Monaco, auf Saint Barth, du kennst sie doch, ein Wildfang eben ... und mit ihrer Mutter hat sie überhaupt keine Geduld und ...«

Verena zwang sich zu einem versöhnlichen Lächeln. Die Erschöpfungsfalten im Gesicht der Mutter zeichneten sich jetzt überdeutlich ab.

Drüben in der Villa musste die Hölle los sein: Zwei grauenhaft verwöhnte, egozentrische Weibsbilder, die wie Hund und Katze waren, sollten eine so genannte »Societyhochzeit des Jahres« vorbereiten und hatten nicht die geringste Lust auf die kleinste Anstrengung. Stattdessen schoben sie alles auf die bewährte Gisi ab, die es wie immer versäumte, sich zu wehren.

Warum nur? Warum? Sie hatte die Haltung ihrer Mutter nie begriffen. Gab es da ein Geheimnis, das sie nicht kannte, oder eine Gefühlsebene, die ihr abging? Warum hatte die Mutter sich nie ein Leben unabhängig von den Gablers aufgebaut, einen neuen Mann kennen gelernt, eine andere Arbeit gesucht? Sie war eine tüchtige, intelligente Frau, die in vielen Bereichen hätte Karriere machen können, und sei es als Restaurantmanagerin oder als Leiterin eines Cateringservice. Es hätte dutzende Möglichkeiten gegeben, ihre Mutter hatte keine gewählt.

Verena unterdrückte weitere Seufzer. Das Ganze war einfach wie immer zum Weglaufen, aber erst in zwei Tagen.

Die Mutter räumte das eben abgespülte Geschirr in die Schränke und tat so, als wolle sie ihrer Tochter Zeit zum Nachdenken geben und nichts erzwingen, dabei war es unmöglich, ihr eine Bitte auszuschlagen. Unmöglich!

Warum eigentlich?, fragte ketzerisch ihr inneres Teufelchen.

Weil ich ganz ihre Tochter bin, dachte Verena resigniert, nachgiebig bis zur Selbstverleugnung, zumindest wenn ich mich hier aufhalte. Im Schatten der Gablervilla falle ich jedes Mal in die Rolle des gehorsamen, anspruchslosen Mädchens zurück. Verrückt, einfach verrückt. Kompromisslos ehrlich und ich selbst bin ich nur in der Kunst, sogar wenn es zum eigenen Nachteil ist.

Sie dachte an ihren letzten verpatzten Auftrag als Bildhauerin. Für den Kassenraum einer Privatbank hatte sie eine allegorische Figurengruppe – »Wohlstand, Sparsamkeit und Gier« – entworfen. Die Begeisterung für die Skizzen – sie war eine hervorragende Zeichnerin – war groß gewesen.

Sie hielt an, bis die fertige Statue enthüllt wurde und eine der Bronzefiguren – die Gier – entfernt, aber unverkennbar die Züge des Geschäftsführers trug.

Verena hatte das nicht bewusst beabsichtigt, solche Dinge unterliefen ihr eben. Es war alles eine Frage der Inspiration. Die hinterfragte man nicht. Kunst kam eben nicht nur von können, sondern von müssen, wie der Komponist Arnold Schönberg meinte. Verena liebte diesen Satz und lächelte in Gedanken an den wutschnaubenden Bankchef, der übrigens wenig später wegen einer Veruntreuungsaffäre entlassen worden war.

Das Honorar für die Statue, die nie aufgestellt wurde, war die Bank ihr bislang schuldig geblieben. Wahrscheinlich würde die Sache – ihr erster lukrativer Auftrag – vor Gericht enden. Trotzdem war Verena stolz auf die Arbeit, auf ihren mehr als nur künstlerischen Instinkt und ihre Unnachgiebigkeit. Das war sie selber, das war ihre wahre Identität, ihr Leben. Sie sehnte sich zurück ins Atelier, egal wie einsam sie dort oft war und wie brotlos ihre Kunst.

Ihre Mutter hatte alles Geschirr verstaut und räusperte sich. »Es wäre wirklich nett, wenn du zu Beatrice, ich meine …«

»Schon gut Mama, ich mach's, ruh du dich aus und fahr später in die Stadt. Dieser«, Räuspern, »Pfleger wird Katharina Gabler sicher eine Weile besänftigen und beschäftigen.«

Verena drückte ihrer Mutter einen flüchtigen Kuss auf die Wange, freute sich über die Erleichterung in deren Gesicht und machte sich auf den Weg durch den Park.

Beim Badehäuschen blieb sie kurz stehen. Ganz gegen ihren Willen durchfuhr sie blitzartig dieses irgendwie scharfkantige, heiße Gefühl unerfüllter Begierde.

Warum hatte Fabian Seiler damals nicht mehr gewollt? Einer Beatrice wäre so etwas sicher nie passiert. Oder hatte Fabian einfach zu viel Respekt vor einer Frau wie ihr gehabt, ein ehrliches Gefühl, mehr als die Gier nach einer schnellen Nummer …

»Träum weiter, Unschuldsengel«, höhnte das Teufelchen, *»du warst ihm nur nicht scharf genug.«*

Elende Villa, verfluchte Gablers, über allem hier lag wahrscheinlich eine Art böser Fluch, der sie – Verena – auf ewig zum Leben in der zweiten Reihe verdammte. Das Vergnügen hatten immer nur andere.

Oh prima, rief sie sich selbst zur Ordnung, jetzt noch eine Arie in Selbstmitleid und die Jammeroper ist wieder mal perfekt.

Sie schloss die Augen und schüttelte energisch den Kopf: Nur noch zwei Tage, dann kann ich abhauen und wieder so leben, wie es mir passt, ohne mich um verwöhnte Katharinas, blasierte Beatrices oder mir unbekannte Designer-Daniels zu kümmern, und ohne peinliches Selbstmitleid.

»Und ohne an betrunkene, lustlose Fabians erinnert zu werden, nicht wahr?«, flüsterte das Teufesstimmchen.

»Hau ab«, sagte Verena laut.

Das Teufelchen kicherte.

2. Kapitel

Das Meer tief unter ihm war tintenblau. Ein kräftiger Passatwind kämmte Wellen hinein, die sich am Fuß der Steilküste brachen. Ihr Geräusch war hier oben nicht zu hören. Es war ein Ort vollkommener Stille, steinig und karg bis auf einige Flechtgewächse und Zistrosen. Über allem wölbte sich ein gläserner Himmel, der die weiße Kapelle und die verbrannten Hügel noch nackter leuchten ließ.

Ein skeletthaftes Land aus nichts als Knochen, hatte der Dichter Miguel de Unamuno die Insel Fuerteventura genannt und hinzugefügt: »Es ist ein Land, das eine ermüdete Seele zu stählen vermag.«

Genau das, dachte Daniel Derndorfer, während er aufs Meer starrte, muss mein Vater in dieser Ödnis gesehen haben, als er vor mehr als vierzig Jahren herkam. Damals lebten weniger als 16000 Menschen auf der Insel und mehr als doppelt so viel Ziegen; Touristen waren eine unbekannte Spezies, das Land unwirtlich und bitterarm. Daniel selbst war seit sechs Monaten auf der Insel und begann, seinen Vater zu verstehen.

Fuerte ist ein Ort, an dem man seinem inneren Ich begegnen kann, seinen verlorenen Träumen, seinen Grenzen und seinen Möglichkeiten. Mit beinahe dreiundvierzig Jahren wusste Daniel Derndorfer, wie mühselig es sein konnte, zu sich selber und seinen Hoffnungen zurückzufinden. Womöglich gegen den Rest der Welt und gegen die eigene Vergangenheit.

»Wir hätten öfter miteinander reden sollen«, sagte Daniel in die Stille und wandte sich seinem Vater zu. »Gerade in den letzten Jahren.« Seine Stimme klang spröde. Vielleicht lag es am feinsandigen Staub, der hier beinahe ständig durch die Luft wirbelte. Der Vater sagte – wie immer – nichts.

Wortkarg und in sich gekehrt war er sein Leben lang gewesen. Es blieb zu vermuten, dass ihn seine frühen Erlebnisse als Kindersoldat unter Hitler hatten verstummen lassen. 1945 war Leonhart Derndorfer siebzehn Jahre alt und bereits drei Monate an der Westfront gewesen. Die Hälfte seiner Klassenkameraden hatte er sterben sehen. Nein, krepieren.

Danach jedenfalls hatte er nicht mehr Tritt gefasst in Deutschland, war schließlich nach Fuerte übersiedelt, statt die Leitung der väterlichen Baumaschinenfirma zu übernehmen. Ein Kinderspiel, in Zeiten des Wiederaufbaus damit Geschäfte zu machen, doch Leonhart war längst jede Form des Befehlens oder der Unterordnung verhasst – ob militärisch oder zivil. Er hatte sich von der Schwester ausbezahlen lassen und gemeinsam mit Consuelo – seiner spanischen Frau – die Einsamkeit auf dieser Insel vorgezogen.

Die beiden hatten eine alte Finca gekauft und diese – misstrauisch beäugt oder belächelt von den Einheimischen – mühsam restauriert. Am schwersten war es gewesen, den Brunnen wieder freizugraben. Wasser war das kostbarste Gut der Insel.

Der Vater hatte begonnen zu malen. Düstere Bilder zunächst, die vom unbenennbaren Grauen seiner Kriegserlebnisse sprachen. Später folgten helle, immer hellere

Landschaften im Wüstenlicht. Großzügige Flächen in jenen Farben, die Fuerte bei sinkender Sonne strahlen lassen: rostrote Berge, lavaschwarze Felder, durchsetzt von blassgrünen Streifen, weißer bis goldgelber Wüstensand voll wandernder Schatten.

Wer genau hinschaute, entdeckte in den Bildern eine heilsame Weite und einen Frieden, den Menschen nicht zu stören vermögen – der verlorene Traum seines Vaters.

»Man sieht, dass du glücklich warst, als du diese Bilder gemalt hast. Jedenfalls so glücklich, wie es einem wie dir möglich war.« Daniel wandte den Kopf nach links, wo sein Vater lag und eisern schwieg, was sonst. Sein Schweigen musste vollkommen geworden sein, als seine Frau starb, bei der Geburt von Daniel.

»War es das, was du mir nicht verzeihen konntest?«

Daniel hatte sich diese Frage wer weiß wie oft gestellt. Sich, aber nie seinem Vater. Jetzt kam er sich besonders albern dabei vor. Gerade jetzt. Es war doch klar, dass er nie mehr eine Antwort bekommen würde. Jedenfalls keine andere als die, die seine Tante Lena, Vaters ältere Schwester, für ihn parat gehabt hatte, seit er denken konnte.

»Was hätte dein Vater mit dir allein auf dieser gottverdammten Insel machen sollen? Du weißt, was ich von ihm und seiner Kleckserei halte, aber dich zu mir nach Deutschland zu schicken war der vernünftigste Entschluss, den er seit Jahren gefasst hatte. Hier hattest du alles, was du brauchst. Ein Zuhause, eine vernünftige Schule, Freunde ...« Und Tante Lena, das glatte Gegenteil seines Vaters.

Eine Frau, die zum Kommandieren geboren schien und die die elterliche Baumaschinenfirma zu ungeahnter Blüte brachte. Tante Lena eben, die nach dem Krieg – als die Auswahl an Männern gering war – auf eine Heirat verzichtete. Lena und die schwachen Männer.

Ein verschmitztes Grinsen stahl sich auf Daniels Lippen. Er wandte dem sprachlosen Vater den Rücken zu, griff sich einen roten Stein und schleuderte ihn über die Abrisskante der Steilküste hinab ins Meer.

Was Tante Lena wohl von seinen neuen Plänen halten würde? Der Brief musste sie inzwischen erreicht haben, aber noch wartete er auf eine Reaktion. So viel war immerhin klar, sie würde schäumen. Sie würde mit allen Mitteln, vor allem sehr unfeinen, kämpfen, um ihn von seiner Idee abzubringen. Zunächst mit sehr durchsichtigen Schmeicheleien, aber die sanfte Tour lag ihr nicht, auch wenn sie es gern anders sah.

Dann würden nölende Klagen folgen – völlig unglaubwürdig, denn jammern stand ihr nicht zu Gesicht. Schließlich würde sie zu handfesten Drohungen übergehen, die gewöhnlich in der Ankündigung »Du bist enterbt!« gipfelten. Ein Wunder, dass Tante Lena nicht schon längst ein entsprechendes Telegramm geschickt hatte.

Und dann war da noch Beatrice, die unberechenbare, wunderbare Beatrice. Immerhin hatte sie bei ihrem letzten und leider einzigen Besuch auf Fuerte sofort von der Insel geschwärmt. Sie liebe Abenteuer, hatte sie immer wieder betont, ein Robinsonleben sei ihr heimlicher Traum. Hoffentlich war das mehr als spontaner Überschwang gewesen. Man würde sehen, gleich wollte er ihr einen ausführlichen Brief schreiben. Eine Nachricht wie diese taugte nicht für ein Telefonat.

Sicher war es richtig, dass er seine Entscheidung vor und nicht nach der Heirat getroffen hatte. So hatten sie beide die Möglichkeit zum Rückzug. Nicht, dass er einen Rückzug beabsichtigte. Beatrice tat ihm gut, ihre Sprunghaftigkeit, ihr munteres Wesen, ihre kalkulierten Koketterien und intelligenten Frechheiten. All das bewahrte ihn vor seinem Hang zur Schwermut.

Dennoch: Er würde ihr in jedem Fall einen Aufschub der Hochzeit vorschlagen, schließlich kannten sie sich kaum ein Jahr.

Blieb die Frage, was Tante Lena sagen würde, wenn die Heirat verschoben oder sogar abgeblasen würde. Für Lena Derndorfer war die Hochzeit im neuen Hotel samt Eröfnungsgala, Promigästen und Fernsehcrew eine Haupt- und Staatsaffäre. Ganz vernarrt war sie in den Plan. Sein neuestes Vorhaben hingegen würde sie hassen, das war klar.

Daniel schlenderte zum Rand der Steilklippen, eine Windböe fegte ihm das Haar aus dem Gesicht, zerrte an den Ärmeln seines Hemdes. Er und seine Tante hatten ein Leben lang miteinander gekämpft. Diesmal war er fest entschlossen, Lenas Drohgebärden nicht nachzugeben. Genauso wenig wie damals, als er – nach dem Abitur und ein paar Wanderjahren – endgültig in ihre Baumaschinenfirma hatte eintreten sollen.

»Es wird Zeit, dass endlich wieder ein männlicher Derndorfer die Firma leitet, nachdem dein Vater so kläglich versagt hat«, hatte die Tante resolut verkündet. Als ob sie das ernsthaft gestört hätte! Im Gegenteil. Ohnehin war es mit ihrem Respekt für das männliche Geschlecht nicht weit her: »Die Memmen hättest du mal damals bei der Flak sehen sollen«, war einer ihrer Lieblingssprüche.

Meist folgten darauf Anekdoten, die den Eindruck erweckten, sie – Lena Derndorfer – hätte als 20-jährige

Flakhelferin Ende 1944 in letzter Sekunde einen Großteil der alliierten Flieger vom Himmel holen können, wenn man ihr das Kommando überlassen hätte.

Tante Lena eben – im Felde unbesiegt –, wobei sie mit »diesem Bürstenschnauzer Hitler und seinem braunen Gesocks« überhaupt nichts am Hut gehabt hatte. Lena Derndorfer war lediglich kein Freund von Niederlagen.

Doch als es um die Übernahme der Firmenleitung ging, hatte Daniel gesiegt und stattdessen ein Architektur- und Interior-Design-Studium in Amerika begonnen. Er drehte sich wieder zu seinem Vater hin: »Ein wenig war ich also doch wie du. Widerspenstig und entschlossen, meine eigenen Pläne durchzusetzen.« Keine Antwort. Dafür hörte Daniel in Gedanken noch einmal Lenas alte Einwände. Typisch, selbst an einem Ort vollkommener Stille konnte die ihre Klappe nicht halten.

»Interior Design, pah! Das klingt ja schlimmer als das, was dein nichtsnutziger Vater macht. Willst du etwa Blümchentapeten entwerfen oder Teppichmuster?«

»Ich hatte mehr an Kaffeekannenwärmer gedacht.«

»Das langt, mein Lieber. Du bist ab sofort enterbt. Von mir siehst du keinen Pfennig mehr.«

Pfennige hatte Daniel von ihr in der Tat nicht gesehen, dafür einen monatlichen Wechsel in harten Dollars. Dollars, die er dem einzigen butterweichen Fleck in Lenas männerresistentem Herzen verdankte. Lena Derndorfer liebte ihren Neffen Daniel mit der Leidenschaft einer Löwenmutter – weshalb sie weniger zu zarten Koseworten denn zu Drohgebrüll, Zähnefletschen und gelegentlichen Nackenbissen neigte.

Nun, Lenas Dollars hatten sich am Ende bezahlt gemacht. Daniel Derndorfer war ein weltweit anerkannter Hoteldesigner geworden, dessen Konzepte und Entwürfe für Luxusressorts und Ferienoasen im Fünf-Sterne-Bereich neue Maßstäbe gesetzt hatten.

Grund genug für Tante Lena, hin und wieder in Projekte zu investieren, die er entwickelte. So wie hier auf Fuerte. Das »Flores del Agua« – Daniels jüngstes Werk – hatte sie teilweise mitfinanziert. In der Hoffnung übrigens, dass Daniel sich künftig ganz dem lukrativen Massentourismus zuwenden würde, statt seine Zeit an prestigeträchtige Mini-Hotels auf einsamen Südseeinseln zu verschwenden.

»Diese Künstlerflausen. Darin bist du ganz dein Vater«, war Lenas ständige Klage. »Einen See in einen Fels sprengen, künstliche Wasserfälle anlegen, was so was kostet! Und alles für ein paar durchgedrehte Millionäre, die von allem zu viel und selbst davon die Nase voll haben. Das ist dekadent und kindisch.«

In diesem Punkt gab Daniel seiner Tante inzwischen Recht. Er war die kindischen Millionäre leid, zumal einer von ihnen ihm vor zwei Jahren die eigene Frau – Susan – ausgespannt hatte. Der Massentourismus war allerdings nicht Daniels neues Ziel. Im Gegenteil.

Er wandte sich wieder dem stummen Vater zu.

»Ich habe deine alte Finca gekauft. Oder besser gesagt, das, was davon übrig ist«, sagte Daniel. Keine Reaktion, nichts, was hatte er erwartet? Ein Wunder? Daniel sprach schneller, um diese schreckliche Stille zwischen ihnen zu übertönen.

»Ich werde das Haus wieder aufbauen und die Bilder, die du mir geschenkt hast, dort ausstellen. Ich möchte die Finca zu einer Künstlerkolonie machen, hörst du? Ein Hotel, eine Begegnungsstätte, ein Sommeratelier ganz im Einklang mit der stillen Schönheit dieser Insel.

Ich werde auch Mutters Garten wieder bepflanzen. Du hättest ihn nicht so vernachlässigen dürfen. Von euren Fotos weiß ich, dass sie den Garten geliebt hat, er war ihr Kunstwerk. Nirgends sah sie glücklicher aus.«

Wartete er wirklich auf eine Antwort? Was für ein Unsinn. Daniel sprach trotzdem weiter. »Ich denke, sie hat es zunächst nicht leicht gehabt hier in dieser Einöde. So weit weg von ihrem geliebten Barcelona, den Ramblas, den Parks, den Cafés, ihren Freunden. Sie muss eine unternehmungslustige Frau gewesen sein, man sieht es an ihren Augen.«

Herausfordernde, glänzend braune, spanische Augen, die Daniel von ihr geerbt hatte, vielleicht zusammen mit der Umtriebigkeit, die sein bisheriges Leben geformt hatte.

»Sie muss dich sehr geliebt haben, um das alles aufzugeben«, sagte er jetzt in Richtung seines Vaters.

Consuelos Liebe war etwas, um das er seinen Vater beneidete. Nicht weil ihm die Liebe der Mutter vorenthalten geblieben war, sondern weil er eine solch hingebungsvolle Liebe von einer Frau nie kennen gelernt hatte. Ob Beatrice solch einer Liebe fähig war? Seltsam, er hatte sich diese Frage bislang nie gestellt.

Beatrice hatte Temperament – so wie Consuelo es gehabt hatte –, daran bestand kein Zweifel. Ihre Zuneigung zu ihm hatte von Anfang an äußerst stürmische Züge gehabt. Sie war so anders als Susan, sie war hinreißend gewesen, unwiderstehlich. Gewesen? Warum dachte er in der vollkommenen Vergangenheitsform an sie? Beatrice ist hinreißend, murmelte Daniel korrigierend. Aber hingebungsvoll? Nein, Hingabe und Beatrice, das passte so gut zusammen wie Champagner und Kamillentee.

»Meine Scheidung ist endgültig durch«, sagte er laut, um das Thema zu wechseln. »Susan hat mich ganz schön ausgezogen, ein cleveres Luder war sie schon immer. Aber«, er zuckte mit den Achseln, »ich habe von Anfang an gewusst, dass sie mehr am Geld und meinem Status als an meiner Person interessiert war. Wobei sie mein wahres Ich kaum gekannt haben dürfte. Ich habe es schließlich jahrelang gut versteckt.«

Sein Gesicht verfinsterte sich. »Weißt du, Susan habe ich mir passend zu meinem Status ausgesucht: schön, kühl, vorzeigbar. Ein richtiges Designerstück für gehobene Ansprüche. So wie meine Hotelentwürfe. Ich habe wenig Talent für Frauen. Mein Gott, Vater, ich wünschte, wir hätten wirklich mehr miteinander gesprochen. All die verlorenen Jahre. Ich hätte gern mehr von dir gehabt als deine Bilder.«

Daniel sprach gegen eine Wand.

Sie war aus weißem Marmor und trug eine schlichte Inschrift in Gold: »Leonhart Derndorfer 1928 – 1998«. Hinter der Platte war – nach spanischer Sitte – die Urne in einer kleinen, tiefen Grabkammer eingeschlossen.

Es war eine besondere Ehre, dass man den Vater auf diesem verlassenen Friedhof direkt an der westlichen Steilküste beigesetzt hatte. Am Ende seines Lebens war Leonhart Derndorfer auf Fuerte ein respektierter und allgemein geschätzter Mann gewesen, der in seinen Bildern die ursprüngliche Schönheit der Insel festgehalten hatte. Eine Schönheit, die sich dem wirklichen Liebhaber erschließt. Sein plötzlicher Tod bei einem Autounfall hatte das Inselparlament in Puerto del Rosario zu einer Gedenkminute veranlasst. Und seinen Sohn Daniel zu einer Rückkehr auf die Insel seiner Geburt.

Er hatte den Auftrag für das Hotel auf Fuerte angenommen, um Abschied vom Vater zu nehmen. Aus dem Abschied war ein neuer Anfang geworden.

»Ich werde deine Finca wieder aufbauen«, wiederholte Daniel mit belegter Stimme. »Ich möchte etwas schaffen, dass wirklich Bestand hat, so wie du es getan hast. Ich möchte ein gutes, wahrhaftiges Leben führen. Vielleicht kann ich sogar noch eine Familie gründen. Mit Beatrice. Sie ist sehr schön. Sie sagt, sie liebt mich.« Er zögerte kurz, dann gab er dem Grabstein einen Klaps. »Adios hombre.«

3. Kapitel

Natürlich war Beatrice amüsant. Sie hatte den ganzen Tag nichts anderes zu tun, als sich amüsante Bemerkungen auszudenken, amüsante Vergnügungen vorzuschlagen und amüsante Outfits auszuwählen.

Mit diesen Talenten hatte sie es – ohne allzu große Anstrengungen – verhältnismäßig weit gebracht. Bis vor einem Jahr hatte sie für das Klatschmagazin eines privaten TV-Senders gearbeitet. Wobei das Wort Arbeit übertrieben war, sie hatte lediglich von jenen Events, Partys und Promitreffs berichtet, die sie ohnehin regelmäßig besuchte. Dann war ihr das Ganze – auch das typisch Beatrice – zu langweilig geworden, und sie hatte sich wieder ganz aufs Amüsement verlegt und – seltsamerweise – aufs Heiraten, wie ihre illustren Bekannten meinten.

Beatrice war von Kindesbeinen an dazu erzogen worden, mit Scharm und Schlagfertigkeit zu gefallen, möglichst vielen Menschen zu gefallen – sofern es sich lohnte. Für ihren Bräutigam – den Hoteldesigner Daniel Derndorfer – lohnte sich das nur begrenzt, befand jedenfalls Beatrices Partybekanntschaft.

Sicher, er hatte in der internationalen Designszene einen guten Namen, aber er war ein Partymuffel, ein Small-Talk-Verächter, sein Glamourfaktor ging gegen Null, und er weigerte sich standhaft, seine Bekanntschaften mit Stars, die seine Luxusdomizile und ihn schätzten, zu pflegen und anderen zugänglich zu machen. Erstaunlich, dass ausgerechnet Beatrice Gabler sich mit so einem Spaßverderber verlobt hatte. Gigantisch reich war er nämlich ebenfalls nicht, und man munkelte, dass seine Eigenbrötelei inzwischen so weit ging, dass er sich auf die Langeweilerinsel Fuerte zurückgezogen hatte.

Hätten Beatrices Freunde ihre Partyprinzessin in diesem Moment jedoch mit Verena Malchow entdeckt, sie hätten sich noch mehr gewundert. Die Frau mit dem stillen, nachdenklichen Gesicht und dem unspektakulären Outfit lohnte das Gefallen und Schmeicheln doch nun überhaupt nicht!

Weshalb Beatrice in Verenas Gegenwart tatsächlich bevorzugt unschmeichelhafte Wahrheiten auszuplaudern, zu nörgeln oder hemmungslos zu lästern pflegte.

Trotzdem war Verena gegen ihren Willen amüsiert, als sie Beatrice mit komisch verzweifelter Miene und in ständig wechselndem Schuhwerk vor deren überdimensionalem Schlafzimmerspiegel auf und ab marschieren sah.

Außer den Schuhen trug Beatrice nur seidene French Knickers, einen halblangen Schleier aus Seidentüll und ein T-Shirt mit dem Aufdruck »I'm a luxury few can afford« – wie es vor mehr als einem Jahrzehnt Lady Di getragen hatte. Äußerlich war die blond gelockte, katzenäugige Beatrice allerdings das glatte Gegenteil der englischen Rose.

Verena betrachtete das Spiegelbild der schönen Gablertochter. Neben deren kräftigen Farben und sinnlichen Zügen verblasste jeder. Erst recht Verena, die das zarte Gesicht ihrer Mutter und – zu ihrem großen Ärger – auch die leicht madonnenhaften Züge geerbt hatte.

»Du hast ein altmodisches Gesicht«, hatte einmal einer ihrer Liebhaber, ein Künstler, zu ihr gesagt. Es war als Kompliment gemeint gewesen. »Ganz wie ein Engel von Botticelli«, hatte er hinzugefügt. Ein sehr bleicher Engel, dachte Verena selbstkritisch wie immer und widmete sich lieber der Modeshow, die Beatrice vor ihr abzog.

Eben schlüpfte die in kremfarbene Satinpumps mit Blockabsätzen und kuhmaulbreiten Vorderkappen.

»Igitt. Verena, gib zu, in denen sehe ich aus wie Daisy Duck auf dem Weg zum Ententanzwettbewerb, oder? Ich meine, der Designer ist entweder ein extrem frauenfeindlicher Typ oder ein aus dem Ruder gelaufener Birkenstockdesigner. Gib mir mal die Dinger mit den Kreuzriemchen zum Binden. Nee, die anderen, die mehr so nach Nutte im ersten Semester aussehen.«

Verena nestelte ein Paar Sandaletten mit mörderisch hohen Stilettoabsätzen aus violettem Seidenpapier und warf sie der halb nackten Braut zu. Beatrice schlüpfte hinein, griff sich eine Erdbeere aus einer Silberschale und befahl kauend: »Und nun musst du mich einmal ordentlich schnüren, Vreni.«

Verena kniete sich hinter Beatrice und begann die Riemchen über Kreuz um deren Waden zu binden.

»Ich fänd's nett, wenn du mich nicht Vreni nennen würdest, okay?«

»Okay. Wie wär's dann mit Vroni? Ich mein, Verena ist doch ein echt bescheuerter Name. Erstens hochtrabend, und zweitens erinnert er mich an diese billigen Damenbinden, Serena, oder so.«

Verena runzelte die Stirn. Hochtrabend, was sollte das heißen? Schien der Name Verena dieser verwöhnten Göre zu gut für die Tochter einer Haushälterin?

»Hör auf, meinen Namen zu veräppeln, oder ich kenn dich nur noch als Trixie.«

Beatrice trat spielerisch nach hinten aus, machte sich von Verena frei und drehte sich wieder vor dem Spiegel.

»Schon gut, Babe, meinen Namen finde ich genauso überdreht und besemmelt. Mich wie die Königin der Niederlande zu nennen, ausgerechnet! Wo die aussieht wie Tante Erna im Gardinenkleid aus Oer-Erkenschwick. Aber jetzt sag mal, diese Riemchenteile hier sehen doch so richtig schön nach Asischlampe aus, oder? Schade, dass sie nicht pink sind.«

»Asi?« Verena studierte den Preisaufkleber auf dem Karton. »Ich bezweifle, dass Asischlampen für diese paar Zentimeter Leder …«

»Plastik, echtes Vollplastik.«

»Dann eben für Plastik achthundertundneunundneunzig Mark ausgeben würden. Unfassbar der Preis!«

»Tja, schon Scheiße, wenn man reich ist. Dann kostet es ein Vermögen, wie eine Schlampe auszusehen. Das war übrigens Versaces genialer Trick, er hat Frauen angezogen wie Nutten und sie dafür zehntausende latzen lassen, damit sie sich nicht so fühlen. Man will eben immer das haben oder sein, was man nicht ist. Mom wäre jedenfalls begeistert von den Schuhen. Sie macht gerade ihre Ivana-Trump-Phase durch – mit dem Alter wird sie immer jünger. Genau wie ihre Lover.«

Verena schwieg eisern. Klatsch war nicht ihre Sache, zumindest nicht mit Beatrice. Der schien Verenas Zurückhaltung jedoch nicht aufzufallen.

»Hast du diesen halbdebilen Masseur schon mal besichtigt? Seine inneren Werte dürften schätzungsweise alle in der Unterhose verborgen sein. Ich glaube, Mom will mit 56 jetzt all die jungen Männer nachholen, die sie an der Seite von Randolf Daddy Kalkleiste versäumt hat.«

Verena zuckte zusammen. »Beatrice, du kannst nicht so über deinen Vater reden.«

Blöde Bemerkung, ärgerte sie sich im gleichen Moment. Klang irgendwie nach Bibel und den zehn Geboten, außerdem gingen die Familienleichen der Gablers sie nichts an.

Beatrice drehte sich ehrlich erstaunt um.

»Mein Gott, aber er war eine Kalkleiste. Für mich von Anfang an. Fünfundfünzig als er mich gezeugt hat – wenn er es denn war – und neunundachtzig als er starb. In den vierunddreißig Jahren dazwischen hat er mich zunächst das Ding, dann Hosenscheißer und später verzogenes Pummelchen genannt, falls er mich überhaupt zur Kenntnis nahm, was in den letzten fünf Jahren kaum der Fall war.

Da hat er die meisten Menschen mit Topfpflanzen oder Kleiderständern verwechselt oder umgekehrt. Typisch senile Kalkleiste eben. Man hätte ihn entmündigen müssen. Als er noch klar war, war er allerdings auch kein ausgesprochener Menschenfreund, oder? Überleg mal, wie viele Menschen der übers Ohr gehauen haben muss, um so reich zu werden.«

Verena schwieg.

Ist das nicht genau die Form der schonungslosen Ehrlichkeit gegenüber den aufgeblasenen Gablers, nach der du dich eben in der Küche deiner Mutter selber gesehnt hast?, fragte das Teufelchen in ihr. Verena merkte, das sie flammrot wurde.

Beatrice hatte sich wieder dem Spiegel zugewandt: »Mein Gott bist du empfindlich, meine Eltern sind echt keine Heiligen, ich dachte, wenigstens mit dir kann ich in diesem Punkt offen reden. Hm, ich glaube, ich bleibe doch mehr meinem klassischen Stil beim Braut-Outfit treu. Gib mal die Seidenstilettos in Feuerrot.«

»Klassisch würde ich das nicht eben nennen.«

»Doch, klassisches Miststück. Und das bin ich schließlich in deinen Augen, oder?«

Verena horchte auf. Beatrices Stimme hatte plötzlich einen ganz merkwürdigen Klang, so wackelig, irgendwo zwischen Bekenntnistonlage und Jammeroper. Verena tauchte ab in den Berg aus Schuhkartons.

Nur keine Psycho-Gespräche mit Beatrice. Verena wollte keine Mitleidsstorys vom armen, reichen Mädchen. Sie war nicht ganz so duldsam wie ihre Mutter. Und sie war lediglich hier zu Besuch – noch zwei Tage.

Verstecken half nichts. Beatrice schien anscheinend ihr Lieblingsthema – sich selber – und ihre Lieblingstonlage – Selbstmitleid in Düster-Moll – gefunden zu haben.

Warum konnten verwöhnte, ekelhafte, oberflächliche Erbinnen nicht einfach sein, was sie waren? Eben ekelhaft und vor allem oberflächlich. Wenigstens therapeutischer Mitteilungszwang und Selbsthilfegruppengeschwätz sollten doch den tatsächlich sozial Benachteiligten vorbehalten bleiben, dachte Verena, sagte sie aber nicht. Stattdessen legte Beatrice los.

»Du hast ja Recht! Ich bin ein eiskaltes, herzloses Luder.«

Die Gute trug wohl nicht nur ein T-Shirt in memoriam von Lady Di, sondern hegte wie die verunglückte Prinzessin auch eine Neigung zum erbarmungslosen Seelenstrip.

»Ich nehme auf die Gefühle anderer einfach keine Rücksicht, Vreni.«

»Verena.«

»Siehst du! Ich kann es nicht lassen, die Leute zu missachten und zu verletzen. So bin ich eben, ein Miststück. Ein Opfer der Umstände: zynisch, berechnend, so wie mein Vater. Nur leider sensibel genug, um meine Fehler und Schwächen zu erkennen und unter ihnen ehrlich zu leiden, ohne sie abstellen zu können. Manchmal komme ich mir vor wie verflucht …«

Ihre Stimme zitterte in Richtung Heulkrampf. Auch das noch. Verena sortierte mit gesenktem Blick knisterndes Seidenpapier. Noch zwei Tage waren entschieden zu viel. Zwei volle Tage in diesem Irrenhaus. Das war zum … zum …

Lachen?

Ja. Wenigstens für Beatrice.

»Pffff. Mann oh Mann, Vreni, du müsstest jetzt mal dein Gesicht sehen! Das lautere Leiden Mariä nach der Kreuzigung Jesu. Hast du mir etwa ein Wort geglaubt von dem Schmu? Nichts für ungut, ich bin zwar ein Miststück, aber wenigstens stehe ich dazu. Es macht mir Spaß. Keine Lügen mehr, keine aufgesetzte Fassade, okay? Davon gibt es hier in dieser Villa genug.«

Womit sie Recht hatte, dachte eine erstaunte Verena und schaute Beatrice zum ersten Mal seit vielen Jahren mit echtem Interesse an.

»Mein Vater war ein hemmungsloser Raffzahn, meine Mutter hat den IQ von Zuckerwatte und ein Herz aus Stahlschwamm, das ist die Wahrheit. Und ich? Ich bin vollkommen verdorben vom Geld. Ich glaube genauso wenig an die große Liebe wie an den Weltfrieden, humane Schweinezucht, solidarisches Miteinander unter Frauen oder bügelfreie Leinenhemden. Das Einzige, woran ich glaube, ist ein Kontostand mit sechs Nullen am Ende und einem Plus am Anfang. Und dafür muss ich in drei Wochen heiraten.« Beatrice begann Mendelsohns Hochzeitsmarsch zu summen.

Verena vergaß Zurückhaltung und Seidenpapier: »Wie bitte? Du *musst* für Geld heiraten? Das ist jetzt ja wohl die unverschämteste Lüge von allen, oder?«

Beatrice schleuderte einen Pumps von ihrem Fuß, griff nach zwei Pikkoloflaschen Champagner, warf eine davon Verena zu, die diese geschickt auffing. Beatrice öffnete die andere und prostete ihrer Zuschauerin zu.

»Trinken wir erst mal einen. Auf die Wahrheit. Ich habe nämlich irgendwie keine richtige Lust mehr, die ganze Welt anzulügen. Aber leider muss ich das gegenüber meinen so genannten Freunden, Bekannten, Schwiegertanten und künftigen Ehemännern. Könnte ja sein, dass sie meine Freundschaft und Liebe plötzlich nicht mehr so wahnsinnig interessant fänden, wenn sie wüssten, dass ich pleite bin, oder?«

Sie nahm einen kräftigen Schluck aus der Flasche. »Hast du Lust auf die ganze ungeschminkte Wahrheit über eine kaltblütige Heiratsschwindlerin?«

Verena runzelte ungläubig die Stirn.

4. Kapitel

Lena Derndorfer, Daniels Tante, spreizte ihre von Arthrose gekrümmten Finger. Verfluchtes Alter! Die einzigen echten Überraschungen, die man vom nächsten Tag erwarten durfte, waren neue Wehwehchen. Nun gut, sie konnte sich mit ihren achtundsiebzig Jahren nicht wirklich beklagen. Steife Finger, eingetrübte Pupillen, leicht verkalkte Arterien, erhöhter Blutdruck: Das gehörte nun einmal dazu und Gott sei Dank hatte sie noch immer genug Geld, um sich eine umfassende Betreuung zu leisten.

Sie beschäftigte eine Haushälterin und einen handwerklich begabten Gärtner, und beide erledigten alle Arbeiten nach ihren Anweisungen. Genaue Anweisungen waren wichtig, darin durfte man nie nachlässig werden. Kein Mensch – davon war Lena Derndorfer überzeugt – war in der Lage, einem anderen Menschen irgendetwas recht zu machen, wenn er keine genauen Anweisungen hatte – von ihr.

Schon in ihrer Baufirma hatte sie es so gehalten und niemand – nicht einmal der Pförtner – war gering genug gewesen, um nicht in den Genuss ihrer Anweisungen zu kommen.

Hauptsache, oben im Dachstübchen ist noch nichts morsch, dachte Lena und nickte grimmig ihrem Spiegelbild zu. Sie saß an ihrem Biedermeier-Frisiertisch, den sie vor allem zur Erledigung privater Korrespondenz benutzte. Schönheitspflege oder »übertriebenes Gehampel mit den Haaren« – womit sie jede Art des Frisierens, die über Waschen und Kämmen hinausging, meinte – hielt sie für Zeitverschwendung.

Mit ärgerlicher Miene wandte die alte Dame sich wieder dem Brief ihres Neffen zu, der vor einer Woche angekommen war. Er enthielt eine Einladung zur Eröffnungsgala des »Flores del Agua« und die knappe Mitteilung über den geplanten Kauf der väterlichen Finca, die er zu einem Künstlertreff umbauen und selbst bewirtschaften wollte.

»Was für eine verdammte Schnapsidee«, fauchte Lena und gab dem Briefbogen einen Klaps mit der Haarbürste. »Dieser gedankenlose Lümmel, dieser undankbare Traumtänzer!« Sie hatte doch nicht Jahre ihres Lebens und einen beträchtlichen Teil ihres Vermögens in den Jungen investiert, damit er am Ende genauso ein versponnener Eigenbrötler wie sein Vater würde.

Das konnte sie sich nicht leisten, schon gar nicht nach den idiotischen Grundstückskäufen, die sie vor drei Jahren getätigt hatte. Auf Anraten ihres alten Freundes Randolf Gabler. Verfluchter, früh vergreister Idiot! Überhaupt, Männer und Geschäfte!

Lena warf einen wütenden Blick auf die Fotos, die auf der Konsole des Frisiertischs standen. Aus einem Silberrahmen schaute sie ihr Bruder – Leonhart Derndorfer – aus melancholischen, tiefblauen Augen an. Besser man schaute nicht zu tief hinein, sonst ertrank man darin und in einem Meer aus wissender Traurigkeit. Lena war lieber aggressiv statt depressiv. Sie schluckte und warf den Kopf zurück.

»Warst immer schon eine trübe Tasse, Lenny. Mutter hat es mit ihrem Hang zum Musisch-Künstlerischen bei dir eindeutig übertrieben. Beethoven, Goethe, Hölderlin und dieser ganze Summs, während um uns herum die ganze Welt zum Teufel ging. Aber das schwöre ich dir, Leonhart, deinen Sohn werde ich wieder auf Vordermann bringen. Künstlerfinca, pah. Seine Talente so zu verschwenden.«

Seine Talente und ihr Geld! Sie hatte schließlich noch einiges vor in der Tourismusbranche und mit ihren brachliegenden Grundstücken in aller Welt. Tourismus war ein lohnendes Geschäft, das sie erst im letzten Jahr so richtig entdeckt hatte. Die Deutschen waren Weltmeister im Reisen, da war viel Geld zu holen, wenn Daniel nur parieren würde.

Noch einmal streckte sie ihre steifen Finger, griff nach einem leichten, weichen Filzschreiber – Tintenfüller lagen ihr leider inzwischen zu schwer in der Hand – und schrieb:

»*Mein lieber Daniel,*

Deine Einladung nach Fuerte ist angekommen. Selbstverständlich nehme ich an und komme gerne.«

Das Gerne war eine Lüge. Lena hasste Reisen, erst recht Urlaubsreisen, die sie für unnötige Zeit- und Geldverschwendung hielt. Ein gelegentlicher Kuraufenthalt in Bad Kissingen hatten ihr ein Leben lang vollauf genügt. Diesmal schien es allerdings notwendig, die lästige Fliegerei auf sich zu nehmen, auch wenn es bis vor die Küste von Afrika ging. Afrika! Was man sich da allein schon für Krankheiten einfangen konnte!

Lena Derndorfer, ehemalige Firmenchefin und im Baugeschäft mehr als gewieft, besaß weniger als bescheidene Kenntnisse über das Ziel ihrer Reise.

Die Tatsache, dass Fuerteventura übersetzt »starke Abenteuer« heißt und dass die Insel an einigen Stellen nur fünfundneunzig Kilometer von der afrikanischen Küste entfernt liegt, genügte Lena als sicherer Hinweis dafür, dass es dort von Malariamücken, tödlichen Viren, bissigen Schlangen und tropischen Bestien nur so wimmeln musste. Und da sich Lena Derndorfer am liebsten auf ihr ganz eigenes Wissen verließ, hatte sie für heute Doktor Lessing zwecks einiger Impfungen zu sich bestellt. Bevor er kam, wollte sie dringend den Brief an Daniel fertig stellen. Seufzend setzte sie den Filzschreiber wieder aufs Papier.

»Ich werde – wie von dir vorgeschlagen – in Begleitung reisen. Reizender Begleitung übrigens, eine wunderbare Überraschung, aber davon später mehr. Zunächst muss ich dich tüchtig loben. Du hast es verdient …«

Und außerdem fängt man mit Honig Fliegen, dachte Lena grimmig, schrieb es aber nicht … Seufzend fuhr sie in ihrem Lob fort.

»Die nach deinen Ideen gestaltete Anlage sieht wieder einmal sehr schön und gelungen aus, und das zu so günstigen Kosten! Einfach wunderbar, wie schwungvoll sich die weißen Appartements in die Felsen schmiegen, dieser neue Leichtbeton ist doch wirklich famos. Es fällt kaum auf, dass hier später 350 Menschen Platz finden. Könnten es nicht sogar noch mehr sein? Du hättest dich viel früher dem Massentourismus zuwenden sollen. Das wird sich rechnen. Dazu die tropische Gartenanlage. Es ist, als hättest du Gott ein bisschen Nachhilfe gegeben …«

Lena hielt inne, nein, der letzte Satz war zu viel, den nahm ihr keiner ab. Sie strich ihn und fuhr fort: *»Man vergisst die umliegende, zur Kargheit neigende Landschaft …«*

Um nicht zu sagen diese gottverdammte Steinwüste, murmelte Lena. Keine Ahnung, was vernunftbegabte Mitteleuropäer in dieser Mondlandschaft, die Randolf ihr angedreht hatte, zu finden hofften. Rund um das »Flores del Agua« gab es nur schroff abfallende Klippen aus jahrtausendealtem Vulkangestein.

Der nächste Ort – das winzige Fischerdorf Los Molinos, das verdächtigerweise wegen seiner unverdorbenen Ursprünglichkeit gelobt wurde – war neunzehn Kilometer entfernt. Neunzehn Kilometer über eine gebirgige und von Schlaglöchern durchsetzte Geröllpiste, die das fahrerische Können eines Paris-Dakkar-Profis verlangte. Die Alternative war ein kilometerweiter Umweg über die Straße eines Ortes namens Tindaya.

Trotzdem: Das »Flores del Agua« wurde in Katalogen großer Reisefirmen bereits als luxuriöser Geheimtipp eines Topdesigners zum noch bezahlbaren Tarif beworben. Bevorzugte Kundengruppe waren wohlbetuchte bis neureiche Singles ab dreißig, die ganz unter sich sein wollten. Diese erwartete kein billiges Remmidemmi, sondern Flirtferien in exquisiter Atmosphäre auf höchstem Niveau.

Wirklich viel versprechend. Sie musste Daniel unbedingt von seiner Finca-Idee befreien. Naive Knabenmorgenblütenträume. Wie kam sie nur auf dieses idiotische Bandwurmwort, das Goethe mal in die Welt gesetzt hatte?

Lena Derndorfer gab sich einen Ruck, der Brief musste fertig werden:

»Jetzt fehlen noch ein paar deiner prominenten Freunde zur Eröffnung und der Hochzeitsfeier, und das Haus wird ein Hit. Oder könnte Beatrice noch einmal ihre Verbindungen spielen lassen, wie damals, als sie die Produktion der TV-Serie »Fiesta Fuerte« in unserem Hotel organisiert hat? In so was scheint sie ganz geschickt. Ich freue mich auf Eure baldige Hochzeit.«

Auf Daniels leisen Hinweis, dass man die Hochzeit vielleicht verschieben solle, bis die Finca fertig sei, ging man am besten gar nicht erst ein. Nein, die Hochzeit musste stattfinden. Beatrice Gablers Vermögen würde für weitere Hotels aus Daniels Hand reichen, ihre glänzenden gesellschaftlichen Kontakte für Reklame und Investoren. Es war einfach die ideale Verbindung, egal was ihr Neffe plötzlich für Anwandlungen hatte. Lena griff wieder zum Stift.

»Könntest du zur Feier die Hiltonzwillinge kriegen oder Schwarzenegger? Vielleicht als Trauzeuge? Er liebt doch dein Bungalowdorf auf Maui und macht jetzt sogar für Strom Reklame. Aber bitte nur, wenn's nichts kostet außer Essen, Flug und Übernachtung. Ansonsten genügen ein paar deutsche Wichtigtuer und diese Fernsehaffen, die wir auf Gablers Sommerfest da hatten und die im Hotel die Serie drehen. Nur bitte keine von diesen alten und faltigen Stars. Dieser Fabian Seiler mit dem Schlawinergesicht war ganz gut, soweit ich es beurteilen kann. Frustrierte Frauen fliegen auf so einen, vor allem frustrierte Ehefrauen, die noch an Romantik glauben. Ideale Kundinnen für unser Hotel! Na, du wirst das schon machen – mit deinem Namen.«

Genug gelobt. Was jetzt folgen musste, war ein Aber. Ein Aber in Großbuchstaben, ein Aber, dass ihren Neffen anspringen müsste wie ein verhungerter Tiger, ihn an die Wand drücken und zur Aufgabe zwingen.

Lena hielt mit leicht zusammengekniffenen Augen den zur Hälfte beschriebenen Briefbogen von sich weg – sie brauchte eine neue Lesebrille, dabei war diese erst ein halbes Jahr alt. Missmutig kräuselte die alte Dame ihren Mund. Dieser Brief war bislang kompletter Mist. Ihr Neffe brauchte keine Lobhudeleien, er brauchte einen kräftigen Tritt in den Hintern. Also dann:

»Aber, was soll dieser Unsinn von wegen Leonharts Finca und einem eigenen Künstlerhotel? Meines Wissens nach sind Künstler Menschen, die sich und anderen unnötige Arbeit machen und kaum Geld einbringen. Außer sie sind tot. Was deinem Vater nach allerdings auch nicht viel genutzt hat. Rechne in gar keinem Fall mit meiner Unterstützung. Ich kann zwar verstehen, dass deine Scheidung dich aus der Bahn geworfen hat, aber für eine Midlifekrise bist du zu alt und für den Rückzug von der Welt zu jung. Was du jetzt brauchst …«

Halt, so deutlich sollte sie besser nicht werden. Der Besuch von ihr und Beatrice musste eine komplette Überraschung sein und durfte keinesfalls nach einem Überfallkommando aussehen. Lena legte den Filzsstift an die Nasenspitze und dachte den im Brief angefangenen Satz nur für sich zu Ende.

Was er brauchte, war eine entschlossene Frau, die ihn unbemerkt auf die richtige Bahn zurückbrachte. Männer waren nun einmal das schwache Geschlecht. Sie brauchten resolute Frauen an ihrer Seite, die sie lenkten und zum Erfolg trieben, dass war für Lena ein Naturgesetz.

Daniel musste eine Frau bekommen, wie sie selber eine war, ganz klar, ein resolutes, knallhartes Weibsstück. Mit dem entscheidenden Unterschied, dass diese Frau entschieden jünger, reizvoller und begehrenswerter als eine alte Erbtante sein musste. Eine Frau wie Beatrice eben.

Lena Derndorfer nickte. Ein apartes Ding. Im Kopf gut zu Fuß, zum Befehlen geboren und verflucht anziehend mit ihren grünen, leicht katzigen Augen und dieser hellen Lockenmähne. Beatrice war ein hungriges Weibsbild aus der Kategorie Miststück, also genau die Frau, die Lena brauchte.

Susan, Daniels Ex-Frau, war lediglich ein träges, genusssüchtiges Miststück gewesen und hatte am Ende einen Mann vorgezogen, der für sein Geld nicht mehr arbeiten, sondern es lediglich ausgeben musste. Fantasielose, faule Schlampe, schnaubte Lena verächtlich. Überhaupt kein Führungswille, kein Ehrgeiz, eine Schande für das eigene Geschlecht und ganz sicher die Falsche für Daniel.

Beatrice hingegen war eine Frau, die Macht, Einfluss und das ganz große Geld liebte. Eine solche Frau würde weder einen Träumer noch einen Faulenzer an ihrer Seite dulden. Jawohl, Beatrice war geradezu eine Wunderwaffe. Man musste sie sofort zünden.

Entschlossen zerknüllte Lena den Brief. Ein Telegramm zur Ankündigung ihres Besuchs an Daniel würde genügen und das Überraschungsmoment wäre bei weitem größer. Seinen Brief würde sie einfach nie erhalten haben. Offiziell wusste sie nichts von der Finca. Basta. Entschlossen griff sie zum Telefon und gab das Telegramm auf.

Es klingelte unten an der Haustür. Wie ertappt fuhr Lena hoch. Sie schob die Gardine zur Seite und schaute nach unten in die Auffahrt. Ach, richtig, Doktor Lessing. Sie klappte ihre Schreibmappe zu und ordnete ihr Haar. Es klopfte, und der Arzt trat ein.

»Meine liebe Lena, hier bin ich. Ich hoffe, es geht Ihnen gut.«

»Haben Sie alles mitgebracht?« Lena erhob sich von ihrem Stuhl.

Doktor Lessing lächelte milde. Typisch. Diese Frau nahm sich nicht einmal Zeit für eine höfliche Begrüßung, sondern kam sofort zum Geschäftlichen. So war sie schon immer gewesen. Lessing kannte sie seit mehr als vierzig Jahren. Lena Derndorfer gehörte zu den wenigen Patienten, die er nach Aufgabe seiner Praxis noch privat betreute, aber diesmal würde er sich weigern, allen ihren Wünschen einfach nachzugeben.

»Hören Sie, Lena, diese Impfungen, die Sie da mal eben verlangen, sind der reine Irrsinn in Ihrem Alter. Und auch noch alles auf einmal! Das ist unmöglich. Tetanus, Typhus, Cholera, Malaria, Hepatitis B, das sind keine harmlosen Stoffe, die ich Ihnen dagegen verabreichen müsste. Es könnte zu einer heftigen Reaktion kommen, wenn ich ihnen auch nur eines der Mittel verabreiche. Sie sind Allergikerin, denken Sie daran!«

»Papperlapapp. Ich vertrage nur keine Nüsse, Ingwer und Kardamom. Aber das wird ja wohl kaum in Ihrem Zeugs drin sein, oder?«

»Trotzdem, so eine Impfung, in Ihrem Alter … Da sind Kreislaufkollaps und Herzversagen nicht auszuschließen. Überhaupt die ganze Reise … Afrika. Sie sollten sich lieber schonen.«

»Schonen kann ich mich, wenn ich die Knöpfe endgültig zumache. Es geht um ein lebenswichtiges Geschäft und die Zukunft meines Neffen, da kann ich mich nicht drücken.«

»Geschäfte in Afrika? Mitten im Dschungel? Haben Sie solche Abenteuer denn noch nötig? Wohin genau soll es überhaupt gehen? Nicht jedes Land in Afrika erfordert all die Impfungen, die Sie mir aufgelistet haben.«

Lena setzte sich auf eine Recamiere, die quer zu ihrem Bett stand, und rollte sich den Ärmel ihrer Bluse hoch. »Ich habe mich beim Tropeninstitut genau erkundigt. Diese Impfungen sind absolut erforderlich.«

Lessing musterte sie misstrauisch. »Und warum haben Sie sich dann nicht gleich im Tropeninstitut impfen lassen? Die haben Experten für so etwas.«

»Aber Doktor Lessing, ich würde niemals jemand anderen als Sie an mich heranlassen«, sagte Lena und riss ihre Augen auf, um deren unschuldiges Puppenblau besser zur Geltung zu bringen. Hinter diesem Unschuldsblau vermutete gemeinhin niemand eine faustdicke Lügengeschichte. Das Blau war Lena schon in ihren Tagen als Geschäftsfrau sehr dienlich gewesen.

Lessing schüttelte resigniert den Kopf. »Das Einzige, was ich Ihnen heute spritze, ist ein Mittel gegen die Hepatitis B, da die tatsächlich auf dem Vormarsch ist, sogar in Deutschland, aber sonst …«

»Wenn Sie's nicht machen, macht's ein anderer.«

Lessing öffnete seine Tasche, zog eine Spritze auf, band Lenas Arm ab und klopfte eine Vene hoch.

»Sie sind eine der unvernünftigsten Patientinnen, die ich kenne.«

»Und eine Ihrer zähesten, also bitte.« Lena kniff die Augen zusammen. Sie hasste Spritzen. »Autsch, haben Sie den Tatterich? Das tat weh.«

Lessing betupfte die Einstichstelle mit Alkohol. »Ich glaube, dass allein ihre Wehleidigkeit Sie davon abhält, krank zu werden.«

Lena Derndorfer lachte. »Da könnten Sie Recht haben. Ich habe euch Ärzte mein Leben lang gemieden, so gut es ging, weshalb ich noch erstaunlich gesund und munter bin, mein Lieber.«

Lessing klappte seine Tasche zu. »Überschätzen Sie nicht Ihre Konstitution. Gerade bei Menschen, die selten schwer krank sind, schlägt der Körper eines Tages manchmal besonders hart zurück. Sie müssen sich jetzt hinlegen und ausruhen. Der Impfschutz ist in etwa vierzehn Tagen gewährleistet.«

Lena setzte sich auf und starrte ihn empört an: »In vierzehn Tagen? Das ist unmöglich. Ich fliege spätestens übermorgen nach Fuerte. Es handelt sich schließlich um einen Notfall, jede Minute zählt.«

Jetzt war es an Lessing, empört zu sein. »Fuerte? Fuerteventura? Ja, sind Sie denn übergeschnappt! Da gibt es überhaupt keine Hepatitisfälle, von Cholera oder Malaria ganz zu schweigen. Und was sollte der Blödsinn mit dem Schlangenserum? Meine Güte, dass ist eine vollkommen ungefährliche Urlaubsinsel. Das Einzige, was Ihnen dort droht, ist ein Durchfall auf Grund verschmutzten Poolwassers oder ein Hitzschlag. Also so etwas. Und ich spritze Ihnen ein Mittel gegen Hepatitis! Sie wissen gar nicht, was da passieren kann!«

»Ein bisschen Medizin bringt mich nicht um. Und jetzt gehen Sie, ich habe noch zu tun und muss dringend einen Besuch bei den Gablers machen.«

»Ich verlange, dass Sie sich sofort hinlegen. Ihre Haushälterin muss jede halbe Stunde nach Ihnen sehen. Sie brauchen strikte Bettruhe und keine Reise nach Fuerte.«

»Hinlegen? Um kurz vor eins am Mittag? Das habe ich meinen Lebtag nicht getan. Was ich jetzt brauche, ist meine übliche Dosis Sherry. Trinken Sie einen mit?«

Doktor Lessings Miene spiegelte aufrichtiges Entsetzen.

»Man sollte Ihnen den Hintern versohlen, Frau Derndorfer.«

Lena lächelte verschmitzt: »Also so einer sind Sie. Na, wenn es Ihnen Spaß macht.«

5. Kapitel

Sehnst du dich nicht auch manchmal danach, allen Leuten einfach und geradeaus genau das zu sagen, was du denkst?«, fragte Beatrice. »Die Wahrheit und nichts als die Wahrheit. Ich habe diese ewigen Schmeicheleien und Halbwahrheiten manchmal so satt!«

Verena setzte ihren Champagnerpikkolo ab und musste husten. Beatrice hinkte auf einem Pumps zu Verena hinüber und klopfte ihr kräftig den Rücken.

»He, altes Mädchen, krieg dich ein. Du musst ja nicht gerade jetzt und hier sagen, was du über *mich* denkst, wäre vielleicht dem zarten Keim unserer Freundschaft abträglich. Ich war als Zwerg ziemlich unausstehlich. Hab die ganze Welt für mein Privateigentum gehalten, dich inklusive. Habe ich Recht?«

Verena grinste nur schief.

»Schon gut, ich weiß, was für ein Mistviech ich sein kann. Aber zu deinem Trost: Das Leben hat mich am Ende hart und gerecht dafür bestraft. Mich und meine liebreizende Mami. Wir haben – wie bereits erwähnt – all das verloren, an dem uns wirklich etwas lag ... Daddy Randolfs Geld. Ich stehe schlechter da als Aschenputtel, die hatte wenigstens einen festen Job in der Kaminfeger- und Linsensortierbranche. Ich bin sozusagen eine Cinderella verkehrt herum.«

»Ich verstehe nicht, wovon du redest«, sagte Verena

und ließ demonstrativ ihren Blick über den Berg aus Designerschuhen schweifen.

Beatrice winkte ab. »Ach, du meinst, weil hier all der teure Tineff rumfliegt. Das heißt nichts. Wir haben selbstverständlich überall Kredit bis zum Abwinken. Millionäre kriegen jeden Scheiß auf Pump und meistens Rabatt. So ist die Welt – bestechlich, unfair und unverbesserlich. Bis jetzt weiß noch keiner, dass Randolf Kalkleiste in seinen letzten – viel zu vielen – umnachteten Jahren alles verspielt hat, was er vorher aufgebaut hatte.«

»Verspielt?«, fragte Verena verwirrt.

»Nicht am Roulettetisch, das wäre ihm zu einfach gewesen. Nein, mit Immobiliengeschäften, Baby. Hat den letzten Mist gekauft. Jede Menge Sumpfgrundstücke in Australien, Wüstenparzellen in der Sahara, Mondlandschaften auf den kanarischen Inseln und so weiter und so weiter. Ein schwerer Fall von Megalomanie – Größenwahn. Irgendwo wollte er Randolfopolis bauen, die Megastadt der Zukunft, bevölkert mit Wesen von künstlicher Intelligenz oder seinen Klonen.«

Verena starrte sie fassungslos an. »Aber, soweit ich weiß, litt er doch nur unter einer schweren Form von Alzheimer.«

»Nenn es, wie du willst, er hat uns jedenfalls neben einem Haufen Brachland und Schulden noch ein entsprechendes Buch mit Anweisungen über die Megastadt vermacht. Außerdem sollen wir jeden Tag frische Alufolie um den Kopf wickeln, um uns vor den gefährlichen Marsstrahlen zu schützen. Tja, und das war's. Prost Randolf!«

Verena schüttelte ungläubig den Kopf. »Das kann nicht sein. Ich meine, irgendwas muss euch doch geblieben sein. Allein die Villa, der Park …«

»Sind bereits mit mehreren Hypotheken belastet, gehören quasi der Bank und kosten uns dennoch ein Heidenvermögen an Unterhalt! Mag sein, dass irgendwo noch ein paar zehntausend Märker rumliegen, aber mehr als ein halbes Jahr können wir die Fassade hier unmöglich aufrecht erhalten. Was meinst du, warum wir in den letzten beiden Jahren den Gärtner, den Chauffeur und sonstige hilfreiche Geister entlassen haben?«

»Bis auf meine Mutter«, warf Verena bitter ein.

Beatrice biss sich auf die Lippen. Zum ersten Mal schien sie fast verlegen. »Deine Mutter, ja weißt du denn nicht …«

»Was?«

»Na ja, Vater hatte ihr zu Lebzeiten bereits das Pförtnerhäuschen überschrieben, und sie ist anscheinend der Meinung, dass sie deshalb weiterhin und umsonst für uns arbeiten sollte. Sie hat sogar eine Hypothek auf ihr Haus aufgenommen, um uns zu unterstützen.«

Verena richtete sich auf. »WAS? Sie bekommt kein Gehalt mehr und finanziert euch?«

Beatrice nickte und setzte einen reumütigen Gesichtsausdruck auf, der halbwegs echt wirkte: »Sie zahlt für unseren Haushalt und lebt wohl von ihrem Ersparten. Glaub mir, mir ist das saupeinlich. Ich meine, wir haben ihr immer eine Rente oder ein fürstliches Legat versprochen für all die Arbeit und stattdessen …«

»Sie muss komplett verrückt sein.«

Beatrice verzog trotzig den Mund. »He, nicht alle Menschen sind plemplem. Es scheint einfach so, dass sie uns mag und als ihre Freunde ansieht. Oder sie hat andere Gründe, von denen wir nichts ahnen.«

Verena überhörte den leicht angriffslustigen Unterton im letzten Satz und schnaubte verächtlich. Hier war höfliche Zurückhaltung wirklich fehl am Platze.

Beatrice schien kurz nachzudenken, dann hob sie beschwichtigend die Hände. »Okay, okay, ich weiß auch nicht, warum sie Schmarotzer und Ausbeuter wie uns mag. Aber all das ist ein Grund mehr, liebe Verena, warum in drei Wochen für mich auf Fuerte die Hochzeitsglocken läuten müssen. Mit allem Bimbamborium. Wir brauchen Geld, Geld, Geld. Ich habe deiner Mutter versprochen, ihr nach meiner Heirat alles zurückzuzahlen, was wir ihr bereits schulden, ob sie will oder nicht.«

»Ist dieser Daniel denn wirklich so reich?«

»Na, ein Vermögen schulden wir deiner Mutter noch nicht. Sie hält uns ziemlich knapp.«

Verena machte eine ärgerliche Handbewegung. »Ich meine, ist dieser Daniel reich genug für dich und deine kleine Auswahl an Designerschuhen und sonstige Grundbedürfnisse.«

»Geht so, knapp an der Halbmillionengrenze würde ich ihn schätzen, vielleicht aber weniger. Er investiert zu viel in seine verrückten Designideen statt einfach Geld zu scheffeln. Hat einen Hang zum künstlerischen Idealismus, glaub ich.«

Sie schüttelte leise angeekelt den Kopf. »Wie der mich manchmal langweilt mit seinen Gesprächen über die KUNST! Bringt doch nichts ein. Außerdem hat seine Ex ihn bei der Scheidung bluten lassen. Reich ist er also nicht. Will sagen: Früher hätte meinereins ihn nicht mal zur Kenntnis genommen. Und Hoteldesigner, klingt doch irgendwie nach gehobener Frisör oder? Zumindest klingt es nicht nach richtig gutem, verschärftem Sex. Da denke ich an andere …« Ihr Blick bekam etwas eindeutig Verträumtes.

»Beatrice, wie kannst du diesen Daniel so abtun, du willst ihn doch heiraten!«

»He, wir haben uns auf die Wahrheit geeinigt, nichts als die Wahrheit, okay?«

Verena verzog den Mund und nickte widerstrebend, ihr inneres Teufelchen zwang sie dazu. Sie hob den Pikkolo.

»Okay, ein Prost auf die Wahrheit. Daniel ist also ein minderbemittelter Frisör mit nicht mal einer halben Million und wenig Talent im Bett. Warum hast du ihn dir dann ausgesucht? Beim letzten Sommerfest rannten doch ganz andere Kaliber rum, auch kohlemäßig, ich denke an ...«

Ihr Teufelchen feixte und flüsterte was über Fabian. So ein Blödsinn. Verena versuchte nicht hinzuhören, brach jedoch ab und warf Beatrice nur einen auffordernden Blick zu. Die nickte zustimmend.

»Hast ja Recht. Mein Traumtyp sähe anders aus, aber nicht ich habe Daniel für mich ausgesucht, sondern Mutter. Und sie hat auch nicht ihn ausgesucht, sondern seine Tante. Die gute, liebe, und Gott sei Dank sehr, sehr alte Tante Lena Derndorfer, Freundin meines Herrn Papas. Dürfte nach dem Verkauf ihrer Baufirma vor acht Jahren schätzungsweise zehn Millionen besitzen. Nicht so üppig wie es bei uns mal war, aber wenn man Daniel ein bisschen auf Erfolg trimmt und ihn auf den Massentourismustrip bringt, lässt sich das Ganze mit seinen Hotelbauten und ein paar von unseren weniger wüstenähnlichen Grundstücken leicht verdoppeln. Ich trau mir da was zu. Papis Näschen für rentable Geschäfte ist nämlich zufällig das einzig Brauchbare, was ich geerbt habe.«

»Und Daniel weiß, dass ihr selber pleite seid?«

»Wo denkst du hin! Ich bin zwar sehr hübsch, aber nicht so dumm zu glauben, dass mein Geld – mein Ex-

Geld – keine Rolle für ihn spielt. Oder besser gesagt für seine Tante. Ohne deren Einfluss wäre er nicht so schnell auf Hochzeitsgedanken gekommen, glaub mir.«

Verena schüttelte wieder den Kopf, sogar heftig, als wäre das ein Mittel, all die wirren Gedanken zu sortieren, die ihr durch den Kopf wirbelten.

»Ich verstehe dich doch richtig, oder? Du, die vormalige Millionenerbin Beatrice Gabler, bist auf dem besten Weg nach Fuerte, um dort als Hochstaplerin und Heiratsschwindlerin der gehobenen Kategorie die Hochzeit des Jahres zu feiern?«

»Genau.«

»Das ist krank.«

»Ich war nie bei klarerem Verstand. Prost.«

»Das ist tiefstes Mittelalter, Beatrice, eine Zweckehe aus Geldgier.«

»Genau! Wenn man die Ehe wie in den guten alten Zeiten als ein möglichst solides Geschäft betrachtet, hat sie echte Erfolgsaussichten. Ich meine dieser Quatsch von wegen Liebe, das ist doch nichts weiter als emotionale Pornografie oder vorübergehende Blindheit dank akuter Geilheit. Denk doch mal an deinen letzten Lover. Wie war's mit dem? Die Wahrheit bitte. Ein kurzer, verlogener Emo-Porno oder einfach scharfer Sex? Na? Was war's von beidem?«

Nichts von beidem, feixte Verenas Teufelchen.

Beinahe feindselig blickte Verena auf. Wusste Beatrice etwas von der Sache im Badehaus? Von Fabian? Der ging sie überhaupt nichts an! Den hatte sie zuerst entdeckt, der gehörte ihr, wenn auch nur als leicht unscharfe Erinnerung, bei der Sex keine Rolle gespielt hatte. Verena presste die Lippen aufeinander – ihr Glück mal wieder, sie brachte die Männer zum Einschlafen.

Beatrice grinste breit. »Oops, so lange musst du nachdenken? Junge, Junge. Hast wohl ewig keinen mehr rangelassen, oder?«

Verena warf Beatrice einen abweisenden Blick zu. »Ich warte eben auf den Richtigen.«

»Das ist ja noch schlimmer als Mittelalter, das ist kleinbürgerliche Verblendung. Romantik für Gartenzwerge. Mal ehrlich, Verena, wenn wir jemandem längere Zeit was bedeuten, dann vielleicht, weil sich die Neurosen, die wir aus der Kindheit mitgebracht haben, toll ergänzen oder weil unsere hormonellen Körperausdünstungen signalisieren, dass sie toll zueinander passen und wir pumperlgesunden Nachwuchs produzieren könnten. Das ist alles, der Rest ist pure Geilheit. Wer etwas anderes glaubt, hat selber Schuld an seinem sexlosen Unglück.«

Verenas Teufelchen nickte heftig.

»Das, das glaube ich nicht, nein«, sagte Verena entschieden. Ihr Herz begann wild zu klopfen. »Ich glaube, dass es Menschen gibt, die zueinander gehören, die sich ergänzen, die einander befruchten …«

Beatrice warf ein anzügliches »Na, das bestimmt« ein.

Verena sprach unbeirrt weiter: »Menschen, die sich gegenseitig inspirieren und nur als Gefährten ihre jeweiligen Lebensträume verwirklichen können, weil sie einander beistehen. Auch wenn du das kitischig findest, Beatrice, ich glaube an die Liebe. Und zwar in Großbuchstaben.«

Wer kicherte da? Natürlich, Klein-Luzifer. Machte gemeinsame Sache mit Beatrice. Die kicherte auch und betrachtete zugleich mit betont gelangweilter Miene die Fingernägel ihrer rechten Hand. »Soso, und wann bist du der Liebe in Großbuchstaben zum letzten

Mal begegnet? Und warum hast du sie fallen lassen? Ich meine, du bist doch seit Monaten, wenn nicht Jahren solo oder? Ist dieses Liebe-auf-Ewigkeit-Geschwätz nicht einfach eine Ausrede dafür, dass du keinen findest, nicht mal einen halbwegs anziehenden Trottel? Oder bist du wirklich ganz der Kunst verpflichtet, wie deine Mutter stolz berichtet. Verena, die vernünftige, leidenschaftslose, autonome Frau – ganz das Gegenteil ihrer Mama.«

Verena wurde gegen ihren Willen rot. »Ich habe nicht gesagt, dass man die Liebe seines Lebens in jedem Falle findet. Schon gar nicht auf Knopfdruck. Vielleicht hat man sogar ein Leben lang Pech und ist zur falschen Zeit am falschen Ort. Aber, das ist kein Grund, sich unter Wert zu verkaufen und seine Zeit mit den falschen Kerlen zu verschwenden, das tun viel zu viele Frauen, und hinterher jammern sie einem die Ohren voll. *Das* nenne ich Romantik für Gartenzwerge.«

Falsche Kerle?, fragte anzüglich das Teufelsstimmchen dazwischen. *Kerle wie Fabian*?

Beatrice rollte mit den Augen: »Tut mir Leid, Süße, aber das sehe ich anders. Besser den falschen Kerl im Bett als gar keinen. Außerdem ist es absurd, Kerle in gute oder schlechte zu unterteilen, sie sind entweder amüsant oder langweilig, das ist alles! Und verlieben ist zwar ein Wahnsinnskick, aber der geht vorüber. Was dann kommt, ist emotionaler Kriechstrom. Fußbodenheizung statt verzehrender Flammen der Leidenschaft. Da nehme ich doch besser gleich die Fußbodenheizung – also Daniel.

Der hat erträgliche Macken und dazu eine Erbtante, also alles, was ich brauche, um richtig durchzustarten, mein Faulenzerleben habe ich nämlich sowieso satt. Ich will einen Mann und ein Karriereprojekt. Daniel ist beides. Außerdem küsst er passabel.«

Ein heftiges Klopfen unterbrach das Zwiegespräch. Gleich darauf wurde mit unnachahmlich dramatischer Geste die Tür zu Beatrrices Schlafzimmer aufgerissen.

»Etwas Entsetzliches ist passiert.« Mit diesem Satz begann Beatrices Mutter Katharina ihren Auftritt, geriet allerdings ins Stolpern. Über ein Paar pinkfarbene Riemchensandaletten, die sie augenblicklich von der angekündigten Tragödie ablenkten. »Was für entzückende Schuhe, die muss ich dringend anprobieren!«

»Mutter! Könntest du dich vielleicht ein einziges Mal entscheiden zwischen Hiobsbotschaft oder deinem ganz normalen Shoppingwahn?«

Katharina Gabler entwirrte begeistert die Sandalenriemchen: »Welcher Hiob? Ich kenne niemanden, der so heißt und einen Brief für uns hat. Überhaupt, ein ganz blödsinniger Name.«

Beatrice entriss ihr die Schuhe. »Du wolltest uns etwas Entsetzliches erzählen, also?«

»Oh, oh ja. Lena Derndorfer sitzt unten im Salon.«

Beatrice verdrehte die Augen. »Mama, du sprichst von meiner künftigen Schwiegertante. Ich finde zwar auch, dass sie den Scharm eines schlecht gelaunten Panzergenerals hat, aber entsetzlich ist eine wirklich übertriebene Beschreibung, zumal wir auf ihr Geld angewiesen sind.«

Katharina winkte ungeduldig ab. »Ich meine ja nicht, dass Tante Lena entsetzlich ist, obwohl sie in ihrem Alter wirklich Make-up benutzen sollte, ein wenig Rouge in icy rosé, diese neue Farbe von Saint Laurent etwa …«

»Mutter!«

»Wie? Ach so. Wirklich entsetzlich ist, dass Daniel

die Heirat platzen lassen …« Sie brach ab, erst jetzt entdeckte sie inmitten der offenen Schuhkartons Verena.

»Ach, eh, du bist hier.« Ihr Tonfall verriet, dass sie Verena für völlig fehl am Platze hielt.

Beatrice warf ihrer Mutter einen warnenden Blick zu, die hob unschuldig die Brauen. »Na ja, macht vielleicht nichts. Im Gegenteil. Wärst du so lieb, Verena, für uns alle einen Tee aufzusetzen und vielleicht ein paar von diesen köstlichen kleinen Orangen-Ingwer-Muffins zu backen, die deine Mutter sonst immer macht? Sie hat erzählt, dass sei ein Rezept von dir, und sie ist nicht da, und ich weiß wirklich nicht, wie ich mir ohne sie …«

»Mutter! Verena ist mein Gast, nicht unser Dienstmädchen.«

Katharina Gabler setzte eine blasierte Miene auf.

»Natürlich ist Vera, eh Verona, eh, na, unser Gast, aber in Zeiten der Not, dachte ich immer, hält man zusammen, hilft sich gegenseitig. Ich meine, es geht doch nur um etwas Gebäck und Tee, und schließlich ist sie doch Köchin. Ein ausgesprochen respektabler Beruf im Übrigen, da muss man sich nicht für schämen. Ich jedenfalls wäre stolz darauf, wenn ich kochen könnte, aber mir hat ja niemand was beigebracht und …«

Verena erhob sich langsam, pflückte Seidenpapier von ihren Oberschenkeln. »Schon gut, Frau Gabler, ich mache Ihnen Tee und Muffins.« Katharina nickte hoheitsvoll und verließ das Zimmer – ganz Dame – mit schwebenden Schritten.

Beatrice fasste Verena am Arm. »He, du musst hier keine Männchen oder Muffins machen. Warum sagst du meiner Mutter nicht einfach, sie soll sich vom Acker machen?«

»Warum sagst du Daniel nicht dasselbe? Die reine Wahrheit ist doch angeblich dein Spezialgebiet.«

Beatrice unterdrückte ein Kichern. »Eins zu null für dich. Langsam gewöhnst du dich an die schonungslose Offenheit.«

»Na ja, die andere Wahrheit ist, dass es meiner Mutter nicht gefallen würde, wenn ich zu deiner Mutter frech werde. Okay, Beatrice. Kümmer du dich um die Katastrophe mit Daniel, ich gehe backen.«

»Ich dachte, du wolltest mich davon abhalten, ihn zu heiraten, du Madonna der Liebenden.«

Verena schüttelte den Kopf. »Nein, will ich nicht. Im Gegenteil. Wenn dieser Daniel wirklich kalte Füße wegen der Hochzeit kriegt, verliert meine Mutter schließlich ihr letztes Erspartes an euch und das Häuschen. Ich kann auch egoistisch sein, sehr gut sogar.«

Beatrice sah Verena fest an. »Glaub ich zwar nicht, aber jetzt mal ganz im Ernst: Du rätst mir also zu der Heirat? Du bist die einzige Person, auf deren Rat ich Wert lege, weil du mir nicht nach dem Mund redest. Also? Soll ich oder soll ich nicht?«

Verena schwieg. So weit wollte sie nicht gehen.

Beatrice schluckte. »Ich wünschte, du würdest einfach mitkommen.«

»Wohin?«

»Nach Fuerte.«

»Ich habe kein Geld für sowas, Beatrice.«

»Aber ich.«

»Eben hast du das glatte Gegenteil behauptet.«

Beatrice hob abwehrend die Hände. »So etwas sind Peanuts, wusste bereits Doc Sneider! Wenn man erst mal ein, zwei Millionen Mark Schulden hat, Baby, sind ein paar Tausender egal. Außerdem wohnen wir umsonst in der Luxussuite des Hotels. Schließlich hat Lena Derndorfer den Rummelpuff mitfinanziert. Essen und Drinks sind ebenfalls frei. Und selbst, wenn das mit Daniel in Arbeit ausartet, könntest du dich nebenher prächtig amüsieren. Das Hotel ist speziell auf begüterte Singles und Flirts ausgerichtet, hat fünf Sterne und ist das beste der Insel.«

Verena verzog den Mund. »Mag sein, aber ich bin nicht auf Flirts ausgerichtet.«

Ach ja?, fragte spitz das Teufelchen. Verena kehrte ihm und Beatrice den Rücken zu, öffnete die Tür.

»Sei kein Spielverderber, Verena, vielleicht triffst du auf Fuerte ja sogar die Liebe mit den Großbuchstaben. Im Hotel rennen demnächst jede Menge attraktive Promis rum. Erinnerst du dich an die Fernsehleute von unserem Sommerfest im letzten Jahr? Einer ist dir doch regelrecht nachgestiegen. Dir oder deinen Scampihäppchen. War ein bisschen angeschickert der Gute, hm?«

Verena drehte jäh den Kopf zu ihr hin. »Wen meinst du?«

Beatrice nickte grinsend. »Ertappt. Wusste ich doch, dass du letztlich in Sachen Sex doch kein Kostverächter bist. Na, jedenfalls diese TV-Schnuckis sind alle schon da, um Dreharbeiten in Daniels Hotel vorzubereiten. Ich habe damals alles eingestielt. Hat Riesenspaß gemacht, warte kurz …«

Beatrice rannte zu ihrem Kingsize-Bett mit Seidenhimmel, durchwühlte einen Berg aus Kissen und zerknüllten Laken und kehrte mit einem Hochglanzmagazin für gehobenen Klatsch zurück. Eifrig durchblätterte sie das Magazin, murmelte halblaut die Überschriften, die von Prinzenpein und Millionärssorgen, Königskindern und Geldadel, rauschenden Hochzeiten und schmutzigen Scheidungen berichteten.

Weiter hinten – vor der Abteilung Schönheitsfarmen, Verjüngungskuren, Anlagetipps, Modenews und Schlemmerrezepte – stieß sie auf den Kurzklatsch aus dem Fernseh-Promiland. »Da …«, rief sie triumphierend, stupste mit dem Zeigefinger auf ein seitenfüllendes Foto und hielt es Verena unter die Nase.

Zu sehen war ein schlanker, muskulöser Mann mit entblößtem Oberkörper, der tropische Hitze abzustrahlen schien. Schweißperlen hingen in seinen wenigen, sorgfältig arrangierten Brusthaaren. Den Kopf hatte er halb in den Nacken gelegt, als sei er ganz einem ekstatischen, selbstverliebten Tanz hingegeben.

Dabei fixierten seine hellbraunen, fast bernsteinfarbenen Augen mit genauem Kalkül die Kamera des Fotografen. Fabian Seiler vergaß nie, was er seinem Publikum – vor allem dem weiblichen – schuldig war: Die Raubtierpose und einen ziemlich verächtlichen Blick voller Weltekel à la Robbie Williams.

Verena war das Bild geradezu peinlich. Sie schämte sich für Fabian. Oder für sich? Ich habe ihn anders kennen gelernt, beruhigte sie sich – und das johlende Teufelchen.

»Ist er nicht absoluuut hinreißend?«, schwärmte hingegen Beatrice. »Ein echtes Ekelpaket, treulos, selbstverliebt, aber Mann-o-mann, sowas von sexy. Schon erstaunlich, aber eine unumstößliche Tatsache, dass eine Reihe von Frauen diese provozierend selbstgewisse Arroganz unwiderstehlich finden. Mich würde interessieren, wie viel Geld er damit macht. Der könnte noch nach ganz, ganz oben kommen. A real bad, bad boy. Leider hatte ich ihn nie in einer meiner Klatschsendungen. Im Bett ist er bestimmt eine Wucht. Wenn ich du wäre, würde ich ihn ausprobieren. Ich darf ja zurzeit nicht, so als künftige Braut und von wegen ganz in Weiß.«

Verena ertappte sich beim Nicken.

Sie las die Bildunterzeile: »Bad boy: TV-Star Fabian Seiler zieht Partys, Girls und die Hitze der Nacht seiner Arbeit an der neuen Hotelserie ›Fiesta Fuerte‹ eindeutig vor.«

War das nun Fabians eigene Inszenierung oder ein Trick seiner ausgebufften Managerin, um ihn ins Gespräch zu bringen, wunderte sich Verena.

Fabian hatte ihr am Abend ihres Kennenlernens erzählt, wie sehr er sich nach einer ernst zu nehmenden Hauptrolle sehne, wie wichtig es ihm war, von den Sonnyboyparts wegzukommen, weil er nun mal kein Sonnyboy sei. Der Alkohol hatte seine Bekennerlaune befeuert – und die Energie andernorts erlahmen lassen.

»Also?«, fragte Beatrice. »Wie steht es nun mit Fuerte? Du könntest diesen Fabian vielleicht flachlegen. Mit ein bisschen Make-up und ein paar scharfen Klamotten wärst du ein echter Feger. So eine Mischung aus Hure und Madonna. Darauf fahren Typen wie Fabian Seiler voll ab.«

»Nein«, sagte Verena bestimmt. »Ich will niemanden flachlegen. Um ehrlich zu sein, will ich nur eins: weg von hier, nach Hause, an die Arbeit, ich habe da ein interessantes Projekt, die Skizzen sind schon fertig.«

»Ach ja?«, fragte eine aufreizend ungläubige Beatrice. »Was denn?«

»Eh, ja, eine Skulptur für ein Bankhaus.«

Du lügst, raunte das Teufelchen.

»Du lügst«, echote Beatrice, »das sehe ich dir an!«

Schon schlecht, wenn man ein ehrliches Gesicht sein Eigen nannte.

6. Kapitel

Auf dem höchsten Punkt der Schotterpiste, kurz vor dem Abzweig zum »Flores del Agua« brachte Daniel Derndorfer seinen Jeep zum Stehen. Er liebte diesen kaum befahrbaren Weg mit seinen ausgewaschenen Furchen und Schlaglöchern, der nur in Profi-Karten für Geografen als alter Eselspfad eingezeichnet war. Zuletzt – vor etwa einem Vierteljahrhundert – hatten die Fischer von Los Molinos über diesen Weg ihren eingesalzenen und getrockneten Fang zu den Märkten im Inland geschleppt. Inzwischen war er verwaist.

Daniel entfaltete das knappe Telegramm seiner Tante, das er eben erhalten hatte. Es war um 14 Uhr in Deutschland aufgegeben worden und erstaunlich kurz. Was hatte seine Tante nur vor? Irgendetwas musste sie doch im Schilde führen. Keine Beschimpfungen, keine Schmeicheleien, da stimmte was nicht.

»Mein lieber Daniel,

Komme bereits übermorgen – stopp – reserviere Suite mit Gästezimmer – stopp – reise mit Begleitung – stopp – empfange uns am Flughafen – stopp – besuche jetzt deine Braut

Tante Lena«

Daniel kletterte zurück in den Jeep, startete und lenkte das Gefährt gekonnt an einem kratertiefen Schlagloch vorbei. Grinsend schaute er kurz in den Rückspiegel. Wer Tante Lena wohl begleitete? Ihr Hausfreund Doktor Lessing vielleicht? Oder ein Psychologe, der ihn – Daniel – wieder auf den rechten Weg zurückbringen sollte? Übermorgen würde er mehr wissen, dann nämlich würde seine Tante auf Fuerte landen. Am besten, er gönnte sich ein paar letzte Mußestunden, bevor die Schlacht begann.

Im Hotel hatte sich bereits ein Fernsehteam samt künftiger Serienstars breit gemacht, nervte mit Wichtigtuerei und ließ sich und seine Stars von einem anderen Fernsehteam beim Plantschen im Pool abfilmen.

Die echten Promis würden erst auf die letzte Minute hin anreisen. Wenn überhaupt. Daniel hatte sich diesmal nicht allzu viel Mühe gegeben, sie herzulocken. Er war nicht sonderlich stolz auf sein neuestes Hotel. Der Entwurf mochte angehen, aber die verwendeten Materialien, vor allem der hellhörige Beton, den die Investoren vorgeschrieben hatten, entsprachen nicht seinen Vorstellungen von Qualität, ebenso wenig wie die Größenordnung des Projekts. Er schüttelte den Kopf. Angeben würde er mit diesem Bau nicht.

Daniel ließ den Jeep über eine Bodenwelle hüpfen. Federnd setzte das Gefährt wieder auf. Er nahm eine scharfe Biegung. Auf einer steilen abschüssigen Piste türmten sich Felsbrocken vor seinem Wagen. Es bedurfte äußerster Konzentration, sie zu überwinden ohne abzurutschen und in eine bedrohliche Schräglage zu geraten. Zentimeterweise arbeitete Daniel sich vor. Geschafft.

Eine letzte Kurve und er konnte den Jeep auf einem kleinen sandigen Parkplatz neben einer Bachmündung abstellen. Enten und Schwäne plätscherten auf dem seichten Wasser – auch diese Oase war Fuerte. Man musste sie nur suchen.

Vor ihm lag die winzige Bucht von Los Molinos. Wellen brandeten gegen die vorgelagerten Felsriffe, Gischt schäumte auf. Daniel schlenderte durch die winzigen, verwaisten Gassen der Fischeransiedlung zum schwarzen Lavastrand. Die späte Nachmittagssonne warf tiefe Schatten. Raoul, der junge spanische Wirt des Restaurants La Terazza winkte zu ihm herüber.

»Que tal, hombre?« Sein schönes dunkles Gesicht verzog sich zu einem breiten Grinsen.

»Bien, gracias. Ich habe vor ein paar Tagen die alte Finca meines Vaters gekauft. Ich schätze, ich werde nun doch noch eine Weile hier bleiben. Eine gute Weile.«

»Eine spanische Weile?«

Daniel nickte.

»Bon. Darauf wir trinken einen. Eine gute Blanco, eiskalt. Und zum Essen hab ich frisch gegrillte Besugo.« Raoul küsste geräuschvoll die Fingerspitzen seiner linken Hand.

»Kann ich beides brauchen. Die Bruchbude wird mich noch jede Menge Schweiß und Tränen kosten. Die Gartenanlage solltest du sehen. Mörderisch was da auf mich zukommt.«

»Ha, da wirst du selbste wohl endlich mal an die Arbeit kommen. Travajo statt andere scheuchen. Husch husch. Du faule Deutsche, du. Alle Deutsche sind stinkefaul! Ich muss wissen, ich sie sehe überall auf die Insel nur rumliegen wie ganz tote Fisch.«

Lachend lief Daniel die Betonstufen zu der einfachen Dachterasse hinauf. Oben angekommen, stutzte er kurz. Im Schatten des Zuckerrohrdachs, direkt an der Brüstung saß ein Mann, dessen Gesicht ihm bekannt vorkam, bekannt und unbekannt zugleich. Daniel war sich sicher, nie ein Wort mit dem Mann gewechselt zu haben.

Dennoch, die Züge seines außergewöhnlich attraktiven Gesichts waren ihm vertraut. Züge, die zurzeit allerdings leicht entgleist waren, auf dem Tisch vor dem Mann stand eine fast geleerte Flasche spanischer Brandy. Carlos Primero.

Der Terazza-Wirt nahm Daniel achselzuckend beiseite. »Das iste eure Señor Seiler. Du weißt.«

Daniel nickte vage. »Hab ihn irgendwo mal gesehen.«

»Klar, er iste ziemlich beruhmt in euer Fernseher. Er hat mir schon gezeigt Videokassette von sich.«

Daniel zuckte mit den Achseln: »Ich hab keinen Fernseher.«

Der Wirt schüttelte missbilligend den Kopf. »Was biste du für eine Deutsche, he? Freiwillig hart arbeiten, fur wenig Geld und nix Fernsehen? Tststs. Du machst kaputt meine Bild von die Welt.«

Daniel lachte kurz auf. »Ich bin halber Spanier, vergiss das nicht. Meine Mutter kam aus Barcelona.«

»Barcelona! Festlandspanier – sind auch nix gut! Aber das da iste eine bekannter Schauspieler. Un medico im TV oder so. Soll hier auf Fuerte drehen, wenn ich verstanden habe richtig. Nix Arzt, sondern schöne Direktor von junge Luxushotel. Tut unser Insel gut. Mallorca haben die mit TV ganz nach oben gebracht. »Hotel Paradiso« un so.«

»Jetzt hab ich's«, unterbrach Daniel seinen Freund, »der muss zu der Promi-Mischpoke gehören, die sich im ›Flores‹ breit macht. Das Hotelmanagement und meine Tante halten das für eine erstklassige Reklame, die wollen unbedingt, dass das Hotel der Drehort einer neuen Serie wird. ›Fiesta Fuerte‹ oder so.«

Raoul grinste. »Mit diesem Caballero würde ich allerdings in diese Zustand keine Reklame für die Hotel machen. Hochstens für aguardiente. Das ist schon der funfte Tag, an dem er sich hier lässt voll laufen. Und immer er redet mir Ohren voll. Vertragt viel. Die Nächte hat er sogar geschlafen unten an meine Strand. Kunstler-Krise oder Kummer mit amor.«

Daniel runzelte die Stirn. Harte Trinker waren ihm ein Gräuel. Der Brandyzecher warf ihm einen sehr trüben Blick zu. Meine Güte, der war bestimmt kurz vor dem Koma.

»Stört Sie was?«, fragte er mit sehr schwerer Zunge.

»Bei der Hitze wirkt das Zeug doppelt. Ich glaube, Sie haben genug für heute.«

»Für heute?« Der Mann erhob sich schwerfällig, schwankte hinter dem Tisch hervor, der Inbegriff eines stockbetrunkenen Menschen, und doch wirkte das Ganze unecht, leicht übertrieben. Seilers Stimme klang rau wie Sandstein.

»Ich sag dir was, Freundchen, ich hab genug für den verdammten Scheißrest meines Lebens. Sauleben das Ganze. Darauf trinke ich. Und auf die weiblichen Hyänen, die unsere Träume fressen wollen.«

Mit fahriger Geste griff er nach der Flasche neben sich, fegte sie vom Tisch. Glas zerklirrte. Fabian Seiler wollte sich auf einen Stuhl zurückfallen lassen. Auch das misslang. Mit einem hartem Aufprall landete er auf dem Boden und seinem Hintern. »Scheiße«, lallte er, dann sackte er zur Seite.

»Tippe auf Vollrausch«, konstatierte Daniel trocken. »Ich werd ihn mal besser hier wegschaffen und ausnüchtern.«

Raoul hob abwehrend die Hände. »Der kommt wieder bei sich, no problemo. Hättest du seine Reden von gestern Abend hören sollen. Euer große Dichter Göthi rauf und runter.«

In Daniels Gesicht spiegelte sich Verwirrung, dann verstand er. »Du meinst Goethe?«

»Si. Hier auf die Terrasse. Liebesgedichte. Eintritt würde ich aber nicht für das zahlen.«

Daniel zwinkerte amüsiert mit den Augen. »Gib zu, Raoul, du hast ihn hier gewähren lassen, weil ein volltrunkener, deutscher TV-Star eine Attraktion für die deutschen Gäste ist. Auf Fuerte spricht sich so was schnell herum.«

Ertappt blickte Raoul zu Boden. »Na ja, so lange er nicht wird unhöflich wie eben, iste er eine ganz gute Show. Man muss in meine einsame Lage nehmen, was man kann kriegen. Auch betrunkene Stars. Der Konkurrenz schnarcht nicht.«

»Schläft nicht, Raoul.« Daniel klopfte dem Wirt auf die Schulter. »Nichts für ungut, aber ich werde dem Zirkus mal lieber ein Ende machen, sonst liefert der demnächst im ›Flores‹ gar keine Show mehr. Darüber wäre meine Tante sicher mehr als sauer. Am besten ich bring ihn zu meiner Finca, da kann er ungestört seinen Rausch ausschlafen.«

»Und was iste mit die gegrillte Besugo? Soll ich den etwa verfüttern an die normale Touristen? Wegen eine Betrunkene? Du biste zu gut für diese Welt, hombre.«

»Quatsch. Ich kenn mich nur aus mit künstlerischen Krisen.«

Er zögerte einen Moment, dann setzte er leise hinzu. »Und mit weiblichen Hyänen erst recht.«

Tante Lena würde toben, wenn ein so betrunkener TV-Lümmel die Eröffnungsgala stören würde. Zu Recht.

7. Kapitel

Drei Köpfe drehten sich zur Tür, als Verena den altmodischen Teewagen in den so genannten Nachmittagssalon schob. Katharina Gabler hatte ihn mit kostbaren französischen Empire- und englischen Regencymöbeln ausgestattet.

Zwei Köpfe wandten sich sofort wieder ab, als Verena auf eine Sitzgruppe zusteuerte. Katharina Gabler und Lena Derndorfer waren es gewohnt, Personal zu ignorieren. Beatrice hingegen sprang demonstrativ auf, um Verena zu helfen, ihre Mutter hielt sie beim Handgelenk fest und zischte ein drohendes »Beatrice!« Die ließ sich nicht ganz unterkriegen und rief betont fröhlich:

»Riecht toll, was du da gebacken hast, Verena. Darf ich dich übrigens Lena Derndorfer vorstellen? Sie ist die Tante meines untreuen Bräutigams oder wahrscheinlich Ex-Bräutigams und ...«

»Verena!«, unterbrach ihre Mutter sie entsetzt. »Nicht vor dem Perso ...«

»Mutter, Verena ist kein ...«

»Meine Damen!« Lena Derndorfer brachte die beiden mit ihrer befehlsgewohnten Stimme zum Schweigen. Dann wandte sie sich mit indignierter Miene an die »Bedienung«.

»Ich freue mich, Sie, Verena, kennen gelernt zu haben. Vielen Dank für Ihre Mühe und den Kuchen.« Sie griff nach einem Muffin und betrachtete es misstrauisch.

»Sind da etwa Nüsse drin? Ich bin gegen Nüsse allergisch.« Es klang so wie »Nüsse muss ich mir aber entschieden verbitten!«

»Nein«, erwiderte Verena kurz. Lena Derndorfer biss herzhaft zu, schluckte. »Ganz nett«, meinte sie gnädig. »Von Kuchen verstehen Sie was. Leider haben wir hier aber nun private, äußerst private Dinge zu besprechen und wären Ihnen sehr verbunden, wenn Sie uns entschuldigen würden.«

Widerspruch war vollkommen zwecklos, die beherrschte Stimme der alten Dame konnte nicht darüber hinwegtäuschen, wie angespannt sie war. Kurz vor einer Explosion, tippte Verena. Lena Derndorfers Halsschlagadern traten hervor, als seien sie aus blauem Stahlseil gemacht. In ihrem Nacken bildeten sich winzige Schweißperlchen. Geradezu ungesund sah das aus, aber Mitleid empfand Verena nicht, dafür benahm sich Lena Derndorfer ihr gegenüber bei weitem zu geringschätzig.

Jetzt wandte diese sich mit arrogant geschürzter Oberlippe wieder Katharina Gabler zu. Beatrice schnitt eine entschuldigende Grimasse in Richtung Verena und ließ sich zurück in ihren Sessel fallen.

Ihre Frechheit und Wahrheitsliebe hat genaue Grenzen, wenn es um Geld geht, dachte Verena ungerührt, während sie den Tee ausschenkte.

Nur gut, dass sie – Verena – mit dem ganzen Schlamassel nichts zu tun hatte. Die schöne Beatrice würde diesen Designer-Daniel sicher ordentlich um den Finger wickeln, womit ihre und Katharinas millionenschwere Zukunft, aber auch die von Gisela Malchow wieder gesichert wäre.

Verena drehte den Teewagen und steuerte zurück zur Tür. Mit ihrer Mutter würde sie noch heute Abend ein ernstes Wort reden. Die Gablers auf ihre Kosten durchzufüttern! Das war der Gipfel. Das musste ein Ende haben, das …

Eine Teetasse klirrte, begleitet von einem mit letzter Kraft gestammelten »Oh Gott, Ingwer!« und gefolgt von einem äußerst ungesunden Röcheln. Katharina Gabler stieß einen markerschütternden, ziemlich bühnentauglichen Schrei aus. Verena riss den Kopf herum und sah, dass Beatrice aufsprang, die rechte Hand vor den Mund schlug. Sie war totenblass.

Erst dann fiel Verenas Blick auf Lena Derndorfer in dem zierlichen Empiresofa. Die alte Dame war zur Seite gesackt, ihre Gesichtsfarbe tendierte Richtung violett, die Augen blickten starr zur Decke, ein kleines Teerinnsal lief ihren rechten Mundwinkel herab und löste sich am Kinn in einzelne Tropfen auf.

»Sie, sie ist tot, oder?«, stammelte Beatrice tonlos. »Mein Gott, sie ist tot.«

»Dann sind wir am Ende. Erledigt. Bankrott! Oh verflucht, Beatrice, warum musstest du diese dämliche Frage stellen, ob Daniel dich auch als Aschenputtel nehmen würde oder ob er dich vor allem wegen des Geldes liebe? Das hat sie umgebracht!«

»Quatsch«, gab Beatrice schroff zurück. »Du und dein verdrehtes Gerede über Kranzgeld und Entschädigung wegen eines gebrochenen Heiratsversprechens, das war der Todesstoß. Du und dein elender Egoismus …«

»Iiiich? Ich soll egoistisch sein? Ich denke nur an unsere Zukunft …«

»Vor allem an deine würde ich meinen. Ich soll mich einer spinnerten Knalltüte mit Aussteigerallüren auf dem Altar der Ehe opfern, nur damit du weiterhin dein Schmarotzerleben samt Lustknaben führen kannst …«

»Schmarotzerleben?« Katharina Gablers Stimme verlor sich in schrillem Geheul.

Verena löste sich aus ihrer Erstarrung, raste zum Sofa, richtete Lena Derndorfer auf, tastete nach ihrem Puls, telefonierte nach einem Notarztwagen.

Während Mutter und Tochter Gabler weiterhin lautstark zankten, nahm Verena nur eine Stimme war. Die ihres persönlichen Teufelchens. Es flüsterte nur ein Wort. Lena Derndorfers letztes Wort: *Ingwer.* Immer wieder. Ingwer. Tränen stiegen in Verenas Augen, mit Mühe unterdrückte sie ein Schluchzen.

»Was ist denn hier passiert?«, fragte von der Tür her eine klare, freundliche Stimme und brachte die keifenden Weiber zum Schweigen.

»Mutter«, sagte Verena mit tonloser Stimme. »Ich glaube, ich habe aus Versehen diese alte Dame umgebracht. Ihr Puls ist nur noch ganz schwach, und ... und sie atmet kaum noch.« In der Auffahrt heulte eine Sirene, Blaulicht zuckte über die weiße Fassade der Gablervilla.

8. Kapitel

Wild bellend stürmte ein gewaltiger Doggenmischling auf Daniels Jeep zu. Fabian Seiler erwachte kurz aus seinem alkoholgeschwängerten Dämmerschlaf und gab einen erstickten Schrei von sich. Als der Hund auf die Hinterläufe stieg und seinen riesigen Schädel durchs offene Seitenfenster steckte, krümmte Fabian sich wimmernd auf dem Beifahrersitz zusammen. Schützend verschränkte er die Arme vor seinem Gesicht. Der Doggenmischling fuhr mit seiner Zunge über Fabians Stirn, Daniel lachte.

»Gestatten, Daniel Derndorfer. Ich fürchte, der Hund mag sie.«

Fabian, durch den Schrecken hellwach geworden, richtete sich seufzend im Sitz auf. »Auch das noch. Ein Höllenhund als bester Kumpel. Vielleicht sollte ich ihn Mephisto nennen, nach dem schwarzen Pudel aus dem Faust?«

»Goethe ist wohl ihre Spezialität als Schauspieler?«

»Ich wünschte, es wäre so. Nein, ich bin nur Fabian Seiler, ein TV-Dummie, der im Arztkittel windschnittig aussieht. Deutschlands Antwort auf George Clooney sozusagen – noch. Hey, Mephisto, lass gut sein.«

Daniel kletterte aus dem Jeep. »Der Hund hat leider schon einen Namen. Ich habe ihn Gofio getauft. Nach dem beliebten Röstmehl der Einheimischen hier. Wärmt Leib und Seele und klebt wie Tapetenleim am Gaumen.

Der Hund ist in etwa so anhänglich. Allerdings hängt er nicht an seinem Besitzer, meinem Nachbarn, sondern an mir und der Finca da.«

Daniel deutete auf das Gebäude vor ihnen. Es war ein großzügiger rechteckiger Bau im spanischen Kolonialstil, an den sich ein hoch ummauerter Hof anschloss.

»Gofio ist dort geboren. Das scheint er nie vergessen zu haben.« Im Gegensatz zu mir dachte Daniel und tätschelte den Kopf des schwarzen Ungetüms, das ihm bis an die Ellbogen reichte. Er mochte den Hund. Ein Hund bedeutete Sesshaftigkeit.

Fabian stieg aus dem Auto und fuhr sich über die Stirn.

»Mein Gott habe ich einen Brummschädel. Haben Sie was zu trinken?«

»Keinen Alkohol, wenn Sie das meinen.«

Fabian schüttelte den Kopf. »Nur das nicht. Wasser wäre mir am liebsten.«

»Da drüben«, sagte Daniel knapp und wies zu einem Brunnen vor einem verfallenen Stallgebäude. Fabian ging mit schleppenden Schritten hinüber, Staub wirbelte bei jedem Schritt auf.

Er ließ einen Eimer herab, schöpfte Wasser hinein, zog ihn wieder hinauf und goss sich das Wasser über Kopf und Oberkörper. Er schüttelte sich wie ein Hund nach einem Bad im Meer. Wenn man ihn so sah, war schon klar, warum er ein TV-Star und vor allem bei Frauen beliebt war. Fabian trocknete sich ab, dann schlenderte er wieder in Richtung von Daniel:

»Sehr gut. Übrigens so betrunken, wie ich vorhin aussah, war ich nicht. Ich spiel sowas nur gern mal durch. Schauspielerkrankheit, ständig probiert man Rollen aus, und Raoul war ein wunderbares Publikum. So gutgläubig und geduldig, ein sehr anziehender junger Mann, ich mag ihn. Sogar sehr.« Er machte eine kurze Pause, dann schüttelte er beinahe unmerklich den Kopf. »Außerdem hat es mir Spaß gemacht, ein paar deutsche Fans zu verschrecken, vor allem die Weiber mit den Kuhaugen. Zuviel weibliche Anbetung macht mich im Moment einfach irre. Sehr schlimm?«

Daniel zuckte mit den Achseln. »Ihr Problem, wenn sie den bad guy spielen müssen. Sympathisch ist so was allerdings nicht, eher kindisch für meinen Geschmack.«

Fabian setzte ein betont reumütiges Gesicht auf. Gofio bellte, sprang an ihm hoch und leckte sein Gesicht. Daniel lachte wider Willen auf. Verflucht, man konnte diesem Kerl einfach nicht ernsthaft böse sein.

»Sie scheinen nicht nur der Damenwelt den Kopf zu verdrehen. Kommen Sie mit in den Schatten. Im Haus steht auch ein Kühlschrank. Seit gestern habe ich Strom und damit alle kalten Getränke, die das Herz begehrt.«

Er stieß ein morsches Holztor zum Hauptgebäude auf, und sie traten in einen weitläufigen, bunt gefliesten Innenhof. Er war von einem hufeisenförmigen, Schatten spendenden Säulengang gesäumt. In der Mitte verwitterte ein maurischer Springbrunnen, zersprungene Terracottatöpfe lagen verstreut herum. Man ahnte die vergangene Schönheit, die dieser Ort einmal ausgestrahlt haben musste, geblieben war nur die Ruhe. Fabian stieß einen anerkennenden Pfiff aus und schlenderte über den Patio.

Daniel verschwand in einer Kammer, die von dem Säulengang abging, holte zwei wacklige Rohrstühle und einen Tisch hervor, verschwand wieder und servierte schließlich eine Schale schwarze Oliven, würzigen Ziegenkäse, Brot und Wasser.

Eine Weile aßen sie schweigend. Fabian lehnte sich gesättigt zurück. »Wunderbar. Die Freuden eines frugalen Lebens sind unschlagbar. Brot, Oliven und Käse. Ich habe lange nicht mehr so gut gegessen, und die Umgebung hier ist sagenhaft. Das Haus hat Charakter und Geschichte. Man spürt sie förmlich. Dagegen ist dieses neue Hotel ›Flores‹ eine pompöse, aufgemotzte Absteige, weltberühmter Designer hin, Designer her.«

»Ach, tatsächlich?«

»Ein Luxuspuff für überkandidelte Singles und neureiche Angeber. Fürchterlich. Kein echter Stil, nur ein netter Versuch aus zu viel Beton. Sie hingegen haben Geschmack. Diese Finca hier, ich meine, das ist doch Ihre Finca? Die ist echt, authentisch …«

Daniel nickte. »Ja, das ist meine Finca. Sie ist mir zurzeit allerdings ein wenig zu authentisch und echt verrottet. Das Dach muss dringend neu gedeckt werden, danach werde ich innen weitermachen – übrigens auch mit Beton, sonst fällt irgendwann alles in sich zusammen.

Die Finca stammt in ihren Ursprüngen noch aus der Zeit der Kolonisatoren. Anfang achtzehntes Jahrhundert. Die Brunnenanlage ist noch älter und im Moment sicher versandet. Ein Jahr werde ich hier mindestens reinstecken müssen, falls ich überhaupt genug Arbeiter bekomme und jede Menge Geld.«

Fabian verschränkte genießerisch die Arme hinter seinem Kopf und legte seine nackten Füße auf Gofios glänzenden Rücken. Kein Zweifel, er gab nun die Rolle des faulenzenden, leicht dekadenten Kolonialherrn. Hund und Gast seufzten wohlig.

»Wundervoll, wenn man ein so klares Ziel vor Augen hat. Besser als jede Droge, oder? Soll das hier ihr Feriensitz werden?«

Daniel schüttelte den Kopf. »Nein. Mehr. Es soll mein künftiges Zuhause sein. Ich plane einen Künstlertreff. Im Haus nebenan gibt es mehrere Atelierräume, einige mit Oberlicht. Auch hier im Hof kann man prachtvoll malen und zeichnen, vielleicht sogar modellieren, meine Mutter hat das früher gemacht.«

»Werden Sie hier denn nicht ziemlich einsam sein?«

Daniel zuckte mit den Achseln. »Möglich. Allerdings stehe ich kurz vor meiner Heirat. Das heißt, falls meine Zukünftige mit dieser Lebensform einverstanden sein wird. Ich will die meiste Zeit auf der Insel verbringen.«

»Sie weiß noch nichts von ihrem Glück?«

Daniel schüttelte den Kopf.

»Sie haben Nerven, Kerl. Ich meine, ich bin ja nicht gerade bekannt für meinen feinfühligen Umgang mit zart bebenden Frauenherzen, aber so einfach eine Finca kaufen, aussteigen und der Teuersten ein Leben bei Oliven, Wasser und Brot anbieten. Die Zeiten, in denen man sich eine Frau über die Schulter werfen und in die eigene Wohnhöhle abschleppen konnte, sind schon eine Weile vorbei. Na ja, schließlich kenne ich ihre Verlobte ja nicht, vielleicht …«

Daniel schmunzelte. »Doch, Sie kennen sie.«

Fabian schaute verblüfft auf. »Wie bitte?«

»Sie waren im vergangenen Sommer sogar bei ihr eingeladen. Beatrice Gabler ist ihr Name.«

Fabian schien angestrengt nachzudenken, seine Lippen formten stumm den Namen Beatrice.

»Erinnern Sie sich nicht? Das Sommerfest bei den Gablers. Meine Tante, Lena Derndorfer, hatte ihre Agentin, Sie, ein paar Ihrer Schauspielkollegen und den Produzenten der geplanten Serie »Fiesta Fuerte« dazugebeten. Ein kleiner Anreiz, damit die Serie im ›Flores del Agua‹

gedreht wird, das meine Tante mitfinanziert hat. Wie es aussieht, scheint die Sache ja auch zu klappen. Zumindest für den Pilotfilm. Na ja, und auf diesem Fest wurden Sie sicher auch Beatrice vorgeführ … eh, vorgestellt.«

Fabian schüttelte den Kopf. »Tut mir Leid, Mann. Ich erinnere mich nicht. Ich meine, dämliche Partys – oh, Verzeihung …«

Daniel winkte ab, und Fabian fuhr fort. »Na ja, Partys sind sozusagen mein tägliches Brot, und Frauen lerne ich so viele kennen, zu viele, und die meisten gehen mir verdammt auf die Nerven. Autsch, sorry, schon wieder daneben, oder? Ich meine, ist Ihre Verlobte auffallend schön, eh, ich meine, hat sie was Besonderes, ach Käse. Wie ist sie denn so, Ihre Beatrice?«

Daniel runzelte die Stirn, er hatte nicht wirklich Lust, Beatrice mit diesem Hallodri zu diskutieren. Fabian war klug genug, das zu verstehen, außerdem waren Frauen gerade zurzeit nicht das angenehmste Thema, das er kannte. Er schlug erneut den unverbindlichen Plauderton an.

»Jedenfalls ist diese Finca hier ein Traum. Schön, dass Sie sich so etwas leisten können und Verstand und Geschmack genug haben, es zu realisieren.«

Daniel konnte ein maliziöses Grinsen kaum unterdrücken. »Nun, das Geld habe ich, weil ich Verstand und Geschmack genug hatte, das ›Flores del Agua‹ zu entwerfen.«

Fabian riss die Füße hoch und starrte seinen Gastgeber peinlich berührt an. »Autsch. Ich bin wirklich ein selten ignoranter Trottel, erst spiele ich Ihnen den betrunkenen Randalierer vor, dann mische ich mich in ihre Intimssphäre ein, beleidige unbekannterweise Ihre

Verlobte, und als Krönung ziehe ich noch über Ihre Arbeit her, die im Übrigen besser ist als die meisten anderen Hotelbunker von Fuerte, ehrlich.«

»Schon gut, auf das ›Flores‹ bin ich nicht besonders stolz. Es ist meine Abschiedsarbeit. Eine Gefälligkeit für meine Tante. Hotelentwürfe reizen mich nicht mehr. Ich werde in Zukunft nur noch wenig auf diesem Gebiet machen. Nur dann, wenn es finanziell nötig ist.«

»Trotzdem, ich wollte Sie nicht beleidigen. Was mir am ›Flores‹ auf die Nerven geht, ist gar nicht so sehr die Architektur – die hat ja was – es ist diese Atmosphäre. Na ja, und die wird zurzeit ehrlich gesagt durch unser überkandideltes TV-Team verbreitet.«

Er schüttelte missbilligend den Kopf. »All diese Möchtegernpromis. Dabei waren viele von denen bisher höchstens mal Wasserleiche im Tatort oder Regieassistent beim Glücksrad. Meine verfluchte Agentin dreht mir nur noch den letzten Mist an, die will mich kleinkriegen, meine Träume unterbinden, mich davon abhalten, andere Pläne zu machen.«

»Sie scheinen Ihren Beruf nicht sonderlich zu mögen.«

»Nicht mehr in dieser Form. Wissen Sie, ich habe jetzt fünf Jahre als Assistent von Komissaren, als fescher Krankenpfleger oder stellvertretender Chefarzt hinter mir. Augenfutter für die Damenwelt, der Sascha Hehn der späten Neunziger. Erfolgreich, aber ohne echte Herausforderung. Deshalb habe ich rebelliert und eine anspruchsvolle Rolle verlangt. Was Neues. Und was verschafft mir meine so genannte künstlerische Agentin? Einen Part als frauenumschwärmter Hoteldirektor in einer Jubel-Trubel-Schwachsinnsserie, die von einem großen Reiseunternehmen, einer Fluglinie und in kleinem Maße von Ihrer Tante gesponsert wird.«

Daniel nahm einen Schluck Wasser. »Was ist daran so schlimm? Sie wollten doch eine Hauptrolle.«

»Ich soll nicht nur in dieser Serie rumdilettieren, ich muss laut Vertrag auch außerhalb Werbung für die Sponsoren machen, im Internet Singles miteinander verkuppeln und Reisen oder Übernachtungen im ›Flores‹ verlosen. Das passt mir nicht. Ich will nicht Mister Neckermann oder Onkel TUI werden. Überhaupt passt es mir nicht mehr, wie ein Schweinenackenkotelett vermarktet zu werden, dazu noch als Sonderangebot im Doppelpack. Es ist alles so verlogen.«

»Manchmal kann man sich das nicht aussuchen. Und auch Sie müssen Geld verdienen, oder?«

Fabian winkte ab. »Fürs Erste habe ich genug Knete, hatte kaum Zeit, meine Gagen auszugeben. Meine Agentin ist die Gierige. Die verramscht mich an jeden statt mich behutsam zu einem ernst zu nehmenden Schauspieler aufzubauen. Seit kurzem droht sie mir außerdem mit meinem voranschreitenden Alter. Dabei bin ich erst fünfunddreißig, verdammt.«

Daniel grinste. »Die Männer erwischt es in Ihrem Business also auch immer früher.«

»Wissen Sie, ich hatte mal andere Pläne als den, ein Seriensonnyboy zu werden. Echte Ziele, wertvolle Arbeit. Vielleicht am Theater. Bekannt sein aus Film, Funk und Fernsehen ist keine wirkliche Leistung. Soviel weiß ich inzwischen.«

Daniel runzelte die Stirn, aus irgendeinem Grund erschien ihm diese flammende Rede gegen hohlen Ruhm aufgesetzt. Konnte man einem Schauspieler wie Fabian eigentlich irgendeine Gefühlsregung abnehmen?

Fabian nahm Daniels skeptischen Blick nicht wahr. »Ich habe die Schnauze ziemlich voll von mir, wirklich.

Genau wie von den weiblichen Fans. Ich beginne sie geradezu zu hassen. Und na ja, in diesem Fall sollte man wohl besser aufhören, bevor man zum völligen Zyniker verkommt.«

Daniel nickte langsam. »Das scheinen Sie tatsächlich ernst zu meinen. Ich meine, das mit den Frauen.«

Fabian schaute kurz auf – beinahe wie ertappt – fand Daniel. »Ich meine es ernster als ernst. Ich hab meine fünfzehn Minuten Berühmtheit, die Warhol jedem Menschen im Medienzeitalter prophezeit hat, gehabt. Ich möchte endlich etwas ganz Reales machen, mich sammeln, zu mir finden, echt sein und ganz ehrlich.« Er seufzte, und das klang ausnahmsweise sehr, sehr echt. »Vor allem ohne meine Agentin, diese Raubkatze.«

Er hielt einen Moment inne, dann sank seine Stimme zu einem Murmeln. »Hab die Nase voll von Raubkatzen, wissen Sie.«

»Haben sich wohl ein paar Schrammen am offenen Herzen geholt?«

»Kann man so sagen. Die toughen Ladys habe ich wirklich über. Gibt es eigentlich noch sanfte, einfühlsame Frauen da draußen?«

Daniel hakte ein. »Ich dachte, sie hassen zu viel Anbetung, und jetzt machen Sie die zielstrebigen Damen schlecht. Wie wollen Sie es denn nun haben?«

Fabian schüttelte grimmig den Kopf. »Ich weiß es nicht. Ich weiß es wirklich nicht. Ich glaube, wenn überhaupt, brauche ich eine Frau, die sanft und stur zugleich ist, völlig eigenständig, nicht an meinem Namen oder meinem Geld interessiert, dabei sehr anschmiegsam, bereit mich zu bewundern, aber ohne Hang zur Götzenverehrung, unschuldig im Herzen, aber im Bett …«

Daniel warf den Kopf in den Nacken und lachte. »Tut

mir Leid, Junge, aber das ist wirklich ein bisschen viel verlangt fürs Geld. Wie wär's, wenn Sie es mal mit einer Frau vom Planeten Erde versuchen?«

Fabian lachte mit. »Sie haben Recht. Lassen wir das Thema. In Wahrheit brauche ich auch ganz was anderes als eine Frau. Ich …« Er brach ab, lächelte und fand zu seiner TV-Stimme zurück. »Nur was? Was brauche ich?«

»Einen Hund«, schlug Daniel vor und deutete auf Gofio. »Er ist mehr als bereit, Sie zu bewundern, aber glauben Sie mir, wenn es ums Fresschen geht, ist es mit der Götzenverehrung vorbei. Er kann sehr anschmiegsam sein, aber wehe, sie verbieten ihm, allein durchs Gelände zu strolchen und die Mülltonnen zu inspizieren, dann kann er sehr stur werden. Leider ist er allerdings ein Mann.«

Fabian grinste und kraulte Gofios rechtes Ohr.

»Das ist mir sehr recht. Wissen Sie was, Daniel? Am liebsten würde ich für eine Weile hier bei Ihnen bleiben. Einfach abtauchen. Diese Insel hat was, wenn man die Touristenströme ein bisschen meidet. Sie ist karg, beinahe abweisend, man kann sich hier nichts vormachen über sich selbst.«

Sein Gegenüber nickte zustimmend. »Wohl wahr. Ich habe hier eine Menge Wahrheiten über mich herausgefunden.«

Fabian fuhr fort. »Ein bisschen Knochenarbeit auf Ihrer Finca wäre, glaube ich, genau das Richtige für mich. Genug zu tun gibt es ja.«

Daniel zog skeptisch die Augenbrauen zusammen. »Hören Sie, ich brauche niemanden, der die Arbeit nur mimt, egal wie gut er das kann und wie sexy er dabei aussieht.«

Fabian warf den Kopf in den Nacken und lachte unwiderstehlich. »Sie finden mich sexy? Danke für das Kompliment. Keine Bange, Kumpel, ich komme aus einer Arbeiterfamilie, in echt und in Farbe. Mein Vater war gelernter Maurer, hat's bis zum mittleren Bauunternehmer gebracht. Ich weiß, wie man Wände hochzieht und Dächer deckt. Hab oft genug auf dem Bau malocht. Und irgendwie ist mir danach, genau da wieder anzufangen. Never forget where you're coming from. Das läutert und strafft den Körper, immer nur Fitnesstudio wird auf Dauer langweilig.«

»Bauarbeiten können auch ganz schön nerven. Aber lassen Sie mal, Sie könnten mir tatsächlich einen Gefallen tun. Allerdings hat der mehr mit Schauspielerei zu tun. Haben Sie schon mal den Besitzer einer Finca gegeben?«

9. Kapitel

Das war kein Gefängnis, das war die Hölle. Verena saß bewegungsunfähig und eingeklemmt zwischen vielen Menschen, darunter Katharina und Beatrice Gabler, die sich mit Muffins bewarfen. Vor ihnen auf dem Boden lag eine schneeweiße Lena Derndorfer. Verena konnte die Beine nicht strecken, schnappte nach trockener Luft, fror und schwitzte zugleich. Ihr persönliches Teufelchen hatte es sich auf ihrer Schulter bequem gemacht und feixte. *»Mörderin. Mörderin. Mörderin!«*

Nein, das war nicht die Hölle, das war nur ein Traum, aus dem ein elektronisches »Pling« Verena weckte.

»Meine Damen und Herrn, bitte beachten sie die Anschnallzeichen. Klappen Sie nun auch Ihre Tische nach oben und stellen Sie Ihre Sitzlehnen gerade. Wir beginnen unseren Landeanflug auf Fuerteventura.«

»Ein Albtraum«, stöhnte Verena und warf einen Blick aus dem Fenster auf den unregelmäßigen Flecken aus braungrauem Fels inmitten des dunkelblauen Atlantiks.

Beatrice lachte munter und beugte sich über Verena, um aus dem Fenster zu schauen: »Ja, habe ich zum ersten Mal auch gedacht. So eine Einöde! Kein Wunder, dass sich da vor allem Ziegen wohlfühlen. Aber tröste dich, wenn man erst mal unten ist, ist es halb so schlimm. Das Meer und die schneeweißen, einsamen Strände sind einmalig. Wenn man einsame Strände mag. Am Nachtleben hapert's allerdings gewaltig. Ein echter Horror …«

»Ich meine ja gar nicht die Insel«, erwiderte Verena unwirsch und griff nach einem der heißen Gesichtstücher, die die Stewardess ihr anbot. »Ich hatte nur einen Albtraum, in dem ich bewegungsunfähig und eingequetscht zwischen hunderten von Menschen saß …«

»Willkommen im Zeitalter des Massentourismus, Baby, wir sitzen alle in einer Chartermaschine, Holzklasse, Sitzabstand etwa dreieinhalb Zentimeter«, warf Beatrice ein. »Ich flieg normalerweise von Barcelona aus Linie bis hierhin, aber leider hatten wir es diesmal ja besonders eilig … Verfluchte Lena Derndorfer.«

Verena ließ das Tuch sinken, das sie sich auf die Stirn gelegt hatte. »Beatrice! Wie kannst du nur so von ihr reden?«

»Na, jetzt kann ich ja wohl wieder, wo sie einwandfrei überlebt hat. Sozusagen fabrikneu, keine Kratzer. Und uns erst so einen Schrecken einzujagen mit ihrem Transistor …, eh, Travestor …«

»Transitorischer, also vorübergehender Schlaganfall heißt es«, korrigierte Verena. »Doktor Lessing hat ziemlich klar gemacht, dass es viel, viel schlimmer hätte kommen können. Der Atemstillstand war gerade kurz genug, um keine bleibenden Schäden zu hinterlassen. Gott sei Dank hat sie nur einen einzigen Bissen von diesen verfluchten Muffins genommen, sonst wäre ich jetzt wirklich dran.«

Beatrice schüttelte ärgerlich den Kopf. »Könntest du endlich mit diesem Quatsch aufhören? Dich trifft überhaupt keine Schuld. Nicht die geringste. Wenn jemand dran wäre, dann nur Doktor Lessing, der hat Lena schließlich die Impfung verpasst, obwohl er wusste, wie gefährlich so was für eine Allergikerin im zarten Alter von fast achtzig sein kann. Und dein Muffin, das du zudem in aller Unschuld serviert hast, war höchstens der Auslöser!«

»Trotzdem ...«

»Nein! Kein Trotzdem. Denk lieber daran, wie putzmunter und befehlstüchtig der alte Drachen uns gestern im Krankenhaus empfangen hat. Sah die vielleicht krank aus? Geschweige denn leidend?«

Nein, das nicht. Lena Derndorfer war vielleicht ein wenig blasser als sonst gewesen, aber der rebellische Ausdruck in ihrem Gesicht zeugte von ungebrochenem Kampfgeist, genau wie ihre Worte.

»Wenn ihr rausgeht, schickt mir die Krankenschwester, ich will wissen, wann ich diese Schläuche hier abmachen kann. So was Lästiges, ich will wenigstens mal unverkabelt auf die Toilette. Und dann sollen Sie mir gefälligst etwas Anständiges zu essen machen, nicht diesen farblosen Babypapp. Ich habe noch Zähne.«

»Frau Derndorfer, keine Aufregung bitte. Sie müssen sich jetzt wirklich ausruhen«, mahnte ein sehr, sehr bleicher und ungesund aussehender Doktor Lessing, der wie ein treuer Wachhund neben ihrem Bett hockte.

»Papperlapapp. Die wollen nur mein Geld, dabei kann ich zuhause genauso gut im Bett liegen und habe es bei weitem bequemer. Und meinen Sherry.«

»Sie hatten einen vorübergehenden Schlaganfall, Lena. Wir müssen Sie zur Beobachtung hier behalten. Seien Sie endlich einmal vernünftig.«

»Vernünftig ist, sich alles vom Hals zu schaffen, was einen verärgert und den Blutdruck in die Höhe treibt. Beatrice!«

Hatte tatsächlich stramm gestanden und »jawohl« gebrüllt, als handele es sich hier nicht um ein Krankenhaus, sondern einen Kasernenhof. Lena Derndorfer hatte zweifelsfrei kurz gegrinst.

»Lass den Unsinn, Mädchen. Und Sie da, Verena? Gucken Sie nicht so leidend. Ich nehme Ihnen diese Muffins nicht weiter übel. Ihre Mutter hat mir erzählt, dass Sie als Einzige nicht durchgedreht sind und rechtzeitig den Notarztwagen gerufen – und sogar Mund-zu-Mund-Beatmung gemacht haben. Also, Schwamm drüber. Jetzt geht es darum, meinen wild gewordenen Neffen zur Vernunft zu bringen. Leider hat der Arzt mir jede Reise vorerst verboten. Ihr beiden fliegt also morgen nach Fuerte! Keine Widerrede.«

Verena hatte spontan den Mund geöffnet, zu Wort kam sie nicht.

»Sie auch, Verena. Ich habe das Gefühl, dass man sich auf Sie verlassen kann, obwohl sie Künstlerin sind. Außerdem ist der kostenlose Urlaub so eine Art Dankeschön. Doktor Lessing, meine Handtasche bitte. Ich hatte die Tickets bereits gekauft, einmaliges Schnäppchen aus dem Internet. Wäre eine Schande, eins davon verfallen zu lassen. Sie, Verena, reisen einfach unter meinem Namen. Pässe werden auf den Kanaren ohnehin nicht kontrolliert.«

»Woher wissen Sie das?«, fragte Verena schwach.

»Aus dem Reiseführer«, antwortete Lena.

»Aus *dem* Reiseführer, der auch die Malaria-Hepatitis-Cholera-Impfungen empfiehlt?«, fragte ganz harmlos Beatrice.

»Jetzt aber raus ihr zwei! Ich verschenke Luxusreisen und muss mir Frechheiten bieten lassen, also ehrlich. Ihr habt die Tickets gar nicht verdient.«

Aber bekommen und auch benutzt. Der Flieger zog eben einen Halbkreis über dem Flughafengelände, steuerte noch einmal aufs Meer hinaus, drehte und peilte die Landebahn an.

»Du kannst dich freuen, dass ich Schuldgefühle habe«, bemerkte Verena mit Blick auf das würfelförmige Flughafengebäude, »sonst wäre ich nie und nimmer mit dir hierher geflogen. Als Helfershelferin einer Heiratsschwindlerin! Und Lena Derndorfer glaubt auch noch, du seist ihre letzte Rettung. Was mach ich hier bloß!«

»Na komm, deine Mutter hat dich doch auch darum gebeten mitzufliegen, und der schlägst du doch nie was aus. Schon gar keine menschenfreundliche Tat.«

Das stimmte.

»Aber«, gab Verena zu bedenken, »meine Mutter glaubt ebenfalls, dass du ernsthafte Gefühle für Daniel hegst und dass es sich hier sozusagen um eine ›mission d'amour‹ handelt.«

»Na ja, ich bin ja nicht ganz doof. Einer gefühlvollen, großherzigen Frau wie deiner Mutter kann man eben nicht mit so rohen Themen wie Geldheirat und Zweckehe kommen.«

»Aber mir, hm?«

»Du kannst die Wahrheit vertragen. Denk an deine Kunstwerke. Die Story mit der Sparkassenskulptur gefällt mir. Das Gesicht der Korruption direkt vorm Kassenschalter, Klasse, hätte ich mich nicht getraut. Allerdings hätte ich das Honorar bekommen.«

Verena machte eine ärgerliche Handbewegung. »Mal abgesehen von mir. Was meinst du, wie allergisch Lena Derndorfer reagiert, wenn sie herausbekommt, dass euer Vermögen ein Bluff ist? *Das* könnte sie ernsthaft umhauen, wenn ich sie richtig einschätze. Ich meine, Geld ist ihr nicht eben gleichgültig. Könnte sein, dass sie euch nach der Heirat glatt enterbt.«

Beatrice zuckte ungerührt die Schultern. »Ich werde ihr nach der Hochzeit einfach deine flammende Rede über die Liebe in Großbuchstaben halten und erklären, dass Daniel und ich füreinander bestimmt sind und wir uns – wie sagtest du so schön? – uns gegenseitig befruchten. Der Junge ist ihr Darlingboy, da wird sie kaum Widerworte geben oder ihn enterben, wenn er mir verliebte Plüschaugen macht. Au, das hat wehgetan! Warum knuffst du mich?«

»Weil du es verdient hast, du gefühlskaltes Luder.«

»Warte nur, bis du Daniel, diesen wortkargen Eigenbrötler kennen lernst, dann wirst du mich besser verstehen. Wenn ich bei uns nicht ständig für Stimmung und Gesprächsstoff sorge, ist er der größte Trauerkloß der Nation.«

»Er hat gerade eine Scheidung hinter sich.«

»Kein Wunder!«

»Beatrice!«

»Na ja, jetzt mal im Ernst. Was denkt sich der Kerl eigentlich, mir, ausgerechnet *mir*, eine Art Leben als gehobene Ziegenhirtin anbieten zu wollen! Das nenne ich versuchte Körperverletzung.«

»Noch weißt du davon offiziell doch gar nichts«, erinnerte Verena sie, »er hat es nur seiner Tante geschrieben.«

»Was die Unverschämtheit perfekt macht. Eins ist jedenfalls klar, diese verfallene Finca ist er schneller wieder los, als er denkt. Künstlerhotel! Dass ich nicht lache, der soll Luxussuiten für die Masse entwerfen, sowas bringt Geld.«

»Ich finde, das Künstlerhotel ist eine schöne Idee. Schau dir die Finca doch erst einmal an. Und die Zahl der Individualtouristen, die das Besondere suchen, wächst.«

»Ach ja? Und welche Individualtouristen und Künstler sollen das bezahlen? Solche wie du vielleicht?«

»Nicht alle Künstler sind brotlos.«

»Ja, aber ich habe den schweren Verdacht, dass die nicht brotlosen einen weniger trostlosen Ort als Fuerte vorziehen, außer dir vielleicht, du hast so was römisch-katholisch-asketisches, Madonna mia.«

Der Flieger setzte auf, wurde vom Rückschub gebremst und erreichte gemächliche Fahrgeschwindigkeit. Natürlich klickten – allen Ermahnungen der Stewardessen zum Trotz – sofort die Sicherheitsgurte. Erste Passagiere sprangen auf, um ihr Gepäck aus den Stauräumen zu nesteln. Babys nahmen ihr Geschrei wieder auf, Ehepaare ihre üblichen Streitigkeiten.

»Hetz mich nicht so, Luise. Ich wollte sowieso nicht hierhin. Wir bleiben sitzen, bis alle raus sind.«

»Und dann sind wir die Letzten am Kofferband, wie? Jetzt komm schon, ich will so schnell wie möglich ins Hotel. Es heißt, wir bekommen einen Willkommenscocktail, werden persönlich begrüßt und vom Architekten herumgeführt.«

»Wird 'ne schöne Bruchbude sein. Noch nicht eröffnet und schon Hauptgewinn in einem Preisausschreiben, pah! Überhaupt Singlehotel, was sollen wir da? Wahrscheinlich ist das nur eine Entschuldigung dafür, dass es kaum was zu essen gibt. Und erst der Name: Flores del agua. Was soll das denn sein? Wasserblumen? So ein Käse, von Blumen sehe ich hier schon mal gar nichts, und Wasser scheint erst recht knapp zu sein.«

»Da, da vorne ist doch eine Palme. Ach, ist das herrlich, der Süden, Sonne, Meer. Und Palmen!«

»Die sieht eher aus wie ein Staubwedel. Und hier stinkt es erbärmlich nach Kerosin. Mein Gott, die schicken einen glatt zu Fuß übers Rollfeld.«

»Du bist so unromantisch, Hermann!«

Beatrice, die mit Verena hinter dem Ehepaar im Gang anstand, nickte bestätigend. »Und sehr, sehr vernünftig. Geradezu weise«, flüsterte sie.

»Ach ja?«, fragte Verena mit hochgezogenen Augenbrauen. »Ist echt schade, dass Hermann schon an diesen Drachen vergeben ist und dass er aussieht wie der selige Wim Thoelke und wahrscheinlich vom Gehalt eines mittleren Sachbearbeiters lebt, sonst wär der glatt dein Typ. Du hättest ihn verdient.«

Die beiden betraten die Gangway, die heiße Luft verschlug ihnen kurz den Atem, erst als sie den Windschatten des Fliegers verließen, nahmen sie die kräftige, erfrischende Brise wahr, die vom Atlantik herüberwehte. Hinter ihnen wellte sich gut sichtbar das Meer.

»Wie herrlich«, entfuhr es Verena unwillkürlich.

»Für dich vielleicht«, grantelte Beatrice, »du bist ja auch nicht zum Heiraten hier.«

10. Kapitel

Daniel reckte den Hals. Vor ihm in der Ankunftshalle standen die Hostessen verschiedener Reisegesellschaften in lockeren Grüppchen beisammen. Sie tranken Kaffee aus Plastikbechern und gähnten verstohlen. Sicher waren sie bereits seit fünf Uhr morgens auf den Beinen, um Feriengäste in Empfang zu nehmen und zu ihren Transferbussen zu geleiten.

Jetzt war es fast zwei Uhr, und in der Gepäckhalle drängelten sich Passagiere aus vier verschiedenen Maschinen um die Kofferbänder. Die Entladung der Flugzeuge verzögerte sich. Tante Lena würde gewiss mit entsprechender Laune vor ihm auftauchen, dachte Daniel, der vom Schwächeanfall seiner Tante nichts wusste. Lena Derndorfer hatte ihn nicht alarmieren wollen.

»Aber wenn es was nutzt«, hatte sie Beatrice vom Krankenbett aus angewiesen, »dann dramatisiere meinen Zustand, mach mich von mir aus sterbenskrank und erzähle ihm, mein letzter Wunsch sei eure Heirat. Hauptsache, er pariert. Lass dir was einfallen.«

Wahrscheinlich, dachte der ahnungslose Daniel in der Ankunftshalle, würde er sich eine halbe Stunde lang Lenas Verbesserungsvorschläge zur Flughafenorganisation auf Fuerte anhören müssen. Und wie würden sich erst ihre Kommentare zu der halb fertigen Straße anhören, die zum ›Flores del Agua‹ führte! Nicht auszumalen.

Trotzdem, Daniel freute sich auf ein Wiedersehen mit der Tante, beinahe ein Jahr war seit ihrer letzten Begegnung vergangen, und da hatte sie ihn an seinem Tiefpunkt erlebt. Der letzte Versöhnungsversuch mit Susan war gescheitert, seine Arbeit hatte allen Reiz für ihn verloren, und das von Lena angestoßene Fuerte-Projekt schien ihm nichts anderes als der endgültige Abstieg zu sein.

Nun, heute würde Tante Lena einen anderen Daniel zu Gesicht bekommen: braun wie ein Spanier, gut gelaunt, voller neuer Energie und Pläne. Er war sich sicher, dass sie ihm letztendlich nicht würde widerstehen können – nachdem sie ihn gewohnheitsgemäß zunächst enterbt hätte. Sie würde lernen müssen, dass Geld ihm viel weniger bedeutete, als sie immer angenommen hatte – und er ebenfalls.

Die automatischen Türen der Gepäckhalle glitten auseinander, und ein Strom Urlauber ergoss sich in den Ankunftsbereich. Die Hostessen schwenkten ihre Schilder oder hoben ihre Mappen mit den Firmenlogos. Die Touristenströme teilten sich. Auch Daniel hatte – mehr zum Spaß – ein Schild mit dem Schriftzug des ›Flores del Agua‹ bei sich.

Er spähte nach der aufrechten Gestalt seiner Tante. Sie war stolz darauf, auch im Alter von beinahe achtzig noch einen sehr geraden Rücken und das Gardemaß von 1 Meter 77 zu besitzen. Überhaupt war sie eine Frau, die Blicke auf sich zog. Ihrer Persönlichkeit wegen – einmal Boss, immer Boss. Die Türen glitten wieder aufeinander zu. Keine Tante Lena.

Dafür fuhr jemand einen voll beladenen Gepäcktrolley direkt in Daniels Fersen.

»Können Sie nicht aufpassen«, maulte ein Herr mittleren Alters, dessen Glatze ein Butch-Käppi mit dem Schriftzug »Das einzig Wahre – Warsteiner« zierte.

»Aber Hermann«, mahnte seine Frau und warf dem braun gebrannten Daniel ein zunächst entschuldigendes, dann kokettes Lächeln zu, »das warst du doch selber schuld.« Sie wollte ihren Gatten eben wegziehen, als ihr Blick auf das Schild in Daniels Hand fiel. Sie stieß einen spitzen Schrei aus.

»Nein, wie süüüüß. Buenos dias, eh, señor.«

»Was quatschst du da, Luise?«

»Guck doch, Hermann, der nette Spanier, den du gerade angefahren hast, kommt von unserem Hotel. Er soll uns bestimmt abholen. Schlag doch mal eben nach, was abholen auf Spanisch heißt.«

Daniel unterbrach Hermann in seinen Suchbemühungen. »Nicht nötig, ich spreche Deutsch.«

»Sehr gut sogar«, lobte Luise und war versucht, dem reizenden jungen Herrn auf die Schulter zu klopfen. »Und fast akzentfrei.«

»Was man von deinem Spanisch nicht behaupten kann«, brummte Hermann, »das versteht ja kein Mensch«.

»Ich bin in Deutschland aufgewachsen«, erklärte Daniel. »Sind Sie sicher, dass Sie ins ›Flores del Agua‹ möchten? Das Hotel ist noch gar nicht eröffnet.«

Luise nickte heftig und wedelte mit einem Heftchen aus Flugscheinen und Hotelvouchers. »Oh, oh doch. Ich meine, für uns schon. Wir haben es im Preisausschreiben gewonnen. Man musste nur wissen, wie die neue Serie heißen wird, die hier auf Dingsda spielt. ›Fiesta Fuerte‹. Dafür gab es den Hauptgewinn: Das Hotel.«

»Nicht das ganze Hotel, Luise, nur zehn Tage Urlaub«, korrigierte Hermann. »Fragt sich allerdings, ob das ein Gewinn ist.«

»Wir haben die kanarische Suite. Ist die schön? Hat die Meerblick? Gibt es abends Buffet, oder wird man bedient? Ich bin ja so aufgeregt, wo steht denn unser Mietwagen?«

Daniel zuckte die Achseln. »Um ehrlich zu sein, ich weiß es nicht. Ich habe damit eigentlich nichts zu tun …«

Hermann fand zum Polterton zurück. »Na, das fängt ja gut an! Hab ich es dir nicht gesagt, Luise? Alles Betrug. Alles.«

Während Hermann sich sichtbar und nicht ohne deutliche Anzeichen grimmiger Befriedigung in Rage redete, zupfte jemand von hinten an Daniels Ärmel.

»Musst du immer Streit mit harmlosen Touristen anfangen?«

Daniel wandte sich um. »Beatrice! Das gibt es gar nicht. Was machst *du* hier?«

Beatrice stemmte die Arme in die Hüften, wandte sich an Verena, die mit leicht gesenktem Kopf neben ihr stand. »Hast du das gerade gehört? *Was machst du hier!* Da reist man frisch verliebt und sehnsuchtsvoll seinem Bräutigam hinterher, noch dazu in der Holzklasse, und wie lautet die Begrüßung?«

Daniel schüttelte unsicher grinsend den Kopf. »Entschuldige, Liebes. Tante Lena hatte mir ja eine Überraschung versprochen, aber mit einer so reizenden habe ich einfach nicht gerechnet.«

Er legte seinen linken Arm um Beatrices Hüfte, zog sie an sich heran und küsste sie auf den Mund. Beatrice bog sich filmreif leicht zurück, schloss die Augen. Verena biss sich auf die Lippen und schaute weg. Das konnte noch viel heiterer werden als befürchtet! Der Kerl konnte küssen, leidenschaftlich gut sogar.

Daniels Kuss war einer von der sehr zarten Sorte, geradezu beneidenswert zart. Wahrscheinlich hatte der Mann echte Gefühle, und mit denen wollte die skrupellose Beatrice also Schlitten fahren. Oder war ihre coole Tour doch nur eine Show? Den Kuss jedenfalls schien sie zu genießen. Sie erwiderte ihn sogar. Wen täuschte Beatrice nun eigentlich? Daniel, Verena oder am Ende nur sich selbst?

Ach, egal, sie war eine verwöhnte Göre, und dieser Kerl war zu faul, seine eigene Hochzeit zu organisieren, und überließ die Arbeit ihrer Mutter. Mitleid war an beide völlig verschwendet. Wahrscheinlich war alles hier nur Show, Designergetue, Hauptsache, man sieht gut dabei aus, und das taten die beiden, beneidenswert gut, fuhr es Verena durch den Kopf, so gelungen würde sie nie eine Kussszene hinbekommen.

»Fräulein!« Jemand tippte ihr auf die Schulter. Es war Luise. »Fräulein, sind Sie vom Hotel ›Flores del Agua‹?«

»Diese Spanier«, bemerkte Hermann mit Blick auf den küssenden Daniel, »nix als Amore im Kopf, statt ihre Arbeit zu machen. Unmöglich. Kein Wunder, dass hier nichts wächst außer verstaubten Palmen. Aber die Weiber fahren auf sowas natürlich ab.«

Fast froh über die Ablenkung lächelte Verena und wandte sich an Luise. »Ich komme nicht vom Hotel, aber wir wollen auch dorthin. Vielleicht können wir Sie ja mitnehmen.«

Die Angesprochene machte kugelrunde Augen, ein Schuss Neid blitzte darin auf. »Haben Sie etwa auch im Preisausschreiben gewonnen?«

Verena schüttelte verwirrt den Kopf. »Nein, nein, wir sind eingeladen. Zur Eröffnung.«

»Müssen den Laden wohl mit allen Mitteln vollkriegen«, brummte Hermann. »Laden sogar die Poussagen vom Personal ein.«

Verenas Miene wurde annähernd streng. »Sie irren sich, wir sind keine Poussagen. Herr Daniel Derndorfer gehört auch nicht zum Personal. Er hat das Hotel entworfen.« Wie konnte ihr das wieder passieren, jetzt verteidigte sie den Dummkopf sogar.

»Der Architekt«, hauchte Luise ehrfurchtsvoll. »Wie freundlich, dass er uns abholt«.

Hermann zuckte abfällig mit den Achseln. »Der holt uns doch gar nicht ab.«

Jetzt wandte Beatrice sich wieder an Verena. »Na, wie findeste ihn?« Sie deutete ungeniert mit dem rechten Daumen auf Daniel, der neben ihr stand und galant den Gepäckkarren an sich zog. Er sah fast ein wenig verschämt aus, gar nicht nach skrupellosem Faulpelz oder Dummkopf. »Küsst er nicht s-a-g-e-n-h-a-f-t? Müsstest du mal ausprobieren. Er überzeugt mich jedes Mal wieder, fast gegen meinen Willen.« Sie zwinkerte verschwörerisch mit den Augen.

Verena errötete, Beatrice hatte wirklich keinen Funken Benehmen oder Anstand. Und wenn sie irgendwelche Gefühle für Daniel hatte, dann setzte sie mit dieser unverfrorenen Offenheit alles daran, seine abzutöten.

»Eh, freut mich, Sie kennen zu lernen, ich bin Verena Malchow. Eine Freun …, ehem, gute Bekannte von Beatrice.«

»Sei nicht so umständlich, Vroni. Natürlich sind wir Freundinnen, so weit Frauen das überhaupt sein können. Ich hab dir schon deine Sandförmchen geklaut und dir immer alles vermacht, was ich nicht mehr brauchen konnte, vom Plüschteddy bis zu den Windpocken.«

Verenas Röte vertiefte sich. Man konnte nur raten, ob es sich um Schames- oder Zornesröte handelte. Daniel tippte auf Letzteres, und irgendwie tat die junge Frau ihm Leid. Beatrices Unverfrorenheit war nicht immer nur erfrischend, erst recht nicht für ihre Geschlechtsgenossinnen.

Sein Blick wechselte zwischen den beiden Frauen hin und her, die unterschiedlicher nicht hätten sein können. Beatrice zog unweigerlich die Blicke auf sich. Sie bestach durch ihre helle Lockenmähne und die grünen Augen, die in diesem Moment gefährlich blitzten.

Sie war sorgfältig und kaum sichtbar geschminkt, dazu hinreißend einfach gekleidet: Ein schwarzes, enges T-Shirt mit U-Boot-Ausschnitt betonte ihren straffen Busen, eine Caprihose aus rotem Jeansstoff zeichnete ihre schlanken Beine nach, zierliche Riemchensandalen von Manoli mit dünnem Absatz rundeten das Bild ab.

Als Designer wusste Daniel diese kunstvoll arrangierte Schlichtheit zu schätzen, ohne sich über den Preis eines solchen Outfits zu täuschen – der musste horrend gewesen sein. Kein Zweifel, Beatrice war eine sehr reizvolle Frau mit Geschmack und Temperament. Er lächelte – mehr instinktiv als absichtsvoll. Dann streifte sein Blick Verena, was für ein Kontrast.

»Sagen Sie mal«, mischte Luise sich ein, »könnten wir jetzt langsam mal los? Es wäre wirklich schön, sich frisch zu machen.«

»Wer ist denn das?«, fragte Beatrice, und es klang mehr nach »Was ist denn das?«

Daniel hob verwirrt die Hände. »Keine Ahnung, es muss sich um ein Missverständnis handeln.«

»Missverständnis? Nee, Preisausschreiben. Wir haben die kanarische Suite im ›Flores del Agua‹ gewonnen. Hier sehen Sie.« Luise blätterte in ihrem Gutscheinheftchen und hielt es Daniel unter die Nase. »Das richtige

Lösungswort: Fiesta Fuerte. Das war der Hauptgewinn. Das erste Mal dass ich bei so was Glück hatte.«

»Ganz offensichtlich mehr Glück als Verstand«, murmelte Beatrice, und Daniel musste ein Grinsen unterdrücken. Es war Verena, die die Führung übernahm.

»Es wird schon alles seine Richtigkeit haben. Herzlichen Glückwunsch, Frau und Herr …«

»Gersbecker. Gersbecker aus Wuppertal.«

»Elberfeld, nicht Barmen! Das ist ein Unterschied«, fügte ihr Mann streng hinzu.

»Herzlich willkommen auf Fuerte, Herr und Frau Gersbeck. Eh, Herr Derndorfer, wie sieht es aus, haben Sie genug Platz im Wagen, um uns und die beiden Gewinner mitzunehmen?«

Daniel nickte zuvorkommend. »Ja, ja sicher. Der Wagen steht auf dem Parkplatz direkt vor dem Ausgang. Platz 25 C. Ich habe extra den Van genommen, weil Tante Lena da leichter einsteigen …«

Er unterbrach sich abrupt und schaute sich um, als habe er etwas verloren. »Lena! Was ist mit ihr? *Sie* wollte doch heute kommen. Deshalb stehe ich ja überhaupt hier. Wo ist sie?«

Beatrice räusperte sich, dämpfte gekonnt ihre Stimme Richtung sanftes Moll, ganz knapp vor Trauermarsch.

Schlange!, dachte Verena und zog die beiden Hauptgewinner mit sich in Richtung Ausgang. Sie hatte keine Lust, Zeugin von Beatrices Lügenmärchen zu werden. »Kommen Sie, Frau Gersbecker, wir gehen schon mal vor.« Auf gar keinen Fall wollte sie da weiter mit hineingezogen werden.

»Deine Tante hatte einen schweren Schlaganfall, Daniel«, sagte Beatrice im melodramatischen Tonfall von »du musst jetzt sehr, sehr tapfer sein«.

»Nein!« Daniel stöhnte hörbar auf. Verena konnte nicht anders, sie stoppte, schickte das Ehepaar Gersbecker allein in Richtung Parkplatz und drehte um. Diese Art von Lügenmärchen konnte sie nicht zulassen.

»Keine Angst, Herr Derndorfer. Es war nur ein kleiner Anfall. Ihre Tante ist längst wieder bei Bewusstsein und kommandiert bereits die gesamte Innere Station. Wenn man sie ließe, würde sie die Krankeinhausleitung übernehmen. Ich nehme an, das entspricht ihrem Naturell.«

Daniel schaute erleichtert auf und nickte wie ein Schuljunge. »Stimmt das?«

Verena lächelte kurz. »Ja. Ihre Tante hatte einen vorübergehenden allergischen Schock. Genau genommen eine Reaktion auf ein paar Muffins mit Ingwer …«

»Und auf deinen Brief, Daniel«, ging Beatrice scharf dazwischen. Was fiel Verena ein, ihr so die Tour zu vermasseln? »Sie war gerade bei uns zu Besuch, um uns mitzuteilen, was du ihr geschrieben hast, und das hat sie offenbar schrecklich aufgeregt. Was war es denn nur Furchtbares, das du ihr mitgeteilt hast? Die Arme ist ja schier zusammengebrochen. Wir dachten im ersten Moment wirklich, sie sei tot. Sie stand eindeutig unter Schock. Ist irgendetwas mit dem Hotel oder deinem Job?«

Daniel erbleichte.

Verena zog laut vernehmlich die Luft ein. »Beatrice, ich bitte dich, du übertreibst! Herr Derndorfer lassen Sie uns doch einfach zum Hotel fahren, von dort aus können Sie Ihre Tante in Ruhe anrufen und alles bereden. Wir haben ihre Nummer, es ist eine Direktleitung in ihr Krankenzimmer.«

Sie nahm ihren Rucksack ab, kramte einen Zettel aus der Seitentasche. »Hier, hier ist die Nummer. Es ist wirklich alles in bester Ordnung. Ihre Tante hat uns geschickt, um alles zu erklären und damit Sie sich nicht aufregen.«

Dankbar nahm Daniel die Nummer entgegen und die Frau mit der sanften, aber festen Stimme in Augenschein. Wirklich ein Unterschied wie Tag und Nacht zwischen ihr und Beatrice. Interessant, dass sie Freundinnen sein sollten. Was verband seine mondäne Verlobte mit dieser mädchenhaften Frau, die überhaupt keinen Wert auf Styling zu legen schien?

Styling? Was für ein unpassendes Wort für sie. Sie trug einfach Jeans und T-Shirt. Trotzdem war Daniels Blick mit einem Mal gefesselt. Gefesselt von Verenas Gesicht. Ein altmodisches Gesicht, ein wenig madonnenhaft, sehr sanft, dabei distanziert, darunter schlummerte unverkennbar Stärke und noch etwas, aber was? Sie ist eine echte Sphinx, dachte er verblüfft. Eine Sphinx, die ihr Geheimnis nicht so schnell preisgibt. Was für ein Geheimnis?

Er straffte seine Schultern.

»Ich werde sofort dort anrufen«, sagte er und wandte sich an Beatrice. »Geht ruhig schon vor zum Wagen oder nehmt euch ein Taxi, wenn es länger dauert.«

»Wie bitte? Ich kenne nicht einmal den Weg zum Hotel«, protestierte seine Verlobte.

»Im Wagen wartet ein Bekannter von mir. Er kennt den Weg. Ihr könnt mit ihm vorfahren. Ich nehme dann später ein Taxi. Ich, … es tut mir Leid, aber ich muss jetzt wirklich mit Tante Lena sprechen …«

Damit verschwand er.

11. Kapitel

Sag mal, noch bescheuerter konntest du dich nicht anstellen? Was fällt dir ein, mir die Show zu stehlen? Da kann man endlich mal mit Krankheit und Tod operieren, und du verharmlost alles.«

Beatrice nahm auf dem Kofferberg Platz, der sich auf dem Trolley vor ihr türmte, und schüttelte missbilligend den Kopf. »Auf die Art komme ich nie zu meinem Trauschein und Tante Lenas Geld.«

Verena umklammerte den Schiebegriff des Trolleys und rüttelte so heftig daran, dass Beatrice samt dem Kofferberg ins Wanken geriet und zu Boden ging. »Hey, was soll das?«

Verena starrte auf sie hinab. »Was das soll? Ich will dich nur aus deinem unmoralischen Starrsinn reißen. Warum erzählst du dem armen Kerl, seine Tante läge so gut wie in den letzten Zügen?« Wütend schob sie den Trolley zum Ausgang, Beatrice sprang vom Boden auf und folgte ihr – dank Manoli-Pumps – mit eiligen Trippelschritten.

»Ja, kapierst du denn gar nichts? Ich will, dass er die Finca sofort wieder abstößt. Die Finca, die seine Tante an den Rand der Verzweiflung bringt und vielleicht wirklich an den Rand des Grabes. Das ist eine richtig gute Tat. Glaub mir, der Gedanke, dass ihr Neffe als Freak und Aussteiger enden könnte wie sein Vater, das macht die alte Dame verrückt. Und mich auch. Daniel kann so viel mehr.«

»Du verdammte Heuchlerin. Jetzt tu nur nicht so, als würdest du aus reiner Nächstenliebe lügen.«

»Keine Bange, so billig bin ich nicht. Das karitative Element meiner Aktion ist sozusagen ein Kollateralschaden, denn natürlich habe ich kein Mitgefühl mit anderen Menschen.«

Die automatischen Türen öffneten sich, Verena schob den Trolley durch. Sie ließ ihren Blick über den in der Hitze flimmernden Parkplatz, die dahinterliegende Schnellstraße und die kargen Bergmassive am Horizont gleiten. Einen Moment war sie ganz und gar gebannt von der bizarren Landschaft. Das Farbspiel der Felsen war ungeheuer inspirierend, es juckte sie in den Fingern, einen Skizzenblock auszupacken und alles andere zu vergessen.

Sie ahnte die Stille, die einen in dem fernen Gebirge umfangen würde, atmete die Weite und die friedvolle Einsamkeit. Dinge, nach denen sie sich wirklich sehnte und die sie an der Seite von Beatrice sicher nicht finden würde.

Zögernd überquerte Verena eine zweispurige Fahrbahn. Beatrice folgte ihr leicht keuchend. »Was für eine elende Hitze. Da hält kein einziges Make-up anständig. Wusstest du übrigens, dass man hier zollfrei die teuersten Marken bekommt? Wir müssen unbedingt ein Shoppingcenter ausfindig machen. Ich glaube im Süden, auf der Halbinsel Jandia, werden wir fündig, da zieht es die Massen hin. Mein Chanel Nummer 19 ist auch alle.«

Verena rollte entnervt die Augen. »Schön, dass du keine anderen Sorgen hast.«

»Oh, hör auf, so langweilig zu sein. Die unnützen Dinge des Lebens sind die einzig unschuldigen. Wer an der Oberfläche bleibt, verstrickt sich nicht in zerstörerische Leidenschaften.«

Verena fasste einen plötzlichen Entschluss und blieb abrupt stehen. »Da, da drüben sind die Gerstecker oder Gersbeckers, du kannst sie gar nicht verfehlen.«

»Wo?«

»Bei dem weißen Mercedes-Van. Sie stehen neben einem schlanken Kerl mit dunklen Haaren.«

»Der mit dem Knackarsch? Wow, das nenne ich eine saugute Figur und diese Körperhaltung, der hat sogar auf dem Rücken Muskeln. Wie der wohl von vorne aussieht? Dass Daniel so ein unverschämtes Leckerchen zum Freund hat, ist unfassbar. Hu, die Rätselgewinnerin würde ihre Hotelsuite wohl am liebsten gegen den eintauschen. Die schmilzt ja gleich. Das muss ich mir näher anschauen.«

Verena schob den Trolley zu Beatrice hinüber, griff sich ihre Reisetasche und ihren Rucksack. »Bitte schön. Ich mach mich dann auf den Rückweg.«

Beatrice ließ sich einen Augenblick von dem neuesten Objekt ihrer Begierde ablenken.

»Wie bitte?«

»Ich mach die Kehre. Ich habe keine Lust, bei deinen verlogenen Spielchen mitzumachen. Das, das hat dieser Daniel nicht verdient. Ich dachte, er sei, na ja, genauso oberflächlich wie …« Sie brach ab.

»Wie ich«, beendete Beatrice den Satz und fügte hinzu: »Nee, so oberflächlich wie ich sind nur Leute mit glasklarem, illusionslosem, unbestechlichem Verstand, Fräulein. Daniel ist ein verblendeter, sentimentaler Romantiker, der in Gefahr steht, sich in die Pleite zu reiten und einer Menge Leute wehzutun.«

Verena schluckte. »Selbst wenn das so ist, ich finde es ekelhaft, dass du auch noch nach anderen Männern schielst. Seinem Freund, genauer gesagt.«

Beatrice warf den Kopf in den Nacken und lachte.

»Mir ist das verflucht ernst«, sagte Verena wütend.

Beatrice fing sich wieder. »Das ist ja das Komische. Ich bin ganz anders. Ich meine nichts von dem ernst, was ich sage, schon gar nicht über Männer mit Knackärschen. Meinst du, für so was lasse ich Daniel und ein paar Millionen sausen? Ich bin die Tochter meiner Mutter, vergiss das nicht. Nun komm.«

»Nein, ich fliege zurück.«

Beatrice stoppte den Trolley. »Und womit willst du das bezahlen? Lenas Ticket gilt heute noch nicht.«

»Ich habe einen Tausender dabei, das wird ja wohl langen.«

Beatrice sortierte gelangweilt ihre Gepäckstücke. »Das vielleicht, aber du wirst keinen Flieger bekommen. Alles ausgebucht. Es ist Hochsaison, Darling, und die setzen genau so viele Maschinen ein, wie Passagiere gebucht sind. Willkommen im Zeitalter des Massentourismus.«

»Dann fliege ich Linie. Irgendwie muss man von dieser verflixten Insel doch wieder runterkommen.«

Beatrice legte ihr die rechte Hand auf die Schulter. »Komm du lieber runter, Verena. Ich bin kein Schwerverbrecher, nur weil ich einen hübschen Mann einen hübschen Mann nenne. Und was wäre, wenn ich mich tatsächlich rettungslos in jemanden verlieben und Daniel sausen lassen würde? Na? Dann würde ich doch in deinem Sinne zur Moral zurückfinden – in Großbuchstaben. Wenn nicht, bekommt Daniel eine Frau, die sexy, scharmant, ehrgeizig und umwerfend amüsant ist. MICH. Wer hat das schon?« Sie deutete mit dem Kinn in Richtung des Van. »Hermann nicht«.

Verena umklammerte unschlüssig den Griff ihrer Reisetasche.

Beatrice streichelte Verenas Schulter. »Mein Gott, wir sind jung, sehen gut aus – das heißt, du sähest phänomenal gut aus, wenn ich dich endlich mal schminken und anziehen dürfte – egal, wir haben alles Recht der Welt, uns zu amüsieren. Sei nicht so verbiestert, Verena. Du solltest dich selber mal mehr nach Knackärschen umschauen. Es lohnt sich. Ich überlass dir den da vorne als Übungsobjekt, okay?«

Bevor Verena antworten konnte, schallte ein lautes: »Huhu« über den Parkplatz, gefolgt von »wir sind hihier«. Luise Gersbecker winkte so heftig, als habe sie die letzten Überlebenden einer Schiffskatastrophe am Horizont entdeckt.

»Und wir HIHIER«, schrie Beatrice so laut zurück, dass Umstehende zusammenzuckten. Hermann und der Kerl neben ihm drehten sich zu ihr um.

Beatrice stieß keuchend den Atem aus. »Das gibt's doch gar nicht. Das ist doch …«

»Fabian«, entfuhr es Verena. Die Augen des jungen Mannes ruhten auf den beiden Frauen. Magische Augen, die sogar von Ferne ein Leuchten entsandten. Eines aber war sofort klar, Fabian zeigte nicht die geringsten Anzeichen des Wiedererkennens.

Verena hatte ihre Reisetasche fallen lassen, zu ihrem Ärger zitterten ihre Hände. Beatrices Katzenaugen wurden zu schmalen Schlitzen, sie warf der Freundin einen raschen Seitenblick zu. Plötzlich stahl sich ein ahnungsvolles Grinsen in ihr Gesicht.

»Der sieht wirklich verdammt gut aus, nicht wahr? Schade, dass ich bei unserem letzten Sommerfest kaum Zeit für die Gäste vom Fernsehen hatte. Du durftest ihn wohl ziemlich genau kennen lernen, oder?«

Verena schien sie überhaupt nicht zu hören, fassungslos starrte sie über den Parkplatz. Konnte sich der Kerl denn wirklich an nichts erinnern? Seine Geständnisse, seine Zärtlichkeiten, seine Komplimente für ihre außerordentliche Fähigkeit zuzuhören?

»Sie glauben nicht, wie selten dass in meinem Business ist«, klang seine Stimme in ihren Ohren. *»Sie können im Showgeschäft so ziemlich alles von den Leuten kriegen, vor allem von Frauen, aber eine gute Zuhörerin, nein, das gibt es nicht. Sie sind wunderbar, Verena ... Ich habe mir immer gewünscht, einer Frau wie Ihnen zu begegnen. Sie sind einzigartig ...«*

So einzigartig, dass Fabian kurz darauf eingeschlafen war, verhöhnte Verena sich selbst. Was hatte sie denn erwartet? Beatrices Stimme unterbrach ihre rituelle Selbstkritik:

»Ich nehme an, nackt ist der eine Offenbarung, oder? Ich meine, wenn man auf maschinengestählte Fitnessbodies steht. Was ich tue! Und wie.«

Verena schien sie überhaupt nicht zu hören, hilflos tastete sie nach ihrer Reisetasche. Es war Daniel, der sie für sie aufhob. »Darf ich?« Er schulterte die Tasche und Verenas Rucksack und ging wortlos voraus zum Van.

Beatrice schlug sich die Hand vor den Mund. »Auweia, hoffentlich hat er meine letzten Bemerkungen nicht mitbekommen. Hättest du mir kein Zeichen geben können, dass er kommt?«

»Ich, ich muss sofort hier weg«, murmelte Verena. »Was soll ich hier?«

»Den Kerl da hinten endlich flachlegen«, flüsterte jemand in ihr linkes Ohr.

Bienvenido, diabolo! Ihr persönliches Teufelchen war also ebenfalls gelandet. Verena schüttelte den Kopf, als säße das Teufelchen in ihren Ohren. Dann sprintete sie los. Sie erreichte Daniel kurz vor dem Van.

»Entschuldigen Sie bitte, aber ich brauche meine Sachen. Dringend.« Sie zerrte an ihrer Tasche, die er über der Schulter trug.

Daniel schaute sie verwundert an. Warum diese Panik?

»Bitte«, flehte die junge Frau mit dem sanften Gesicht ihn an.

»Ist das deine Verlobte?«, wollte Fabian wissen, der mit einem wohl dosierten Anerkennungslächeln dazutrat. Verena senkte den Blick und zerrte heftiger am Riemen ihrer Reisetasche, die Daniel nach wie vor über der Schulter trug.

Verdammt, dieser elende Fabian erkannte sie nicht einmal aus der Nähe, dabei brannten in diesem Moment ihre eigenen Lippen, so deutlich erinnerten sogar die sich an seinen Kuss von damals, im Badehaus der Gablers … Ein einziger Kuss.

Warum war sie nur so eine verdammte, närrische Romantikerin, wenn dieser Fabian das wüsste, er würde …

»Sich totlachen?«, fragte das Teufelchen.

»Geht es jetzt vielleicht endlich los?«, mischte sich Hermann ein und öffnete vorsorglich die Gepäckklappe des Van.

»Nein, das ist nicht die Verlobte. Geküsst hat er eben die andere. Die mit den unordentlichen Locken«, wandte sich derweil Luise aufklärend an Fabian. Der fixierte Beatrice, und seine Miene hellte sich weiter auf. »Lässt einen nicht unbedingt an stilles Glück und einsame Fincanächte denken, die Gute«, sagte er in Daniels Richtung.

Der riss den Kopf hoch. »Kein Wort davon, verstanden«, zischte er beinahe drohend in Fabians Richtung.

Gleichzeitig gelang es Verena, ihm ihre Reisetasche zu entreissen.

»Ich muss dann«, rief sie nur und lief los.

Daniel schaute ihr kopfschüttelnd hinterher. Was war bloß in sie gefahren?

»Hast du meine Freundin verscheucht?«, wollte Beatrice wissen, die eben den Van erreichte und Fabian kommentarlos den Trolley übergab.

Daniel runzelte die Stirn. »Keine Ahnung. Wo …«, plötzlich fiel sein Blick auf Verenas Rucksack in seiner Hand. »Ich, ich muss ihr nach. Hier sind bestimmt alle ihre Papiere drin.«

»Worauf du wetten kannst«, meinte Beatrice ungerührt. »Na lauf schon, fang sie ein. Die hat nicht annähernd genug Geld, um sich eine einigermaßen menschenwürdige Bleibe zu leisten. Du musst sie unbedingt ins Hotel schaffen.«

»Und, und was ist mit dir?«

»Hau schon ab, muchacho«, sagte Fabian. »Ich bring deine Verlobte und den Rest der Mannschaft sicher ins Hotel zurück. Soll ich danach auf deiner Fin …«

Daniel warf ihm einen warnenden Blick zu und verschwand. Fabian grinste. »Na dann! Vamos a la playa, señoras y señor!«

»Playa? Das heißt doch Strand. Ich will jetzt nicht an den Strand«, protestierte Hermann. »Ich will höchstens an den Pool, noch besser an die Poolbar. Strand! Hinterher haste nix als Sand in der Buxe, und es knirscht zwischen den Zähnen.«

Luise schob ihn energisch in den Wagen. »Vamos a la playa ist doch nur so ein Spruch, Hermann, sei doch endlich mal locker.«

»So wie die Spanier, meinst du?«

»Das sind alles überhaupt keine Spanier. Hach, ist das nicht aufregend? Fabian Seiler, Star der Serie, holt uns ab und fährt uns ins Hotel. Wenn ich das zuhause erzähle!«

»Zuhause kannst du von mir aus stundenlang davon erzählen, nur mir erspare bitte weitere Kiekser und Ausbrüche.«

Fabian wandte sich an Beatrice. »Wenn Sie möchten, können Sie vorne bei mir sitzen. Ganz nah, der Wagen hat eine Automatikschaltung. Am Lenkrad. Uns ist also kein großer Knüppel oder ehem Hebel im Weg.« Er lächelte entschuldigend.

»Wie schade«, gab Beatrice ungerührt zurück.

»Darf ich das so verstehen, wie es gemeint ist, Frau …?«

»Ich heiße Beatrice.«

»Klingt nach Shakespeare.«

»Finden Sie? Meine Eltern haben, glaube ich, mehr an die niederländische Königin Beatrix gedacht oder so. Sie strebten stets nach Höherem.«

»Also sind Sie eine Art verzauberte Prinzessin aus dem Märchenland.«

»Im Geiste schon«, erwiderte Beatrice und ließ ihren Blick sehr langsam an Fabians Körper hinabklettern. »Und zwar eine, die nichts gegen wohl proportionierte Schweinehirten einzuwenden hat. Kennen Sie *das* Märchen? Die Prinzessin und der Schweinehirt?«

Fabian warf den Kopf in den Nacken und lachte.

12. Kapitel

Geben Sie mir den Hörer, sofort!«

Doktor Lessing lag fast über dem Bett von Lena Derndorfer, um sich endlich des Telefonhörers zu bemächtigen, den sie fest an sich presste.

»Na gut, bevor Sie noch aufdringlicher werden, hier.«

Lessing riss Lena den Hörer aus der Hand und rief in bellendem Tonfall dreimal »Hallo.«

Lena lächelte süffisant: »Sie müssen nicht so schreien, Herr Doktor, dank moderner Technik wird Ihre Stimme elektronisch verstärkt. Das reicht bis über den Atlantik.«

»Da ist niemand mehr dran«, brummte der Arzt und knallte den Hörer wütend auf die Gabel.

»Mein Neffe gehört nicht zu den Idioten, die nach einem Tschüss von mir noch stundenlang weiterquasseln. Wiedersehn heißt Wiedersehn, nur keine falschen Sentimentalitäten. Der versteht mich.«

Lessing ließ sich kopfschüttelnd auf seinen Platz neben Lenas Krankenhausbett sinken.

»Wie können Sie den armen Jungen nur so an der Nase herumführen? So wie Sie mit ihm geredet haben, muss der ja denken, Sie seien noch immer schwer krank und würden ihm nur tapfer die Wahrheit verschweigen. Diese röchelnde Stimme, also wirklich, Lena. So etwas hätte selbst ich Ihnen nicht zugetraut.«

Die alte Dame richtete sich in ihren Kissen auf und

angelte sich einen Kamm vom Nachttisch. »War ich wirklich so gut? Ich hoffe nur nicht so gut, dass er den nächsten Flieger hierher nimmt. Das konnte ich ihm so gerade noch ausreden. Beatrice muss ihr Bestes geben, um ihn drüben zu behalten. Hier nutzt er mir nichts.«

»Sie waren schamlos, Lena, einfach schamlos. Sie wissen genau, dass Sie nur noch zur Beobachtung hier sind. Es stehen überhaupt keine weiteren Untersuchungen an. Schon gar nicht auf lebensgefährliche Herzerkrankungen. Der arme Junge! Was der nun denken muss! Schwerer Schlaganfall. Verdacht auf Tumor, ha! Was der nur denken muss.«

Lena kämmte sich mit resoluten Strichen die Haare, warf danach einen kritischen Blick in den Handspiegel und schnitt sich selber eine Fratze.

»Ich hoffe, er denkt genau das, was ich will. Nämlich, dass er stante pede zu seinem alten Job als Hoteldesigner zurückkehren, die Finca seines Vaters verkaufen und Beatrice heiraten sollte, um mich nicht an den lieben Gott zu verlieren.«

»Es ist höchst fraglich, ob der liebe Gott eine wie Sie haben will«, brummte Lessing.

Lena seufzte und ließ den Spiegel sinken. »Irgendwie ist Daniel wirklich rührend! Ein Idealist. Nicht, dass ich die besonders gut leiden kann, aber wenn ich ihn einfach enterbt hätte, wäre er schulterzuckend darüber hinweggegangen. Einer todkranken Tante hingegen … Der kann er keine Bitte abschlagen. Er wird Beatrice die Finca weder zeigen noch mit ihr darüber sprechen. Die Finca gibt es so gut wie gar nicht mehr. Lieber, dummer Daniel. Gefühlsduselei hat auch ihre guten Seiten, genau wie tödliche Krankheiten.«

Doktor Lessing hielt sich zornbebend an den Aufschlägen seines Jacketts fest. »Sie sind aber gar nicht todkrank, Lena! Wie oft muss ich das noch wiederholen?«

Lena schlug ihre Decke zurück, schwang die Beine über die Bettkante. »Dann kann ich ja endlich wieder nachhause und die Koffer packen. Fuerte ruft, ich würde Beatrice nur zu gerne beistehen. Sie hat noch nicht so viel Erfahrung wie ich, was den Umgang mit Männern betrifft. Jugend neigt leider dazu, sich zu verlieben.«

»Sie reisen nur über meine Leiche.«

»Reizendes Angebot, Lessing, aber was denn nun? Bin ich krank oder gesund?«

»Eine Reise kommt jedenfalls nicht infrage.«

»Es würde meinen armen Neffen aber sicher sehr beruhigen, wenn er mich in einigermaßen gutem Zustand wieder sehen könnte.«

Lessing breitete die Arme aus wie ein Dirigent, der sich auf die ersten Takte von Beethovens Fünfter vorbereitete oder auf ein großes Donnerwetter gegenüber seinem ungezogenen und total verstimmten Orchester.

»Lena, verdammt noch mal, wenn Sie den Jungen beruhigen wollen, dann rufen Sie ihn sofort wieder an und sagen Sie ihm, dass alles halb so wild ist, dass Sie sich nur noch ein wenig ausruhen müssen.«

»Ich denke gar nicht daran.«

»Wie können Sie nur so herzlos sein? Warum spielen Sie mit den Gefühlen anderer? Nie hätte ich Sie für so kalt gehalten.« Lessing zitterte vor Wut, er sah ernsthaft verletzt aus. Lena Derndorfer erschrak ein wenig.

»Hören Sie, lieber Lessing, es tut mir Leid. Ich, ich habe Ihnen nicht alles gesagt. Aber, wenn es Sie so sehr mitnimmt … Setzen Sie sich wieder, ich will Ihnen alles erklären. Mein Verhalten ist alles andere als herzlos, na ja, jedenfalls ist es nicht nur einfach herzlos. Das war ich im Übrigen nie.«

Lessing blieb störrisch stehen.

»Setzen!«, befahl Tante Lena, zog selber die Beine ins Bett zurück und deckte sich zu.

Lessing gab nach und nahm Platz.

»Ich nehme an, Sie halten mich für eine egozentrische, starrhalsige alte Gans, die glaubt, dass sie sich ihres Vermögens wegen alles erlauben kann.«

»Lena! So etwas habe ich nie ...«

»Sie hätten aber Recht damit. Ich bin egozentrisch und starrsinnig. Eins bin ich allerdings nicht, nicht mehr ...« Lena machte eine kurze Pause und seufzte. »Ich bin nicht mehr vermögend. Im Gegenteil, ich bin blank wie ein Babypo, falls die wirklich so blank sind, oder muss es heißen, blank wie frisch geputzter Fisch oder ...

Lessing unterbrach sie ungeduldig: »Was soll das heißen, Sie sind blank?«

»Na pleite, abgebrannt, bankrott, Lessing!«

»Wie bitte? Sie und pleite? Das ist unmöglich, völlig unmöglich, ich meine, Sie, Ihre Firma ...«

»Und Randolf Gabler – Beatrices Vater. Seine Anlagetipps waren immer brillant. Leider hat er mich jedoch kurz vor seinem Tod in Immobiliengeschäfte verwickelt, die mich fast den letzten Pfennig gekostet haben. Ich konnte ja nicht wissen, dass der Gute am Ende seiner Tage vollkommen plemplem war. Wissen Sie, Lessing, man mag es nicht wahrhaben, dass die eigenen Freunde altern und verblöden. Es bringt einen zu leicht auf die Idee, dass man selber ... nun ja. Ich habe ihm also vertraut und bin nun stolze Besitzerin einiger

Sumpf- und Wüstenlandschaften rings um den Erdball, unter anderem auf Fuerte.«

Lessing schluckte, nahm seine Brille ab und putzte sie bedächtig. Er setzte sie wieder auf, straffte die Schultern und räusperte sich. »Liebe Lena, ist das wirklich wahr?«

Lena Derndorfer nickte seufzend. Das Geständnis hatte sie einige Kraft gekostet, stumm wartete sie jetzt auf das Verdikt des Arztes. »Und weil Sie pleite sind, soll Ihr Neffe jetzt die reiche Erbin Beatrice Gabler heiraten?«

Wieder nickte Lena. »Ja. Und da ist nun wirklich nichts Unmoralisches dran, denn schließlich heiratet er ja sozusagen einen Teil des Geldes zurück, den ich an Randolf verloren habe. Alles bleibt also in der Familie, wird fruchtbar und mehrt sich.«

Lessing schürzte die Lippen. »Und warum soll ihr Neffe – wenn er denn demnächst Herr über ein Millionenvermögen sein wird – nicht seinen Traum von der Künstlerfinca verwirklichen?«

Lena schüttelte energisch den Kopf: »Weil ich, eh, ich meine Beatrice Gabler, niemals, n-i-e-m-a-l-s einen versponnenen Aussteiger und Nichtstuer an ihrer Seite dulden würde. Mein Sohn ist ein weltweit anerkannter Hoteldesigner, geradezu berühmt. Und mit genug Geld und der richtigen Frau an seiner Seite könnte er unschlagbar sein.«

Lessing faltete die Hände über seinem Bauch und lehnte sich sehr entspannt in seinem Stuhl zurück. Er machte es sich geradezu aufreizend bequem, fand Lena.

»Gucken Sie nicht so wie nach drei Litern Baldrian. Ich will Ihr Urteil, Herr Doktor. Bin ich schuldig oder nicht schuldig?«

»Mal abgesehen davon, dass mein Urteil Sie von keiner einzigen Schandtat abhalten würde, denke ich an etwas ganz anderes. Ich denke daran, dass die Gablers seit einem Jahr nur noch erstaunlich wenig Personal beschäftigen und ...«

»Sie achten eben auf ihr Geld, was mir nur recht ist. Außerdem haben Sie diese unnachahmliche Perle, diese Gisi, Griseldis, Gisela, na, jedenfalls diese Haushälterin, die alles erledigt, treu wie zu Courths-Mahlers' Zeiten.«

Lessing betrachtete seine Daumen, die sehr friedlich übereinander lagen. »Was wäre denn, wenn Randolf Gabler nicht nur fremder Leute Vermögen falsch angelegt hätte, sondern auch sein eigenes?«

Lena schnellte im Bett nach oben wie ein Springteufelchen. »Was wollen Sie damit sagen? Sie meinen doch nicht? Unmöglich. Randolf hatte ein mehrfaches Millionenvermögen ...«

»Sie auch!«

»Aber das war nichts im Vergleich mit Randolf Gablers Geld. Der hatte richtiges Geld, richtig viel Geld, verstehen Sie?«

»Oh, wenn jemand eine richtig schwere Form des Größenwahns entwickelt, sind selbst zwanzig Millionen für ihn nur noch Spielgeld.«

Lena fasste sich ans Herz. »Herr Doktor, *Sie* bringen mich am Ende noch ins Grab.«

Lessing sprang erschrocken auf. »Lena, dass wollte ich nicht.« Er tastete nach der Notklingel. Lena schüttelte wütend den Kopf und war mit einem elastischen Satz aus dem Bett.

»Lassen Sie den Unsinn, wir haben jede Menge zu tun. Ich muss die Sache sofort überprüfen. Alle Pläne müssten geändert werden. Vielleicht habe ich Beatrice völlig falsch eingeschätzt. Eine Ratte ins eigene Nest gesetzt! Mein Neffe kann unmöglich eine verarmte Hochstaplerin heiraten. Dass ich da nicht eher darauf gekommen bin! Es passt haargenau zu einem Luder wie dieser Beatrice. Ich muss sie aufhalten. Hoffentlich ist Daniel nicht so verrückt und tatsächlich in sie verliebt!«

»Lena Derndorfer, Sie reisen nicht nach Fuerte!«

»Dass habe ich auch nicht vor. Noch nicht. Packen Sie meine Sachen. Dazu fühle ich mich tatsächlich noch zu schwach.«

13. Kapitel

Fabian machte seine Sache fantastisch. Man konnte ihn tatsächlich für den Direktor eines neu eröffneten Luxushotels halten. Einen besonders enthusiastischen Direktor, der nach einem wechselvollen Leben und einem hart erkämpften Aufstieg endlich am Ziel seiner Träume angekommen ist.

Beatrice nahm an, dass er bereits nach Drehbuch spielte. Szene eins: Tag, am Swimmingpool, der Direktor empfängt seine ersten Gäste. Eine Szene, die den Fernsehzuschauern das Hotel schmackhaft machen sollte. Zunächst führte Fabian sie durch die Appartementanlage: Weiße, würfelförmige Häuschen waren im westafrikanischen Stil und auf verschieden hohen Ebenen um schattige Patios gruppiert. Dazwischen führten Treppchen und orientalisch wirkende Gassen zu verschiedenen Gärten, Restaurant- und Poollevels.

So entstand der Eindruck eines perfekten, exotischen Dörfchens, in dem es nichts anderes zu tun gab, als die Seele baumeln zu lassen und sich zu entspannen. Wer Einsamkeit suchte und eine Palme nur für sich, fand sie. Wer es geselliger mochte, konnte jederzeit eines der Restaurants oder Caféhäuser mit marokkanisch-algerischem Ambiente besuchen.

Fabian beendete die Tour am Fuß des Hoteldörfchens und mit einladender Geste in Richtung Hauptpool und Bar. Die war in einem lang gezogenem Flachbau untergebracht, der nach allen Seiten hin geöffnet und vollständig mit gespelztem Zuckerrohr verkleidet war. Den Hintergrund bildete das Dorf in der Felslandschaft, das von hier aus wie ein Gemälde Paul Klees aussah, davor hatte man freien Blick auf das Meer vor der nordwestlichen Steilküste.

»Herr und Frau Gersbecker, liebste Beatrice«, sagte Fabian im Tonfall des Grandseigneurs, »Sie sind die ersten ganz offiziellen Gäste, die ich hier zu einem Begrüßungscocktail einladen darf.«

Er verschwand durch einen Seiteneingang im Barhaus und tauchte hinter dem Tresen wieder auf. Irgendwie leicht verändert, sein Gesicht trug jetzt einen jüngeren, verschmitzteren Ausdruck, er zwinkerte mit den Augen und gab den gewitzten Bartender: »Womit darf ich Sie verwöhnen? Mit einem Daiquiri vielleicht, Gin Fizz, Caipirinha, Piña Colada, einem Fiesta Fuerte spezial? Der allerdings kann in der Gluthitze des Tages verheerende Auswirkungen haben, vor allem amouröse.«

Luise kicherte. »Servieren Sie meinem Mann einen doppelten davon. Ich geh mir erstmal den Pool anschauen, bis später!«

»Eine Bloody Mary«, bestellte Beatrice. »Aber bitte in der Virgin-Version.«

Fabian grinste. »Wie pikant, eine jungfräuliche Bloody Mary. Passt irgendwie zu Ihnen, so hübsch paradox. Aber ich darf sie doch etwas scharf machen?«

Beatrice warf ihm einen ihrer berüchtigten Katzenblicke zu: »Wenn Sie die Bloody Mary meinen, bitte ich darum. Selleriesalz, Chilipfeffer und fünf Tropfen Tabasco. Das ganze Programm.«

»Igitt«, brummte Hermann, »mir machen Sie mal am besten ein schönes Bier ohne Gewürze.«

Er hievte sich auf einen der Bambushocker vor der Theke und schwieg. Zugegebenermaßen gab es nicht viel, an dem er im Moment etwas hätte aussetzen können.

Die hoch über dem Meer gestaltete Bar- und Poollandschaft, die von schattigen Palmen, Bananenstauden und üppigen tropischen Gewächsen durchsetzt war, ließ einen an karibische Bounty- oder Barcadireklamen denken. Genau das hatten die Investoren beabsichtigt und gegen Daniels Proteste, der lieber am westafrikanischen Flair festgehalten hätte, durchgesetzt.

Ob karibisch oder westafrikanisch, Hermann genoss die frische Brise, die vom Land hinunterstrich und die Hitze erträglich machte. Das Meer vor ihm glitzerte tatsächlich wie im Reiseführer beschrieben: ein geschliffener Smaragd oder Saphir oder … ach zum Teufel, was wusste Hermann schon über Edelsteinfarben. Das kühle Blonde vor ihm erkannte er jedenfalls sofort. Er nickte anerkennend in Fabians Richtung. »Gut gezapft.«

»Gelernt ist gelernt. Ich komm nämlich aus'm Pott«, gab Fabian zurück und ließ den Cocktailshaker einen doppelten Salto mortale vollführen, bevor er ihn geschickt wieder auffing.

»Na dann, Prost«, meinte Hermann skeptisch.

»Ich glaube, Sie haben keine Selleriestangen. Ohne Selleriestange wirkt eine Bloody Mary irgendwie amputiert«, ketzerte Beatrice. Fabian riss einen Palmwedel aus einem Blumengesteck und überreichte ihn ihr mit galant angedeuteter Verbeugung.

»Verzeiht mir, Mylady, ich bin Eurer tatsächlich nicht würdig. Puuh, ist das heiß hier hinter der Theke, die Ventilatoren funktionieren noch nicht. Was dagegen, wenn ich mein T-Shirt ausziehe?« Beatrice schüttelte grinsend den Kopf.

Luise beendete – wie von einem Magneten angezogen – sofort ihre bereits dritte Umkreisung der Poollandschaft und steuerte das Barhäuschen an. Ihre Stimme war ein einziger Entzückensschrei. »Was für Aussichten! Da hinten habe ich den Rest der Fernseh-Crew entdeckt. Lauter junge Menschen, und alle so wunderbar gut gelaunt. Fangen die bald mit den Dreharbeiten an?«

Fabian befreite eben seinen Kopf aus dem T-Shirtkragen, räkelte sich kurz und lächelte viel sagend in Beatrices Richtung, aus der ein kaum unterdrücktes Seufzen kam. Dann wandte er sich an Luise. »Ja, wir fangen übermorgen mit den Lichttests an, Maske, Tonproben und so weiter. Als geschulte Fernsehzuschauerin wissen Sie ja sicher, wie viel Arbeit hinter so einer Produktion steht.« Beatrice warf ihm einen mahnenden Blick zu, man konnte den Sarkasmus auch übertreiben.

Luise hingegen verschluckte sich fast an den Strohhalmen in ihrem dreifachen Gin Tonic. »Na klar, kann ich mir vorstellen. Darf man bei der Arbeit vielleicht zusehen?«

»Aber nur von der Bar aus«, brummte Hermann.

Fabian stellte ihm ein zweites Bier hin.

»Zusehen? Aber meine liebe Frau Gersbecker, wir hoffen doch allen Ernstes, dass Sie nicht nur zusehen werden. Ich meine, als Gewinnerin unseres Preisausschreibens müssen Sie selbstverständlich mitspielen. Vielleicht sogar bei einem kleinen Dialog mitmachen. Wir legen Wert auf die Zuschauerbindung und den Reality-Touch. Sie sind als Touristin bestimmt volkommen überzeugend. Hat man Ihnen das nicht gesagt?«

Das war's. Luises Luftröhrensystem war einem solchen Angebot und dem stark kohlesäurenhaltigen Getränk in ihrer Rechten nicht mehr gewachsen. Hustend, prustend und nach Luft ringend, hielt sie sich an der Theke fest. Beatrice klopfte ihr sanft die Schulterblätter – vergeblich – bis Hermann einen sehr herzhaften Klaps auf den Rücken nachlieferte. Luise hustete ein letztes Mal, Tränen standen in ihren Augen, ihr Gesicht war krebsrot.

»Danke«, krächzte sie in Richtung Theke, immer wieder »danke«.

Hermann verdrehte die Augen gen Himmel, packte seine Frau beim Ellbogen und zog sie von der Bar weg. »Nichts für ungut«, sagte er und tippte mit dem rechten Zeigefinger an seine Warsteinerkappe. »Aber ich glaube, ich schaffe sie jetzt erst mal auf ihr Zimmer. Sie muss sich von diesem Schock gründlich erholen und dann all ihren Freundinnen erzählen, man habe sie eben für Hollywood entdeckt. Ich hoffe, Sie haben hier eine Art Mondscheintarif, sonst bin ich übermorgen bereits pleite.«

»Ihre Anrufe gehen natürlich aufs Haus. Oben erwartet Sie außerdem eine Flasche Cava Brut, spanischer Sekt. Der hilft bestimmt«, versprach Fabian. »Ich schicke Ihnen nachher den Zimmerservice hoch. Wenn Sie irgendetwas brauchen, kein Problem, geht alles aufs Haus.«

Beatrice schob ihre Bloody Mary zur Seite. »So, mein Lieber, und jetzt rücken Sie mal mit dem Champagner raus.«

»Champagner? Keine Ahnung, ob die hier so was haben.«

»Haben die, und der geht auch aufs Haus. Schließlich soll hier in drei Wochen meine Hochzeit steigen, und Daniel weiß, dass ich ein hundsordinärer Champagnerjunkie bin. Wenn er mich schon allein am Flughafen sitzen lässt, soll er wenigstens für meine Drogen bezahlen.«

Fabian tauchte hinter der Theke ab, öffnete mehrere

Kühlschränke und erschien endlich mit einer eisgekühlten Flasche Pommery über der Thekenkante.

»Ist das Ihr einziges Laster, Beatrice?«

»Momentan schon.«

»Wie schade.«

»Das hätten Sie sich ein bisschen eher überlegen können.«

Der Champagnerkorken ploppte sanft. Fabian goss gekonnt zwei Gläser ein. »Ich verstehe Sie nicht ganz, Beatrice.«

»Na, auf unserem Sommerfest, voriges Jahr, die Gablervilla, mein Märchenschloss, da hätten Sie jedes Laster der Welt mit mir und an mir studieren und probieren können. Erinnern Sie sich nicht?«

Fabian zuckte hilflos die Achseln. »Keine Ahnung, wovon Sie sprechen. Oder halt, halt, doch. Ihr Verlobter erwähnte es. War irgendeine Sponsorenparty wegen der Serie hier, oder?«

Beatrice prostete ihm zu und nippte an ihrem Glas. »Sie sind wirklich keine Sünde wert, Fabian. Sie erinnern sich an nichts. Schon gar nicht an mich, pfui.«

»Meiner Ansicht nach ist das eine der ersten Tugenden des hervorragenden Sünders – nur an nichts erinnern. Aber okay, ich versuch es trotzdem.« Fabian runzelte die Stirn und schien ernstlich nachzudenken.

»Weiße Villa, weiße Villa. Moment. Doch, haben Sie nicht auch so ein entzückend altmodisches Badehäuschen im Park? Mit zwei turtelnden Schwänen auf einem Teich, alten Buchen drumherum, dahinter ein Pförtnerhäuschen, in dem eine Haushälterin samt Tochter lebt, so eine zarte, schlanke Elfe. Wie hieß sie noch? Sogar das Gesicht ist weg, gefiel mir aber. Hm, Black-out.«

Beatrice setzte abrupt ihr Glas ab. »Trotzdem nicht

schlecht«, sagte sie säuerlich. Männer, die auf Elfen standen – so was! »Erinnern Sie sich denn vielleicht, ob Sie das Badehäuschen auch von innen besichtigt haben? Und in Begleitung? Denken Sie mal an Teakholzliegen, federweiche, weiße Auflagen, gedämpftes Licht, entblößte Feen-, Quatsch, Frauenhaut ...«

Eine herrische Stimme unterbrach Beatrice in ihrem Verhör. Eine weibliche Stimme.

»Fabian? Fabian! Da bist du ja endlich. Verdammt noch mal, ich habe die ganze Insel nach dir durchfahndet! Wolltest du mir mal wieder einen Schreck einjagen? So schnell gehe ich nicht vor dir in die Knie! Weder beruflich noch privat, kapiert? Du überschätzt deinen momentanen Marktwert und deine Attraktivität gewaltig. Gestern war Drehbuchbesprechung, eben hatten wir die ersten Kostümproben, und du? Wen spielst du hier? Den Enrique Iglesias für Neckermanntouristen?«

Die zur Stimme gehörige Dame hatte inzwischen den Tresen erreicht und würdigte Beatrice kaum eines Seitenblickes.

»Eh, darf ich vorstellen«, sagte ein sichtlich verärgerter Fabian, »meine Managerin Theresa Widermann.«

»Wiedemann, Schätzchen, und wenn du dich nicht sofort aufmachst und deinen Hintern Richtung Produktionsbüro schwingst, kannst du dich als dritter Indianer von rechts bei den Bad Segeberger Festspielen bewerben. Du weißt schon: tot vom Pferd fallen nach zwei Minuten! Das dürftest du sogar im volltrunkenen Zustand hinbekommen.«

»Sehr erfreut, Frau Widerlich«, sagte Beatrice mit Mäusestimmchen und Luisekieksern. »Es ist ja so aufregend, als kleine Touristin euch Fernsehleute kennen zu lernen. Ich bin übrigens mit Tschibo hier, die sind noch viiiiiel billiger als Neckermann, und Kaffee kriegt man bei denen auch. Darf ich von Ihnen ein Autogramm haben? Wen spielen Sie denn? Fabians psychologisch instabile Mutter? So wie in Psycho? Im Bates Motel? Oder einfach nur die neurotische Schreckschraube?«

»Sehr witzig«, meinte die Agentin nur, ohne Beatrice anzuschauen. Mit einem drohenden »In fünf Minuten, Fabian« drehte sie sich um und stolzierte mit hart klackenden Absätzen zum Haupthaus zurück.

»Also«, sagte Beatrice mit ihrer normalen Stimme, »ich hatte wirklich keine Ahnung, wie hart es ist, ein TV-Star zu sein. Ist die immer so? Ich meine auch im Bett? Turnt Sie diese Domina-Nummer an?«

Fabian stürzte seinen Champagner hinunter und warf ihr einen finsteren Blick zu.

»Ooops, sorry, ist mir einfach so rausgerutscht. Wieso denn nur? Ach ja, ich dachte an das Badehäuschen und die Liegen. Mit wem haben Sie das eigentlich nun besichtigt? Mit Elfe oder ohne? Ich muss das wissen, es ist schließlich mein Badehäuschen.«

Fabian verließ wortlos seinen Platz hinter der Theke, steckte die Hände in die Hosentaschen und verschwand – allerdings nicht Richtung Haupthaus, sondern Richtung Meer.

»So eine Unverschämtheit, mich einfach so sitzen zu lassen. Mich!«, murmelte Beatrice und leerte ihr Champagnerglas.

Sie grinste. »Der Kerl ist viel interessanter, als ich dachte. Prost Fuerte! Hier gibt es doch ein paar Sehenswürdigkeiten mehr als nur Felsen, Felsen, Felsen. Wie viel so ein deutscher Serienschauspieler wohl verdient? Und was springt für seine Managerin dabei heraus? Außer Sex.«

14. Kapitel

Verena legte das Handy zurück ins Handschuhfach und wandte sich Daniel zu. Scharfer Fahrtwind zerzauste ihre Haare und riss ihr die Worte fast aus dem Mund: »Ich habe die Stationsschwester erreicht. Ihre Tante ist nicht mehr im Krankenhaus. Sie hat sich selber entlassen und ist mit Doktor Lessing nachhause gefahren. Es kann ihr also unmöglich so schlecht gehen, wie Sie angenommen haben. Vielleicht war Ihre Verbindung von vorhin einfach schlecht, und Ihre Tante klang deshalb so merkwürdig, ich meine …« Verena brach ab.

Die Erklärung war wirklich selten dämlich, zumal Lena Derndorfer kraft ihrer Stimmgewalt wahrscheinlich sogar ohne elektronische Verstärkung transatlantisch oder intergalaktisch problemlos zu verstehen sein durfte.

Daniel warf ihr einen kurzen Blick zu, seine Stirn umwölkte sich, er konzentrierte sich wieder auf die Fahrbahn.

Sie hatten einen offenen Jeep gemietet, weil das laut Daniel das praktischste Fortbewegungsmittel für die schwierigen Inselpisten an der Steilküste und im äußersten Süden bei Cofete war, wo Verena auf einsame Zeichenplätze hoffte.

Im Moment rasten sie allerdings über eine vollkommen glatte, frisch geteerte Schnellstraße, die vom Flughafen aus in Richtung Jandia, der bei Touristen besonders beliebten Halbinsel im Süden, führte. Linker Hand glitzerte das Meer. Fabrik- und Entsalzungsanlagen luden jedoch nicht zur Schwärmerei ein.

»Sie müssen sich wirklich keine Sorgen mehr machen. Ihre Tante machte gestern einen mehr als kräftigen Eindruck. Sie war putzmunter«, sagte Verena laut und legte Daniel ihre linke Hand auf den Arm. Daniel guckte sehr grimmig.

Insgeheim fragte Verena sich, was die alte Lena Derndorfer damit bezweckt hatte, ihrem Neffen die Todkranke vorzuspielen. Wollte sie ihn emotional erpressen? Ihn auf diese Weise zur Aufgabe der Finca zwingen? Wie widerlich das war, und Beatrice spielte dabei auch noch mit.

Dieser Daniel hatte das nicht verdient, egal wie wortkarg, langweilig oder snobistisch er sein mochte. Seine schlechte Laune war wirklich verständlich. So zum Spielball fremder Interessen zu werden war schrecklich. Sie kannte sich damit aus. Wieder warf sie ihm einen scheuen Seitenblick zu. Es war wirklich nett von ihm gewesen, dass er sie auf dem Parkplatz abgefangen und zum Mietwagenservice begleitet hatte.

Daniel fing Verenas Blick auf, als er nach rechts in eine ruhigere Landstraße Richtung Antigua abbog. Er verlangsamte das Tempo, und sie konnten sich besser unterhalten.

»Sind Sie wirklich sicher«, fragte Daniel, »dass Sie nicht ins Hotel wollen? Es ist zwar nicht mein Meisterwerk, sondern ein ziemlicher Stilmischmasch nach Investorenlaune, aber es ist neu und komfortabel.« Außerdem umsonst, dachte er, sagte er aber nicht. Verena hatte ihm gestanden, nur tausend Mark zu besitzen, und das war für vier Wochen Fuerte auf eigene Faust einfach zu wenig. Selbst für eine genügsame, eigenbrötlerische Hobbymalerin, für die er Verena hielt.

Verena schüttelte heftig den Kopf. »Nein, ich will auf keinen Fall in das Hotel!« Nicht bevor sie mit sich im Reinen war. Wegen Fabian. Und ihrer völlig verirrten Gefühle.

Fabian und mehr als ein Flirt! Pah, nicht einmal das schien sie für ihn gewesen zu sein. Was hatte sie sich nur eingebildet, beinahe ein Jahr hatte sie an der Illusion einer besonderen Begegnung festgehalten, als sei sie ein Teenager. Ein weiteres Zusammentreffen wäre unerträglich, völlig vernichtend, mehr als peinlich.

»Wieso?«, fragte ihr inneres Teufelchen, und sie spürte, dass es grinste. *»Er erinnert sich doch an nichts!«*

Natürlich nicht, verhöhnte Verena sich selbst. Wer erinnert sich schon an die Kaltmamsell auf einem Gartenfest der Gablers? »Oh Gott. Ich bin doch ein Niemand, ein Nichts. Ein Statist. Er wollte nur meine Scampi.«

»Wie bitte?«

Verena schreckte hoch. Es war Daniel, der die Frage stellte. Hatte sie das eben etwa laut gesagt? Sie war wirklich völlig aus dem Takt geraten, verfluchter Fabian.

»Eh, ich brauche niemand um mich. Ich meine, so ein Hotel ist nichts für mich. Ich mag diese protzigen Ferienpaläste einfach nicht, verstehen Sie? Ich, eh, mag es mehr ursprünglich, einsam«, stammelte Verena. »Ich möchte nur zeichnen, mich entspannen, mehr etwas Meditatives machen. Ich möchte eine schlichte Unterkunft, die mich nicht vom Wesentlichen ablenkt. Etwas Landestypisches oder so.«

Sie passierten eben ein völlig verfallenes Bauernhaus und eine der unzähligen Mühlenruinen Fuertes. Die nackten, von der Sonne ausgebleichten Flügel erinnerten an Skelettknochen. »Wäre das landestypisch genug?« Daniel schmunzelte unwillkürlich.

Verena errötete. Sie hatte wirklich ein Talent für spontane Peinlichkeiten. Abgesehen davon, dass sie zuvor Daniels Hotel als protzigen Palast beleidigt hatte, ohne es zu kennen.

Der Designer schien es gelassen zu nehmen. »Wenn Sie nichts gegen ein wenig Ursprünglichkeit haben, hätte ich vielleicht eine Idee, wo ich Sie unterbringen könnte, bis Sie sich dem Hotel doch noch gewachsen fühlen«, sagte er. Nach einer Pause fügte er hinzu. »Ich nehme allerdings an, dass Sie wenigstens Beatrices Hochzeit dort nicht versäumen wollen.«

»Aber«, protestierte Verena stammelnd, »Sie, nein, Sie müssen mich nirgendwo unterbringen, ich ...«

Daniel musterte sie kurz. Was für eine merkwürdige Person diese Verena war, durchsetzungsfähig, kompetent und klar in der einen Minute – vor allem, wenn es um die Belange anderer ging – und dann wieder verunsichert, hilflos, beinahe panisch. Beispielsweise, wenn man ihr Hilfe anbot. So wie jetzt. Hatte sie ein Problem mit Männern?

»Ich komme wirklich sehr gut so zurecht, ohne Sie, ehem, ich meine, kümmern Sie sich einfach nicht um mich, dass alles geht sie nichts an, ich meine, warum ich und ...«

Verena brach ab, sie klang wie eine Idiotin und sicher nicht nach jemandem, der alleine zurechtkam. Verflucht nochmal, es war Zeit, dass sie sich zusammenriss. Sie straffte vorsorglich die Schultern, presste die Lippen aufeinander und schaute rebellisch nach vorn.

»Sie unterschätzen die kanarische Gastfreundschaft, Verena. Ich könnte Sie gar nicht sich selbst überlassen, auch wenn ich das wollte. Jeder Besucher ist hier Ehrengast. Mi casa, su casa, Sie wissen schon«, bemerkte Daniel.

Soso, es lag also nicht an ihrer Person, dass er nett zu ihr war, er gehorchte nur den Gesetzen der Gastfreundschaft, auch eine subtile Form der Beleidigung.

»Sie sind doch überhaupt kein Kanare!«, platzte Verena heraus und schämte sich im gleichen Moment. Sie näherte sich langsam einer neuen persönlichen Rekordmarke in Sachen unverdiente Beleidigungen harmloser, hilfsbereiter Fremder. Besser sie hielt einfach die Klappe. Daniel tat das Gleiche.

Sie durchquerten das verschlafene Städtchen Antigua, passierten ein meergrün gestrichenes Herrenhaus aus der Kolonialzeit, dessen geschnitzte Holzbalkone über einem Opuntienfeld schwebten. Dann bogen sie ab Richtung Betancuria.

Die Straße zu der ehemaligen Inselhauptstadt verengte sich zunehmend und schlängelte sich bald in schwungvollen Kurven in ein mächtiges Felsgebirge hinein. Autofahren erinnerte auf dieser Strecke ein wenig an Walzertanzen, fand Verena. Ihre Laune besserte sich unwillkürlich, fast empfand sie Urlaubsstimmung, jedenfalls hellte sich ihre Laune auf. Kein Wunder, wir kommen dem Himmel näher, dachte sie, mit Blick in die glasklare Luft. Auch Daniels Laune schien das Bergklima zu bekommen.

»Ich bin zwar kein waschechter Canario, aber ich bin hier auf der Insel geboren«, sagte er unvermittelt. »Und seltsamerweise ist Fuerte nach meinen langen, umtriebigen Jahren als Hoteldesigner der erste Ort auf der Welt, an dem ich so etwas wie ein Heimatgefühl entwickelt habe und mich nach Sesshaftigkeit sehne.«

Überrascht über so ein persönliches Geständnis, warf Verena ihm ein schüchternes Lächeln zu. Daniel verfiel wieder in Schweigen. Seine Worte waren wohl einfach ein Selbstgespräch gewesen. Er schien in Gedanken überhaupt nicht bei ihr, sondern ganz woanders.

»Wieso sollte er auch bei dir sein, Verena Malchow? Du nimmst dich mal wieder zu wichtig. Kapier's endlich, du bist second best, nie Nummer eins«, flüsterte Verenas Teufelchen.

Adios, Ferienstimmung.

Sie biss sich auf die Lippen. Verdammt, warum hatte sie nur dieses dämliche Ticket von Lena Derndorfer angenommen. Jetzt saß sie tatsächlich für vier Wochen auf der Insel fest und mal wieder in einem, nein zwei, drei völlig fremden Leben. Dem von Beatrice, dem von Tante Lena, dem von diesem Daniel …

Sie erinnerte in bedenklicher Weise an ihre aufopferungsvolle Mutter, die ihr eigenes Leben weggeworfen hatte für ein paar verwöhnte Deppen und einen freien Donnerstag in der Woche, um den sie immer wer weiß was für ein Geheimnis gemacht hatte! Ein einziger Donnerstag ganz für sich … und vielleicht einen Liebhaber, wie armselig!

»Du hast ja nicht einmal das!«

Verena fühlte zu ihrem Entsetzen Tränen in ihren Augen aufsteigen, sie schluckte krampfhaft, riss die Augen auf, rollte die Pupillen nach oben, klimperte mit den Lidern und wischte sich verstohlen die Nase. Sie war geübt im Unterdrücken von Tränen. Ihr Blick fiel auf ein Panoramarestaurant auf der höchsten Kuppe eines Berges, es schwebte direkt über einem senkrechten Steilhang, schien beinahe zu fliegen. Sie war von diesem Anblick wider Willen sofort gebannt.

Der Blick von dort oben musste hinreißend sein. Wenn man nach rechts schaute, sah man hinter den geriffelten und gewellten Felsformationen, die in allen Grau- und Erdtönen schimmerten, schon von hier aus das silberne Blau des Atlantik. Er erinnerte an den schimmernden Rücken eines Seeungeheuers, eines friedlichen Seeungeheuers. Was für eine Vielfalt von Zeichenmotiven! Und diese Felsformationen – Inspiration pur.

Die Elemente waren hier klarer geschieden als irgendwo sonst: Erde, Meer und Himmel grenzten sich ganz deutlich voneinander ab und zeigten sich in reiner, unverfälschter Majestät. Was an Lieblichkeit fehlte, wurde durch Ursprünglichkeit wettgemacht. Hier konnte man sich wahrhaftig auf das Wesentliche konzentrieren. Vom Restaurant auf dem Berg aus ließen sich gewiss herrliche Skizzen machen.

»Das da oben«, mischte sich Daniel in ihre Gedanken, »ist das ›Mirador Morro Velosa‹, ein Bau von Cesar Manrique. Haben Sie schon von ihm gehört?«

Verena schüttelte den Kopf. Daniels Stimme klang jetzt ganz anders als vorhin, sehr entspannt. Er lenkte den Wagen in eine Ausbuchtung rechts von der Straße, hielt an.

»Cesar Manrique ist, pardon, war ein Besessener. *Der* kanarische Künstler überhaupt. Er hat aus der Nachbarinsel Lanzarote, wo er geboren wurde, eine Art Kunstwerk unter freiem Himmel geschaffen. Sein Werkstoff war die Natur, die Sie hier sehen: Felsen, Vulkangestein, Sand, Kakteen.«

Verena nickte und murmelte: »Wundervolle Werkstoffe.«

»Er hat daraus sehr eigenwillige Gärten und Skulpturenlandschaften komponiert. Sein Wohnhaus auf Lanzarote steht in einem Lavafeld, das sozusagen in sein

Wohnzimmer hineinfließt. Auf der Schwelle zum Zimmer blühen winzige Kakteen, die Sonne malt Blattmuster auf den Marmorboden. Als Kind habe ich dort gespielt, alles schien beseelt, voller Geister, Faune und Gottheiten. Es ist unglaublich, wie dieser Mann Kunst und Natur verschmolzen hat.«

Er schwieg kurz, runzelte die Stirn, so als müsse er eine Entscheidung treffen, dann fuhr er fort.

»Mein Vater hat ihm viel zu verdanken. Er hat viel von ihm gelernt. Ich glaube, sie waren Seelenzwillinge. Beide wollten etwas für die Nachwelt bauen. Etwas, das Bestand hat, aber nichts zerstört, sondern aufgreift, was vorhanden ist. Sie waren beide Entdecker.«

Daniel hielt inne und nickte zur Bekräftigung. »Sie entdeckten die Schönheit der Kanaren, nachdem die Inseln jahrhundertelang nur als Rohstofflieferanten dienten und von gierigen Kolonialherren nahezu verwüstet worden waren. Sie wollten der Landschaft ihre Würde zurückgeben.«

Verena war überrascht über den kleinen Vortrag. Wie konnte Beatrice diesen Mann einen wortkargen Eigenbrötler nennen? Wenn Daniel wollte, sprach er mit echter Leidenschaft.

»Sie scheinen ebenfalls viel von diesem Cesar Manrique gelernt zu haben, Daniel. Ich meine, Ihre Hotels ... Beatrice sagt, Sie hätten dafür schon mal Seen in Felsen gesprengt, künstliche Wasserfälle angelegt, eben eigene Landschaften komponiert.«

Daniels Mund verzog sich zu einem breiten, leicht verächtlichen Grinsen: »Klingt doch ganz schön größenwahnsinnig, wie? Der gute alte Nachfolgerkampf. Ich schätze, ich wollte Manrique und meinen Vater übertrumpfen, indem ich noch gewaltigere, noch kolossalere Bauten in die Welt setzte und – im Gegensatz zu meinem Papa – sogar reich dabei wurde ... Ich war ein pompöser, blinder Narr. Es hat mich nicht glücklich gemacht, wissen Sie. Gar nicht glücklich.« Er brach ab.

»Sind Sie nicht ein wenig hart zu sich? Ihr Vater ist bestimmt stolz auf sie, weil sie jetzt hier in seine F ...« Verena stoppte sich im letzten Moment, schließlich wusste sie offiziell nichts vom Kauf der Finca. »Weil sie hier in seine Fußstapfen treten«, korrigierte sie sich. »Ich meine, Sie lieben diese Insel inzwischen doch genau wie er, das spürt man. Manchmal dauert es eben etwas länger, bis man herausfindet, wen oder was man liebt, aber das spielt doch keine Rolle.«

»Mein Vater ist tot, er kann nicht mehr stolz auf mich sein. Konnte er nie.«

Bevor Verena etwas sagen konnte, startete Daniel den Wagen und lenkte ihn zurück auf die Straße.

»Tut mir Leid, dass ich so ins Reden geraten bin. Sie müssen mich für einen Idioten halten«, sagte er schroff und gab Gas. »Beatrice hätte mich längst mit einem guten Joke gestoppt. Sie hasst meine sentimentalen Momente.«

Der aufheulende Motor verschluckte Verenas Proteste. Herrje, der Mann hatte doch gar keinen Grund, sich peinlich zu sein. Der Kauf der Finca mochte eine finanzielle Fehlentscheidung sein – im Sinne einer Lena Derndorfer oder einer Beatrice –, aber es war eine Entscheidung für einen Traum, für sich selbst, für das ideelle Erbe seines Vaters und für sein eigenes künstlerisches Können.

Es war eine Entscheidung, die niemand besser verstehen konnte als sie. Ob Daniel diese Entscheidung durchhalten würde, gegen allen Widerstand? Gegen Beatrice? Wie sollte eine Ehe zwischen den beiden auf

Dauer gut gehen? Am Ende würde wohl einer dem anderen sein verpasstes Leben, seine vertanen Chancen vorwerfen. Die beiden gehörten einfach nicht zusammen.

»Ach ja? Und wer gehört deiner Meinung nach zusammen? Vielleicht du und Daniel?«

»Halt die Klappe! Gib endlich Ruhe! Du bist die Pest. Ich hab das nicht verdient«, murmelte sie vor sich hin.

Daniel bremste so plötzlich, dass Verena nach vorne schnellte.

»Es tut mir wirklich Leid, wenn ich Sie mit meinem Vortrag von eben genervt habe, aber diese Reaktion finde ich doch etwas übertrieben und verspätet.« Daniels Grinsen war unverkennbar sarkastisch, beinahe ein wenig feindselig.

»Nein, nein«, Verena hob abwehrend die Hände. »Ich habe nicht mit Ihnen gesprochen.«

»So?« Daniel drehte sich betont sorgfältig nach hinten, inspizierte die Rückbank. »Mit wem denn dann?«

»Mit mir selbst«, sagte Verena halb trotzig, halb verschämt.

Daniel zog die Brauen nach oben. »Mit sich selbst! Dann sind Sie aber verdammt hart zu sich. Die Pest! So würde ich mich selber nicht nennen, bei allem Hang zur Selbstkritik.«

»Ich schon. Sie wissen gar nicht, wie sehr ich mir manchmal auf die Nerven gehe! Nur einmal, ein einziges Mal in meinem Leben hätte ich gern Ferien von mir selber oder von der Person, die ich meistenteils bin – leider.« Verena seufzte aus tiefstem Herzen.

Daniel lachte laut auf. »Das verstehe ich nur zu gut. Okay, ich bringe Sie jetzt an einen Ort, an dem Sie zumindest Ruhe und Ursprünglichkeit finden, vielleicht auch einen kleinen Abstand von sich selbst.«

Den scheint sie bitter nötig zu haben, dachte er kurz. Wahrhaftig eine kleine Sphinx, ich wüsste zu gern, was ihr Geheimnis ist. Laut sagte er: »Ein, ehem, Freund von mir hat kürzlich eine alte Finca in dieser Gegend gekauft. Ich denke, die wird Ihnen gefallen.«

»Und der Freund …«

»Kann ich nicht sagen, ob der Ihnen auch gefällt.«

In Verenas Augen blitzte der Schalk auf. »Das meine ich nicht. Ich meine, hat er nicht etwas dagegen, wenn Sie ihm einfach unvermittelt irgendwelche Gäste ins Haus schleppen?«

Was für ein unverschämter Lügner dieser Mann doch sein konnte, war ihm die Finca jetzt tatsächlich peinlich? Vielleicht war er doch nur ein oberflächlicher Snob, der sich als kleine Extravaganz den Traum vom Ausstieg gegönnt hatte – um Papa auch auf diesem Feld zu übertrumpfen.

Daniel legte betont lässig den ersten Gang ein und fuhr wieder los. »Oh, dieser Freund ist sehr selten zugegen. Er ist, eh, Schauspieler.«

Alarmiert richtete Beatrice sich in ihrem Sitz auf. »Schauspieler?«

»Klingt, als könnten Sie die Spezies nicht leiden. Keine Bange, er wird Sie kaum stören. Er hat die nächste Zeit im Hotel zu tun, dreht eine Serie. Ich glaube, die Dreharbeiten fangen morgen an. Sie haben die Finca ganz für sich. Und ich werde ab und an dort sein, wahrscheinlich sogar die meiste Zeit.«

Verena atmete erleichtert auf. Fabian musste also nur als Strohmann herhalten und war nicht wirklich auf der Finca.

»Und was haben Sie mit der Finca zu tun?«, fragte sie scheinheilig.

Daniel rutschte unruhig in seinem Sitz hin und her. »Nun ja, er hat mich damit beauftragt, den Bau wieder auf Vordermann zu bringen. Ich bin noch in der Planungsphase, das Gebäude ist ziemlich heruntergekommen, aber drei der Räume sind durchaus bewohnbar, wenn man es ursprünglich mag. Ich bin gespannt, wie Sie das Ganze finden. Sie sagten, Sie zeichnen gerne? Ist wohl Ihr Hobby?«

»Nicht ganz«, sagte Verena ein wenig schroffer, als sie beabsichtigte. »Ich bin Künstlerin.«

Daniel warf ihr einen raschen Seitenblick zu. »Künstlerin? Hätte nicht gedacht, dass Beatrice mit Künstlern befreundet ist. Mir scheint sie immer etwas gelangweilt, wenn ich auf das Thema zu sprechen komme. Künstlerin also. Darauf wäre ich nicht gekommen!« Ehrliche Überraschung klang in seiner Stimme mit.

Verena missverstand den Tonfall. »Ja. Künstlerin. Ich weiß, wie dumm es klingt, wenn man so etwas von sich selber behauptet, aber es ist wahr. Womit ich nichts über die Qualität meiner Arbeiten gesagt habe. Die zu beurteilen ist nicht meine Sache.«

»Ich verstehe, was Sie meinen. Arnold Schönberg hat mal gesagt, Kunst kommt nicht von Können, sondern von Müssen.«

Verblüfft starrte Verena ihn an. »Sie kennen den Satz?«

»Ist das so ungewöhnlich?«

»Es ist mein, nun ja, eine Art Lieblingszitat von mir.«

»Mein Vater mochte es auch. Ich denke, er wollte mir damit sagen, dass er sich für seine Malerei entscheiden musste und gegen die Firma seines Vaters, gegen seine Schwester Lena, gegen jede Art eines so genannten bürgerlichen Lebens in Deutschland oder sonst wo, sogar gegen ein Familienleben. Ich wünschte, ich selber könnte ebenso eindeutige Entscheidungen treffen. Obwohl die seinen nicht frei von großem Egoismus waren. Als meine Mutter starb …« Er brach ab.

Warum sollte er diese fremde Frau neben ihm mit seiner Familiengeschichte behelligen? Sie schien selber Probleme genug zu haben. Schön, sie hatten entdeckt, dass sie beide ein ziemlich unbekanntes Zitat über die Kunst mochten, aber das Leben bestand nicht aus klugen Zitaten.

Daniel lenkte den Wagen durch das kleine Bergdorf Betancuria, das in einem der wenigen grünen und von hohen Bergen umschlossenen Tälern der Insel lag. Er verlangsamte kurz das Tempo, deutete zur Iglesia de Santa Maria hinüber, die hoch über dem Talgrund aufragte und erläuterte beiläufig ihre Geschichte.

Dann verfiel er wieder in Schweigen. Verena spürte, dass er zu keinem weiteren Gespräch aufgelegt war, schon gar nicht zu einem leidenschaftlichen.

»Tja, am Ende schaffst du es immer, die Männer zu langweilen, nicht wahr? Darin bist du wirklich eine virtuose Künstlerin.«

15. Kapitel

Energisch lehnte Lena Derndorfer das Angebot einer Tasse Tee ab.

»Dann vielleicht einen Kaffee?«, fragte Gisela Malchow zuvorkommend und wollte aufspringen, um in ihrer Küche zu verschwinden. Der unerwartete Besuch im Pförtnerhäuschen brachte sie aus dem Konzept. Sie hätte gern einen Moment der Ruhe gehabt, um sich zu sammeln.

Lena Derndorfers Besuch war ihr nicht geheuer, dahinter steckte bestimmt eine Absicht, die sie noch nicht durchschaute. Was konnte diese Frau nur von ihr wollen? Hatte Sie es sich doch noch anders überlegt, wollte sie Verena einen Strick aus der Sache mit den Ingwermuffins drehen, sie anzeigen?

»Auf keinen Fall trinkt sie Kaffee!«, sagte ein energischer Doktor Lessing, der darauf bestanden hatte, Lena Derndorfer zu begleiten. Schließlich war sie erst gestern aus dem Krankenhaus geflohen und hatte seither Erkundigungen über Randolf Gablers Vermögensverhältnisse eingezogen, statt sich auszuruhen.

Man musste auf sie aufpassen wie ein Schießhund. Niemand konnte wissen, ob ihr Zustand so stabil blieb. »Einen Kamillentee könnten Sie ihr anbieten.«

»Und am besten sofort in den Ausguss schütten. Kamillentee! Nein danke, ich bin nicht durstig«, brummte Lena und setzte ihre Inspektion des Wohnzimmers ungeniert fort, nahm da eine Porzellanschäferin in die Hand, strich dort mit den Fingern über einen Bilderrahmen. »Sehr hübsch haben Sie es hier. Hübsche Möbel, nette Dekoration. Einige Stücke scheinen richtig wertvoll zu sein, nicht wahr?«

Lessing sog scharf die Luft ein. Seine Freundin war noch impertinenter als gewöhnlich. Was bezweckte sie damit?

Gisela Malchow stellte sich die gleiche Frage, fand aber keine Antwort und schwieg.

»Mein Gott, täusche ich mich, oder ist dieses Beistelltischchen tatsächlich ein englisches Regency-Original?«

Gisela musste einfach antworten, wenn sie nicht unhöflich wirken wollte. »Sie täuschen sich nicht, es ist ein Original, wenn auch in leicht beschädigtem Zustand.«

Lena Derndorfer hob die Augenbrauen und murmelte einen Preis. »Heutzutage etwa zwanzigtausend Mark wert, wenn nicht mehr.«

Der Tonfall eines Vorwurfes schwang im Satz mit. Und endlich – in den Augen Lenas – biss Gisela Malchow an. Mit einem sehr, sehr leisen Anflug von Ärger in der Stimme sagte sie: »Der Tisch war ein Geschenk. Ein Geschenk von Randolf Gabler. Sie wissen ja, wie großzügig er sein konnte.«

Lena Derndorfer schnellte herum wie eine Schlange, die endlich ihre potenzielle Beute erspäht hat. »Oh ja, sehr großzügig. Geradezu verschwenderisch großzügig. Das war unser lieber Randolf. Hat nie an etwas gespart. Nicht an Geschenken, nicht an guten Ratschlägen und nicht am eigenen Lebensstil. Bis zuletzt, nicht wahr? Und dabei trotzdem immer den eigenen Vorteil im Auge – oder?«

»Ich, ehem, mache jetzt doch schnell etwas zu trinken. Wenigstens für uns, Herr Doktor Lessing. Es ist so schwül draußen.«

»Ja, gewiss, vielen Dank«, entgegnete der Arzt und fasste gleichzeitig Lena am Ellbogen und hielt sie zurück, als sie weiterreden wollte.

Ein verärgertes Schnaufen war das Letzte, was Gisela hörte, als sie aus dem Wohnzimmer lief – nein floh. Was hatte diese Lena nur vor? Was wollte sie mit ihrer Fragerei herausfinden? Denn so viel war klar, sie war hier, um zu spionieren. Hier und nicht im Haupthaus bei Katharina Gabler. Konnte es sein, dass sie etwas wusste? Etwas über die besondere Art der Beziehung zwischen Randolf und seiner Haushälterin? Aber was interessierte Lena Derndorfer daran? Sie sah nicht aus wie eine moralinsaure alte Jungfer.

Gisela Malchow fegte energisch einige Krümel von der Küchentischplatte. Außerdem war es unmöglich, dass sie auch nur etwas ahnte. Niemand wusste davon. Niemand. Sie öffnete einen Hängeschrank und entnahm ihm Filtertüten und Kaffeetassen.

Was sollten aber diese Anspielungen auf Randolfs Geschenke, seine Großzügigkeit? Verschwenderische Großzügigkeit, wie Lena es genannt hatte. Gisela schüttelte den Kopf und füllte den Wasserkessel. Plötzlich hielt sie inne, das Wasser rauschte am Kessel vorbei, sie erstarrte.

Konnte es sein, dass Lena Derndorfer erst jetzt von den geänderten Vermögensverhältnissen der Gablers erfahren hatte, schoss es ihr plötzlich durch den Kopf. Mein Gott, hatten Katharina und Beatrice etwa einen Hehl aus ihrer verzweifelten finanziellen Lage gemacht! Hatten sie Lena getäuscht? Das konnte doch nicht … oder konnte es doch?

Im Wohnzimmer war man sich ziemlich sicher, dass es sich genauso verhielt.

»Die ganze Mischpoke hat mich schamlos belogen! Samt Personal. Haben eine Show aufgeführt für mich. Allein dieses Sommerfest im letzten Jahr, pah. Jetzt weiß ich, warum diese Verena dabei Kaltmamsell spielen musste und warum der Partyservice einfach verschwand. Kein Geld! So eine Bande. Vollkommen blank. Haben Sie die Panik in den Augen der Haushälterin gesehen? Das ist doch nicht normal, Lessing. Die weiß auch was, warum sollte sie sonst eine harmlose Besucherin wie mich so fürchten?«

Lessing drückte Lena in einen Armstuhl. »Harmlos würde ich Sie nicht gerade nennen. Wenn ich ehrlich bin, hatten Sie eben die Freundlichkeit einer schwarzen Mamba. Sie waren unverschämt, aufdringlich, inquisitorisch …«

Lena hob abwehrend die Hände. »Hören Sie auf, hören Sie auf. So viel Schmeichelei macht mich am Ende noch größenwahnsinnig. Aber ich war verdammt gut, das stimmt!«

Lessing seufzte. »Sie sind unverbesserlich. Nun, nachdem Sie so sicher sind, dass unser Verdacht richtig ist, können wir die arme Frau ja auch in Ruhe lassen. Sie haben sie in einen grässlichen Loyalitätskonflikt gestürzt! Man sieht doch genau, dass sie ihre Dienstherrin nie verraten würde. Gisela Malchow ist eine grundehrliche, anständige, diskrete Frau. So viel eherne Moral ist heutzutage selten. Sie hat bestimmt geglaubt, Sie wüssten Bescheid.«

Lena Derndorfer richtete sich hoch im Lehnstuhl auf. »Diese Person nennen Sie grundehrlich und anständig? Sie ist die Komplizin einer Betrügerin, einer Hochstaplerin und Heiratsschwindlerin, die mich um mein Vermögen bringen will ...«

»Das Sie gar nicht mehr haben, Lena! Verdammt noch mal. Wer betrügt denn hier bitte schön wen? Haben Sie mit den Gablerdamen vielleicht über Ihre finanzielle Situation gesprochen? Sie sollten sich wirklich ein wenig zurückhalten.«

»Und ich finde, Sie sollten jetzt alle beide gehen«, sagte eine kreidebleiche Gisela Malchow, die mit einem blinkenden Silbertablett im Türrahmen stand. »Im Hause einer Betrügerin schmeckt der Kaffee sicher bitter, finden Sie nicht auch?«

»Oh, oh«, stammelte der Arzt. Lena erhob sich achselzuckend. »Wie Sie meinen. Ich weiß allerdings nicht, warum Sie so eingeschnappt sind. Es war schon immer meine Art, einen Putzeimer Putzeimer zu nennen, wenn ich ihn sehe, und einen Lügner Lügner. Daran ist nichts verkehrt. Ich achte die Wahrheit.«

»Lena!« Lessings Stimme verriet ehrliches Entsetzen.

Gisela Malchow stellte das Tablett für ihre Verhältnisse heftig ab, leise klirrte das Geschirr, dennoch verrieten ihr Gesicht und ihre Stimme nicht das ganze Ausmaß ihrer Wut.

»Sie nennen mich also eine Lügnerin? Ich hingegen frage mich, ebenso wie der Doktor vorhin, wer hier wen belügt. Warum haben denn Sie eigentlich so sehr auf eine Hochzeit zwischen Beatrice und Ihrem Neffen Daniel gedrängt? Von Anfang an, als beide sich eben erst kennen gelernt hatten. Vielleicht weil Sie selber auf ein Vermögen spekuliert haben? Das Vermögen der Gablers? Wie steht es denn um Ihre Finanzen?«

»Sie haben gelauscht? Hätte ich Ihnen gar nicht zugetraut, alle Achtung.«

Gisela Malchow straffte die Schultern. Nur wer sie so genau kannte wie ihre Tochter Verena, wusste, dass das eine gefährliche Kampfansage war.

»Ich habe lediglich keine Verschlussklappen für meine Ohren. Man konnte Sie laut und deutlich verstehen. Ihr Vermögen ist nicht mehr das, was es war.«

»Das habe ich nie gesagt«, protestierte Lena.

»Aber ich«, stöhnte Lessing, »oh Gott, oh Gott.«

Lena fuhr wütend herum. »Der hilft Ihnen jetzt auch nicht weiter. Sie alter Trottel. Na, Schwamm drüber. Wir wissen jetzt, wo wir dran sind, und müssen sofort los. Das Schlimmste verhindern.«

»Und das wäre?«, fragte Gisela Malchow mit einem Hauch von Drohung in ihrer Stimme.

Lena stand bereits in der Wohnzimmertür, langsam drehte sie sich um: »Na, was wohl? Ich muss die Heirat meines Neffen mit dieser Hochstaplerin verhindern. Sofort.«

»Und was, wenn die beiden sich inzwischen wirklich lieben?«, fragte Gisela Malchow trocken. »Ich glaube kaum, dass die finanziellen Interessen einer Erbtante dagegen ins Gewicht fallen. Wir leben im 21. Jahrhundert.«

»Reden Sie von Liebe? Mein Gott, eine völlig überschätzte Geschichte, pure Romanfantasien. Immerhin werden 38 Prozent aller Liebesheiraten geschieden, Tendenz steigend, die Kosten für die Anwälte sind reine Verschwendung. Liebe kann man nicht heiraten, Geld schon. Beatrice weiß das, sie neigt nicht zu sentimentaler Gefühlsduselei.«

»Sie kennen Sie doch kaum«, hielt Gisela dagegen.

»Ich weiß, was ich sehe. Beatrice kann rechnen.«

»Und was ist mit Ihrem Neffen? Er schien auf dem

Sommerfest im vergangenen Jahr völlig hingerissen von Beatrice. Er kam als trauriger Mann und ging als strahlender Liebhaber. Das habe *ich* genau gesehen.«

Lena schnaubte verächtlich, aber die Verachtung klang nicht sehr überzeugend. Jeder im Raum spürte, dass sie ihrem Neffen durchaus Liebe und andere Gefühlsduseleien zutraute.

»Ach, Papperlapapp. Daniel tut am Ende, was ich will. Ich muss einfach von Angesicht zu Angesicht mit ihm reden, hatte ich von Anfang an vor. Wenn Ihre Tochter nicht diese vermaledeiten Muffins gebacken hätte … Ich kann nur hoffen, dass ich auf die Schnelle einen Flug bekomme. Fuerte soll um diese Jahreszeit ja hoffnungslos überfüllt sein.«

»Fuerte! Das hält mein Herz nicht aus.« Ein völlig erschöpfter Lessing sank in den Lehnstuhl, den Lena soeben verlassen hatte. »Diese Frau hat die Vernunft einer Zweijährigen. Fuerte! In ihrem Zustand.«

»Sie tun ja geradezu so, als sei ich ein rohes Ei oder schwanger«, schimpfte Lena.

Lessing schüttelte müde den Kopf. »Schwanger! Selbst das würde ich Ihnen noch zutrauen, Lena. Selbst das.«

»Seien Sie nicht albern. Also? Kommen Sie mit oder gönnen Sie sich gerade eine Herzattacke?«

Seufzend erhob sich der Arzt. In der Wohnzimmertür drehte er sich noch einmal um. »Sie müssen unser Eindringen und Lenas Unverschämtheit entschuldigen, wenn Sie können. Wissen Sie, ihre Firma, das Vermögen, das sie gemacht hat, dass war ihr Lebenswerk. Sie hatte nichts anderes. Und natürlich Daniel. Sie will einfach, dass es ihm gut geht. Und gut gehen bedeutet für sie, viel Geld zu haben. Sie kennt es nicht anders. Sie kann nicht glauben, dass andere Dinge zählen.«

Fast flehend war der Blick, den Lessing Gisela Malchow zuwarf.

Die Frau im Sofa schien nicht hinzuhören.

»Lessing!«, schallte es von der Haustür herüber. Der Arzt verschwand. Gisela bemerkte es nicht. Sie war mit ihren Gedanken tatsächlich ganz woanders. Auf Fuerte. Bei Beatrice. Man musste ihr helfen. Verena musste ihr helfen.

Dieser alte Drachen Derndorfer durfte einfach nicht gewinnen, und das Glück zweier Menschen zerstören. Das Glück von Daniel und Beatrice. Sie, Gisela, hatte Randolf versprochen, sich immer um das Wohl seiner Tochter zu kümmern. Sie hatte es ihm versprochen, bevor er Opfer seiner Wahnanfälle wurde, von denen er wusste, dass sie sein Ende bedeuteten. Ihr hatte er als Einziger vertraut, auch in Geldfragen. Sie hatte versprochen, sich um seine Familie zu kümmern, und sie würde sich daran halten.

Es war schlimm genug, dass sie ihre Wohltäterin Katharina Gabler jahrelang um die Liebe ihres Mannes betrogen hatte, dass sie gleichzeitig Katharinas Vertrauen und Randolfs Zuneigung genossen hatte. Immerhin, sie hatte nie auf eine Scheidung der beiden gedrungen. Nie! Gisela Malchow hatte Romantik gewollt, keine Ehe.

Sie schloss die Augen, dachte an das kleine Appartement in der Stadt, die Donnerstagabende, ihre freien Abende, die sie dort mit Randolf verbracht hatte. Über siebzehn Jahre lang. Es waren kostbare Abende gewesen, mehr hatte sie nie gewollt, ein unabhängiges Leben – so wie sie es sah –, einen zärtlichen, aufmerksamen Liebhaber und ein wundervolles, gesichertes Zuhause für ihre Tochter.

Ein richtiges Zuhause, wie sie fand, keine solche

Fassadenveranstaltung, wie Beatrice sie erleben musste. Weshalb Beatrice heute so cool, kokett und herzlos tat, wenn es um Gefühle ging, da war Gisela Malchow sich ganz sicher.

Eine Frau wie Lena Derndorfer sah nur die Oberfläche und ahnte nichts von den verborgenen Sehnsüchten einer Beatrice. Schon als kleines Mädchen war diese beinahe gefährlich leidenschaftlich gewesen, ein Temperamentsbündel, ein hungriges Geschöpf, das Gefühl, viel Gefühl und Zärtlichkeit suchte, zu selten bekam und daher dringend einen Mann wie Daniel brauchte.

Gisela erhob sich energisch. Sie würde jetzt Verena anrufen. Sofort. Verena musste tun, was sie konnte, um das Paar beieinander zu halten.

Vielleicht genügte es, Beatrice zu warnen oder Lena Derndorfer einfach nicht an sie heranzulassen. Wenn man nur wüsste, aus welchem Holz dieser Daniel am Ende wirklich geschnitzt war. Zärtlichkeit und Einfühlungsvermögen besaß er ohne Zweifel, aber Standhaftigkeit und Durchsetzungsvermögen?

War er ein Sturkopf wie seine Tante, oder war er tatsächlich ihr Werk und formbar wie Wachs, was Lena Derndorfer zu glauben schien? Verena musste es herausfinden und handeln. Energisch nickte Gisela Malchow, dann machte sie sich auf die Suche nach der Telefonnummer des ›Flores del Agua‹.

16. Kapitel

Wasser spritzte auf, Gelächter schallte herüber, träges Gelächter, von sengender Hitze gedämpft. Beatrice und Luise lagen im Schatten eines Palmenhains nahe dem Hauptpool und vergaben fleißig Haltungsnoten für männliche Schwimmer. Die beiden Frauen bildeten – mangels Alternativen – eine Ferien-Fun-Notgemeinschaft.

»Auf einer Skala von eins bis zehn ist der eine sechs«, fand Beatrice mit Blick auf einen Jüngling, der zum Hechtsprung ansetzte.

»Sechseinhalb«, widersprach kichernd Luise aus Wuppertal, »allein für den Hintern.«

Am Pool tummelten sich Nebendarsteller der Serie »Fiesta Fuerte« und genossen ihren drehfreien Vormittag. Im Hotel wurde der Speisesaal für eine Szene eingerichtet und ausgeleuchtet, die am Nachmittag gedreht werden sollte. Die Hauptdarsteller hielten sich nicht am Pool auf, sondern auf ihren Zimmern und büffelten Text.

»Der Hintern ist schon okay«, setzte Beatrice das Fachgespräch unter Frauen fort, »aber dafür ist er nur ein winzigkleiner Statist. Minimale Kellnerrolle, darf im Restaurant ab und an ein Tablett mit Cocktails durchs Bild tragen und dann beim Streit zwischen dem Hoteldirektor und dem eifersüchtigen Gast als Unbeteiligter in den Pool fallen. Wobei sein Hemd nass und sein Sixpack deutlich sichtbar wird. Wir können uns geehrt fühlen, dass wir es schon jetzt und völlig unbekleidet begutachten dürfen.«

Luise schob interessiert ihre Sonnenbrille in die Haare, kniff die Augen zusammen und unterzog die Badehose des Kellners, der sich eben über den Beckenrand zurück an Land hievte, einer eingehenden Prüfung. Dann schaute sie ratlos zu Beatrice hinüber. »Unbekleidet? Ich sehe nichts von seinem Dings, da ist doch noch die Hose drüber.«

»Ich rede nicht von seinem kleinen Klaus – ein ziemlich winziger Klaus übrigens – sondern von seinem Sixpack. Das sind die Rippen und genau definierte, auf den Punkt trainierte Brustmuskeln. Da liegen eindeutig seine ganz speziellen Talente. Die Serie richtet sich schließlich an schaulustige Frauen von fünfundzwanzig bis sechzig plus mit gesundem sexuellen Appetit, aber einem Rest von vorgetäuschtem Schamgefühl. Man muss die Entblößung der dekorativen Jünglinge also geschickt herbeiführen.«

Luise schürzte nachdenklich die Lippen, suchte nach ihrer Cola – einer Cola light, weil sie fand, dass das zum Bikini besser und jünger aussah als normale Cola – und einer Antwort.

»Also, eh, ich bin nicht nur scharf auf entblößte Jünglinge. Ich finde, die Serie müsste richtig Romantik rüberbringen. Was fürs Herz. Das fehlt doch heute. Ich meine, nur so der Sex, das interessiert uns Frauen doch nicht. Wir wollen einen Mann, der auch Gefühle hat, starke, männliche Gefühle.«

Beatrice verkniff sich ein Lachen. Luise nahm es nicht wahr, sondern geriet ins Schwärmen.

»Ich meine einen Mann wie diesen Fabian. Also, die Prügelszene gestern! Einmalig, wie er den eifersüchtigen Ehemann vertrimmt, obwohl Fabian gar nichts mit dessen Frau hat, sondern sie nur schützen will und ihren Ruf verteidigen ... Hach, sowas müsste mir mal passieren, ein Mann wie Fabian, so heldenhaft, romantisch, einfühlsam und zärtlich. Aber mein Hermann ...«

Suchend ließ sie ihren Blick über die Poollandschaft schweifen, entdeckte Hermann beim Bier an der Bar und seufzte. Beatrice seufzte ganz heimlich und leise mit. Natürlich nicht wegen Hermann, sie dachte an Fabian. Mein Gott, schalt sie sich stumm, und das nach einem einzigen gemeinsamen Abend. Aber was für ein Abend!

Fabian hatte sie zunächst – sehr heimlich und am TV-Team vorbei – aus dem Hotel entführt, durch den Versorgungskeller und ein Labyrinth von Gängen. Es war eine perfekte Inszenierung gewesen, beinahe wie in einem Krimi. Immer wieder mussten sie sich kichernd hinter Wäschebergen verstecken. Mit einem Jeep war es dann über abenteuerliche Klippenpfade zu einem winzigen Ort am Meer gegangen.

Dort hatten sie Strand und Sternenhimmel, Kerzenlicht und Mondscheinbad im Atlantik erwartet. Sie hatten das ganze Programm einer ausgelassenen Feriennacht zu zweit durchgezogen. Alles war so leicht, so übermütig und unbeschwert gewesen – so wie man mit fünfzehn gerne wäre, aber wegen Pickeln und sonstigen peinlichen Pubertätsbeschwerden nie, nie sein kann.

Sie hatten es genossen, ohne dabei in Sentimentalität zu schwelgen, den Mond anzuseufzen oder in heilignüchternes Schweigen zu verfallen. Selten so gelacht wäre die richtige Überschrift für den gestrigen Abend. Oh ja, sie waren »Two of a kind«. Ein perfekter Abend.

An wem hatte es gelegen, dass nichts Ernsthaftes passiert war? An ihr und ihrer Verlobung mit Daniel oder an Fabian, der zwar ein Ausbund an Scharm war, aber meilenweit davon entfernt schien, mit ihr etwas anderes als freundschaftliche Knüffe austauschen zu wollen.

Nicht eben erbauend. Beatrice runzelte die Stirn. Nein, das war sogar höchst ärgerlich. So etwas war ihr noch nie passiert, wenn sie sich einem Mann zugewandt hatte. Eigentlich handelte es sich um eine glatte Unverschämtheit. Er hätte wenigstens eine Annäherung versuchen müssen, die sie dann selbstverständlich abgewiesen hätte.

Beatrice schob sich langsam in ihrem Liegestuhl nach oben, langte nach einer Flasche Sonnenmilch und rieb sich nachdenklich die Knie ein. Sie grinste bitter und warf Luise einen Seitenblick zu. »Sie halten Fabian also für einfühlsam, zartfühlend und romantisch? Klingt eher nach dem dritten Musketier oder wie Richard Gere.« Oder wie Daniel, fuhr es ihr durch den Kopf.

Dass sie jetzt ausgerechnet auf den kam. Seltsam. Aber es stimmte. Einfühlsam, ausgesprochen zartfühlend und romantisch, das war Daniel. Nur – wollte sie das? Klang nicht gerade nach Herausforderung, Freiheit und Abenteuer. Sie hatte ihr Leben lang bekommen, was sie wollte, vielleicht reizte es sie deshalb umso mehr, etwas nicht zu bekommen, jedenfalls nicht ohne Kampf.

Luise nahm einen Schluck Cola und kämpfte mit dem Strohhalm, der an ihren dick geschminkten Lippen kleben blieb. »Aber, das sieht man Fabian doch an. – So was Doofes!«

»Was heißt hier doof? Ich dachte, Sie mögen ihn. Obwohl Dummheit natürlich kein Hinderungsgrund dafür ist. Ich finde intelligente Männer allerdings interessanter.«

»Nicht Fabian ist doof, der Strohhalm. Im Ernst, einen romantischeren Typ als Fabian kann ich mir gar nicht vorstellen. Allein diese Augen, hach, da wird mir ganz heiß!«

Beatrice schüttelte energisch den Kopf. »Man bekommt aber nicht, was man sieht. Fabian Seiler ist in Wahrheit ungefähr so romantisch wie ein Finanzminister.« Zumindestens in Sachen Küssen und ähnlichen Freizeitbeschäftigungen.

»Finanzminister? Was hat denn Fabian mit Politik zu tun? Für so was hat der doch gar keine Zeit. Wäre auch schade drum«, protestierte Luise.

»War nur ein Vergleich. Sagen wir lieber, er ist vom Wesen her so romantisch wie ein Eimer Klarlack oder eine Rolle Raufasertapete, auch wenn er aussieht wie ein gemalter junger Gott von – sagen wir – Botticelli.«

Jetzt schien Luise vollkommen verwirrt. »Klarlack? Tapete? Was ist denn daran romantisch?«

»Nichts! Das wollte ich ja eben sagen.«

»Oh, schauen Sie nur, da kommt seine Managerin. Vielleicht teilt sie mir endlich meine versprochene kleine Rolle zu. Sie ist für die komplette Besetzung zuständig, hat Fabian gesagt. Lächeln!«

Luise räkelte sich in Positur, zog den Bauch ein und holte kräftig Luft. Mit angehaltenem Atem und zusammengepressten Lippen verriet sie Beatrice den Zweck ihres Geheimtricks. »Das tue ich, damit meine Brust größer wirkt. Sehen Sie?«

Solidarisch hielt Beatrice ebenfalls die Luft an und legte die Schultern zurück. Luise konnte unfreiwillig amüsant sein.

Theresa Wiedemann steuerte tatsächlich auf den Palmenhain zu. Mit der rechten Hand würgte sie ein

Klemmbrett, die linke hatte sie zur Faust geballt, ihre Fingernägel gruben sich in den Daumenballen. Wut schien Theresa Wiedemanns hauptsächliche Antriebsenergie, stellte Beatrice belustigt fest, stieß den angehaltenen Atem aus und pumpte ihre Brust beim nächsten Luftzug noch mehr auf. Solches Putengetue würde Frau Wiedemann bestimmt noch höher auf die Palme treiben.

Theresa Wiedemann begann das Gespräch bereits fünf Meter vor den Liegestühlen und ohne vorherige Begrüßung.

»Wo ist dieser vermaledeite Fabian jetzt schon wieder abgeblieben? Haben Sie ihn gesehen? Raus mit der Sprache.«

Beatrice riss die Augen in gespieltem Erschrecken auf, beugte sich über die linke Seite ihrer Liege und tat, als schaue sie gründlich darunter nach.

»Lassen Sie diesen Unsinn«, schalt Theresa Wiedemann, »soweit ich weiß, waren Sie gestern Abend doch zusammen, oder?«

Beatrice stieß hörbar die bis dahin angehaltene Luft aus, Luise tat es ihr nach.

»Mein neuer persönlicher Rekord«, japste Beatrice, »fast anderthalb Minuten ohne Luft. Junge, Junge, schade, dass das keine olympische Disziplin ist.«

»Aber Wettkämpfe gibt es dafür schon«, erklärte Luise eifrig. »In Griechenland, glaube ich. Nackte Fischer tauchen da im Meer, ganz tief runter und ohne Gasmasken.«

»Sie meinen ohne Sauerstoffflaschen«, korrigierte Beatrice.

»Genau. Ich habe übrigens mal eine Minute vierzig ohne Luft geschafft. Hermann war ganz begeistert und meinte, dass sollte ich ruhig öfter trainieren. Am besten beim Fernsehen, da hat man ja sonst nicht viel zu tun.«

Theresa Wiedemann explodierte.

»Was soll dieser Unsinn? Ich rede mit Ihnen, Frau Gabler. Wir versuchen hier ernsthaft zu arbeiten, und ich habe keine Lust, mich von Ihnen hochnehmen zu lassen. Wann haben Sie Fabian das letzte Mal gesehen? Zum Frühstück?«

Schön wär's, dachte Beatrice, setzte aber eine betont heitere Miene auf. »Das wissen Sie doch«, erwiderte sie und kuschelte sich genüsslich in ihrer Liege zurecht. »Gestern Abend. Wir waren in einem inseltypischen Restaurant essen. Bei seinem Freund Raoul. Ein entzückender Mensch.«

Einer, den Fabian herzlicher zur Begrüßung und zum Abschied umarmt hatte als sie, dachte sie einen kurzen Moment beleidigt, verwarf den Gedanken aber. Sie würde doch nicht auch noch eifersüchtig auf Männer werden!

»Stellen Sie sich vor, Theresa, dieser Raoul kocht nicht nur köstlich, er kann sogar aus Goethes Faust zitieren. *Hier bin ich Mensch, hier darf ich's sein!* Wer erwartet schon so was in einem winzigen Dorf an einem ganz einsamen Strand? Es ist erstaunlich, wie gut Fabian Fuerte kennt. Er will mir noch mehr solcher Stellen zeigen. Ganz, ganz geheime Stellen, die niemanden etwas angehen und wo man völlig ungestört ist.« Und ohne Raoul. Mein Gott, was störte sie nur so an dem netten Wirt?

Luise stieß einen ihrer schrillen Kiekser aus. »Nein wirklich? Sie waren mit Fabian Seiler essen? Das haben Sie mir ja noch gar nicht erzählt, das müssen Sie …«

»Fabian spielt hier also weiter den Fremdenführer für

einsame Bräute?« Theresa Wiedemann schien ehrlich überrascht und gleichermaßen entsetzt. Ihr wütendes Geschrei wurde zu einem gemurmelten Selbstgespräch. »So viel Unverschämtheit habe selbst ich ihm nicht zugetraut. Verdammt, gestern Abend hatte er eigentlich eine Drehbuchbesprechung, in zwei Stunden ist seine Szene dran. Was fällt ihm plötzlich ein. Er ist noch nicht geschminkt, es gibt neuen Text, er muss ein Interview geben und ...«

Beatrice schwang die Beine über die Liege und erhob sich. »Die einsame Braut nehme ich Ihnen übel, Frau Widermann.«

»Wiedemann! Ist Ihnen eigentlich klar, dass Sie mit Ihrem Teenie-Getue Fabians Karriere zerstören können? In meiner Kartei habe ich dutzende gut aussehender, jüngerer und genauso talentierter Schauspieler, die nur auf eine Chance wie diese Serie warten.«

»Na, dann rufen sie doch einen von denen an! Fabian und ich haben zusammen noch eine Menge vor.«

Theresa schnaubte nur. »So? Dass Sie sich da mal nicht täuschen in Fabian, er verliert sein Interesse an seinen weiblichen Fans oft erstaunlich rasch.«

»Ich bin nicht sein Fan«, sagte Beatrice sehr ruhig. »Er ist meiner – wie die meisten Männer, für andere interessiere ich mich auch nicht. Es ist lächerlich, einem Kerl hinterherzulaufen. Den Fehler machen viel zu viele Frauen – nicht wahr? Ich bin da eher konservativ.«

Theresa überging den Seitenhieb: »Wie gefiele Fabian Ihnen denn als – sagen wir – einfacher Sozialhilfeempfänger. Oder als Maurergehilfe? Was anderes als Bauarbeiter hat er nämlich nicht gelernt, der Gute. Oder sind Sie eine so einsame Braut, dass Ihnen jede männliche Gesellschaft recht ist?«

Beatrice schlüpfte in zierliche Riemchensandalen mit Plexiglasabsatz, richtete sich darauf zu voller Größe auf und konnte Theresa von oben herab anschauen.

»Ich bin zwar Braut, aber einsam war ich noch nie, schließlich weiß ich, wie man sich bei Menschen beliebt macht. Wenn Sie wollen, gebe ich Ihnen da mal ein paar Tipps, aber jetzt muss ich gehen. Ich habe tatsächlich schon wieder eine Verabredung.«

»Mit WEM?«

Beatrice warf sich ihr Handtuch über die Schultern.

»Drehen wir hier eine Folge von Columbo? Das geht Sie nichts an, verstanden? Aber ich gebe Ihnen einen Tipp: Das Treffen findet auf einer Baustelle statt, wo es hoffentlich ein paar unbekleidete Maurer zu besichtigen gibt.«

»Und Ihren Verlobten geht das Treffen wohl auch nichts an, wie? Soviel ich weiß, hat er gegen Mittag eine Besprechung hier im Hotel. Könnte es nicht sein, dass es ihn interessiert, wo und mit wem sich seine Verlobte zu diesem Zeitpunkt trifft?«

Beatrice schulterte ihre Strandtasche und maß Theresa Wiedemann mit einem verächtlichen Blick. »Dass könnte durchaus sein. Mein Verlobter interessiert sich nämlich für alles, was ich tue. Sie können ihm also bestellen, ich sei auf der Finca. Mal sehen, ob ihn das überrascht.«

Beatrice war sich ziemlich sicher, dass ihn das überraschen würde, und sehr gespannt auf seine Reaktion. Dem Tag fehlte es noch ein bisschen an Amüsement und Nervenkitzel.

Theresa Wiedemann verstellte ihr den Weg. »Welche Finca meinen Sie? Hat Fabian sich hier auf der Insel etwa ein Versteck eingerichtet?«

»Machen Sie sich nur keine Gedanken. Daniel weiß genau, welche Finca ich meine. Ach, und falls ich dort ganz zufällig Fabian begegne, soll ich ihm etwas ausrichten?«

»Scheren Sie sich zum Teufel!«

Betont sanft schob Beatrice die wütende Produktionsleiterin beiseite. »Wenn Sie meinen, bestelle ich ihm das gerne. Ich dachte allerdings, Sie wollten Fabian dringend hier am Drehort haben.«

Beatrice wandte sich schwungvoll zum Gehen. Sie nahm einem Umweg am Hauptpool vorbei, ließ ihre Absätze provozierend über den Mosaikboden klackern und genoss den Anblick der sich drehenden Männerköpfe. Beim Statisten-Kellner in der knappen Badehose hielt sie kurz inne, machte eine Bemerkung und deutete Richtung Theresa. Der Statist nickte grinsend und schaute verstohlen zum Palmenhain hinüber. Beide lachten.

»Diese Frau ist, ist …«, stammelte Theresa Wiedemann.

»Einmalig amüsant, nicht wahr? Sie können sich nicht vorstellen, wie viel wir heute Morgen schon gelacht haben. Sie bringt jeden zum Lachen. Ach, übrigens, wie steht es mit meiner Rolle? Sie wissen schon, meinem Auftritt, den ich beim Preisausschreiben gewonnen habe. Muss ich nicht auch langsam den Text lernen? Hermann will allerdings in keinem Fall was sagen. Und er verlangt ein Bier, wenn es länger dauert. Ich habe mal gelesen, dass es acht Stunden brauchen kann, bis man eine Minute Film im Kasten hat. Stimmt das? Heute Abend ist nämlich auch unser kostenloses Candlelightdinner auf der Klippenterasse. Das will ich nicht verpassen.«

Theresa Wiedemann würdigte Luise zum ersten Mal eines eingehenden, wenn auch irritierten Blickes. »Text?! Sie wollen Text?« Ihre Stimme verriet schieres Entsetzen. »Wer hat Ihnen denn Text versprochen?«

»Na, Fabian Seiler. Und das ist ja immerhin der Hauptdarsteller. Und der Hoteldirektor, nicht wahr? Ich meine, jeder muss doch tun, was er sagt.«

Theresa Wiedemann schnaubte nur. »Wenn der so weitermacht, ist er demnächst nicht einmal mehr Kabelträger. Sie können sich von mir aus in zehn Minuten bei Bettina melden. Unten im Poolhaus. Da haben wir die Maske eingerichtet. Sie wird Ihnen einen Schminktermin geben.«

Luise zog einen Schmollmund. »Aber ich bin doch geschminkt! Und wie! Dafür habe ich heute fast eine Stunde gebraucht. Ist alles wasser- und schwitzfest. Sogar der Lippenstift, klebt nur ein bisschen.«

»Man sieht es«, sagte Theresa Wiedemann kalt und verschwand. In ihrer Eile stieß sie mit einem Angestellten von der Rezeption zusammen, der jemanden zu suchen schien.

»Haben Sie Señorita Gabler gesehen? Da iste eine Anruf für sie oder Señor Daniel. Eine Tante kommt heute spät am Nachmittag und will geholt werden vonne Flughafen. Sie will sprechen Beatrice. SOFORTE! Sie hat gesagt. Es iste eine sehr strenge Tante.«

Theresa Wiedemann schüttelte sich wie angeekelt. »Auch das noch! Von der Mischpoke gibt es also noch mehr. Warten Sie doch einfach, bis Herr Derndorfer auftaucht, der wird sich schon darum kümmern. Seine Braut ist jedenfalls auf dem Weg zu irgendeiner Finca, das können Sie diesem Daniel ebenfalls bestellen. Und wenn Sie Fabian Seiler sehen, legen Sie ihn in Ketten, peitschen Sie ihn tüchtig aus und schleifen Sie ihn zu mir.«

»Ketten? Peitschen? Was für eine Film drehen Sie hier? Ich glaube nichte, dass wir haben so etwas!«

»Was ist nur aus der guten alten spanischen Inquisition geworden, frage ich mich!«

18. Kapitel

Verena packte Zeichenutensilien in eine geräumige Leinentasche. Rötel, Kohle, Kreide, Bleistifte und Wischtücher. Sie wusste noch nicht, für welche Technik sie sich entscheiden würde. Sie wollte zunächst die Landschaft erkunden, ihre Atmosphäre und Magie in sich aufnehmen.

Eins war sicher, die karge Felswelt, die sie umgab, eignete sich – zumindest im klaren Mittagslicht – kaum für weiche Techniken, wie etwa Aquarellmalerei. Ohnehin ging es ihr um Konturen, Formen, Gestalten, Abrisskanten, Flächen, Linien. Eben das, was sie als Bildhauerin und Skulpteurin am meisten inspirierte.

Daniel hatte ihr gestern Abend ein wenig widerwillig den Weg zum Playa de Garcey an der Westküste erklärt, vor dem das spektakuläre Wrack der »American Star« lag. Ein mehr als fünfzig Jahre alter Leichnam aus Rost, der vor der Steilküste 1994 auf Grund gelaufen und im Sturm in zwei Teile zerborsten war, an denen seither die Wellen nagten.

Verena hatte von diesem modernen Geisterschiff in einem Reiseführer gelesen und war begeistert von der Aussicht auf ein solches Motiv. Daniel jedoch hegte Zweifel, ob sie das letzte Wegstück, dass durch militärisches Sperrgebiet führte, bewältigen würde.

»Die Passtraßen bis Pajara sind herrlich und ein Fahrgenuss, an jeder Ecke bieten sich genug Zeichenmotive, aber die Piste zum Wrack ist eine Herausforderung.«

»Na wunderbar!«

»Sie könnten stecken bleiben. Stellenweise türmen sich die Felsbrocken und das Geröll einen halben Meter hoch, und wenn man nicht aufpasst, verliert man den Weg ganz aus den Augen. Dieser Spaß zieht sich über 7,5 Kilometer. Ich glaube, Sie sollten sich das nicht allein zumuten, Sie kennen Fuerte nicht. Warten Sie doch, bis ich Zeit habe und Sie hinfahren kann.«

Verena schüttelte in Erinnerung an diese Warnungen verächtlich grinsend den Kopf. Sie hinfahren! Sie war doch keine gebrechliche alte Dame. Der Mann hatte ja keine Ahnung, wie zielstrebig sie sein konnte, wenn es darum ging, zu zeichnen oder ein einmaliges Motiv wie dieses zerbrochene Wrack zu inspizieren. Kein Geröll und keine Felsbrocken konnten ihr den Weg versperren.

Am Ende hatte Daniel ihr achselzuckend und ein wenig mürrisch die Route auf der Landkarte eingezeichnet. Mürrisch war er allerdings wohl deshalb gewesen, weil er Beatrice am Abend nicht erreicht hatte.

Sie hatte das Hotel mit unbekanntem Ziel und in männlicher Begleitung verlassen, hieß es an der Rezeption. Nun, ganz so unbekannt war das Ziel für Verena nicht, es hieß bestimmt »Vergnügen bis zum Abwinken«. Sie konnte sich auch denken, um wen es sich bei der männlichen Begleitung handelte. Schluss, einfach nicht dran denken.

»Kannst du das?«, fragte ihr Teufelchen.

»Ich kann«, sagte Verena laut und knöpfte die Leinentasche zu.

Statt an Fabian dachte sie weiter über Beatrice nach. Die war nun einmal keine Frau für stille Stunden und gewiss niemand, der brav im Hotelzimmer wartete, bis der anderweitig beschäftigte Verlobte anrief. War sie vielleicht eingeschnappt gewesen, weil Daniel sich nicht sofort und ausschließlich um sie gekümmert hatte? Da war dieser Kuss am Flughafen gewesen, der – im Gegensatz zu Beatrices stets betonter Coolness – ziemlich leidenschaftlich gewirkt hatte. Und trotzdem konnte sie nicht die Finger von Fabian lassen. Verdammt, war diese Frau überhaupt zu echten Gefühlen fähig?

Bevor das Teufelchen zu einem Kommentar ausholen konnte, verabschiedete Verena ihre Gedanken an gestern ganz.

Sie hatte mit diesen albernen Liebeskabalen überhaupt nichts zu tun und war frei. Frei! Sie würde den heutigen Tag nutzen, um zu zeichnen, richtig zu zeichnen und nicht etwa um die unbedarfte Hobbykünstlerin zu spielen, wie Daniel zu vermuten schien. Ach was, schon wieder Daniel! War doch genauso egal, was der von ihr dachte. Sie hatte den ganzen Tag und sogar die Finca für sich. Daniel war sicher längst zu seiner Baubesprechung wegen der Sanierung des Hauses aufgebrochen und wollte danach ins Hotel weiterfahren.

Verena schulterte die Tasche, klemmte sich drei Blöcke unter den Arm und öffnete eine grob geschnitzte alte Holztür, die auf den Säulengang des Patio hinausging. Strahlender Sonnenschein und das unternehmenslustige Gebell Gofios empfingen sie draußen. Der Hund sprintete von der anderen Seite des Hofes auf sie zu. Sie ging in die Hocke, legte Tasche und Blöcke beiseite und öffnete die Arme, um ihn zu begrüßen.

Der riesige Mischling warf sie beinahe um, als er sich stürmisch an sie schmiegte. Verena lachte, drückte Gofio, erhob sich und tollte eine Weile mit ihm im Innenhof herum. Sie kämpften um eine Tonscherbe und einen ziemlich zerfetzten Lederschuh. Nach einer halben

Stunde hielt Verena erschöpft inne und ließ sich auf den Boden plumpsen. Gofio leckte ihre Hände und forderte sie bellend zur Fortsetzung des Spiels auf.

Verena schüttelte lächelnd den Kopf. »Nein, du Ungeheuer, jetzt ist Schluss. Ich komme sonst zu gar nichts mehr. Was soll denn da aus meiner Kunst werden? Die Kunst darf man nicht so schändlich vernachlässigen, weißt du. Sonst lässt sie einen am Ende auch noch im Stich.« Was ihr momentan verwunderlich gleichgültig war.

Sie hatte sich seit Ewigkeiten nicht mehr so albern und unbeschwert gefühlt. Es war herrlich. Genau wie die ganze Finca. Es war ein heiterer Ort. Unwillkürlich griff sie nach einem Zeichenblock, legte den Kopf zur Seite und skizzierte mit leichtem Strich den Springbrunnen in der Mitte des Hofes. Zunächst in seinem momentanen Zustand bröckelnder Pracht, dann neu gemauert und mit tanzender Fontäne.

»Unvollkommen ist er mir fast lieber«, murmelte sie. »Er erzählt eine Geschichte, eine gute Geschichte.«

Merkwürdig: Hier kam sie ins Träumen, schmiedete Baupläne, gestaltete Zimmer, bepflanzte im Geist sogar den Garten hinter dem Haus, ohne sich dabei gegen ihren Willen in ein fremdes Leben verstrickt zu fühlen. Die Finca war – ganz anders als die Gabler Villa – ein Ort, der von guten Geistern bewohnt schien – und von Gofio. Lächelnd betrachtete sie den Hund, der friedlich dösend an ihrer Seite lag. Hatte sie sich als kleines Mädchen nicht immer einen Hund als Spielkameraden gewünscht?

»Allerdings nicht so einen kalbsgroßen, übermütigen Tollpatsch wie dich«, flüsterte sie Gofio ins Ohr. »Puuh, du hast ja Mungeruch, Kerl.« Der Hund legte seinen schweren Kopf in ihren Schoß, verdrehte hingerissen die Augen und seufzte in Hundemanier.

»Schon gut. Ich liebe dich trotzdem.« Vorsichtig schob sie Gofios Kopf von ihrem Schoß, tastete wieder nach ihrem Block, grabbelte sich ein Stück Zeichenkohle aus einem Kästchen und begann das Tier zu skizzieren. In vier, fünf Strichen, wie es ihre Art war, nur das Wesentliche herausarbeitend.

Gofio war ein überraschend geduldiges Modell. Verena fertigte vier Studien von ihm an, die Haltungen und Stimmungen wie Muße, Trägheit, aber auch Gelassenheit perfekt illustrierten.

Vielleicht sollte sie einmal eine kleine Bronzefigur nach Gofios Vorbild fertigen, etwas sehr filigranes, im Stil Giacomettis vielleicht. Nur so, zum Vergnügen, entschuldigte sie sich sofort vor sich selbst. Schließlich war so etwas Dekoratives, Figürliches nicht ihr Metier.

»Das ist zu harmlos, zu unernst, zu leicht. Nichts für mich«, murmelte Verena streng in Richtung von Gofio. Der stellte brav sein linkes Ohr auf und legte seine breite Hundestirn in Kummerfalten. Verena lachte laut auf. »Oh Gofio, was für einen Quatsch ich mir da einrede!«, sagte sie laut. Sie streichelte die Flanke des Tieres.

»Natürlich bist du ein Kunstwerk, und zwar ein einzigartiges. Hast mich wirklich erobert, du Rabauke. Wenn du willst, darfst du nachher mit mir mitfahren. Aber jetzt sollten wir erst mal nach einem Frühstück fahnden, oder bist du etwa satt?«

»Oh nein, ich könnte durchaus einen Happen vertragen«, antwortete eine hörbar amüsierte Männerstimme in Verenas Rücken.

19. Kapitel

Beatrice hatte sich für sehr knappe Kaki-Shorts und eine bauchfreie Safari-Bluse entschieden. Im Haar trug sie ein Seidentuch mit Schlangenmuster. Reizvoll konterkariert wurde die sehr freizügige Aufmachung durch derbe, sogar leicht fleckige Kletterboots – the lady is a tramp.

Vielleicht war dieses Outfit ein wenig albern, aber der (eigentlich höchst geheime) Weg zu Daniels Finca, den ihr ein reizender Hotelmitarbeiter gegen eine kleine Bestechung beschrieben hatte, klang tatsächlich nach Safari und einem Hauch von Abenteuer.

Außerdem wollte sie ihren Verlobten mit einigen entscheidenden Reizen – schlanke Beine, flacher Bauch, Stilgefühl und Eigeninitiative – für seinen gestrigen einsamen Abend auf der Finca entschädigen.

Das verlangte nicht etwa ihr schlechtes Gewissen wegen Fabian – sie hatte keins – sondern ihre Lebensmaxime: Jeder hat ein Recht auf gleich viel Vergnügen. Außerdem wollte sie ihr leicht lädiertes Selbstwertgefühl als Verführerin wieder reparieren, Fabians Mangel an sexuellem Interesse hatte wirklich ein wenig an ihr genagt. Ein wenig? Sie öffnete einen weiteren Knopf ihrer Safaribluse.

Man hatte ihr für den Küstenweg zur Finca zu einem Jeep geraten. Aber das fand sie ein wenig zu viel des Guten, Safari-Outfit und Geländewagen – nein!

Beatrice hatte sich gestern direkt nach der Ankunft einen hinreißenden kleinen Sportwagen bestellt, dessen Rot sich angemessen von der – wie sie fand – charakterlosen Felslandschaft abhob und zu ihrem Lieblingsnagellack passte. Der Sportwagen verlangte jedoch einen Umweg gen Süden über Tindaya und die geteerte Straße in Richtung Betancuria. Diese lockte dafür mit wundervollen Kurven rund um den 645 Meter hohen heiligen Berg Tegú.

Mit hüpfenden Schritten lief Beatrice die steile Hoteleinfahrt zum Parkplatz hinab. Das ›Flores del Agua‹ leuchtete wie eine maurische Festungsstadt auf dem Plateau über dem Meer. Sie warf einen letzten Blick zurück und murmelte anerkennend: »Nicht einmal schlecht das Ganze. Sieht aus wie ein orientalischer Palast. Tja, der Junge hat Talent. Für große Dinge. Kleines Künstlerhotel, so ein Quatsch. Einsame Finca, pah! Den Jungen muss ich dringend …«

Weiter kam sie nicht, denn sie rannte dem Jungen direkt vor die Brust. »Oops!«

Der Junge schaute verwundert auf sie hinab. »Sag mal, mit wem redest du denn da?«

Beatrice schlug sich erschrocken die Hand vor den Mund. Wie viel von ihrem Geplapper hatte er wohl mitangehört. Etwa den Teil über die Finca? Eins war klar, so direkt durfte man keinem Mann seine Pläne mies machen, damit erreichte man nur das Gegenteil von dem, was man vorhatte.

»Oh, Daniel! Du? Was machst du denn hier?«

Der Angesprochene lächelte sehr knapp und schüttelte unwirsch den Kopf. »Schon wieder so eine halbherzige, höchst erstaunte Begrüßung wie auf dem Flughafen? Langsam frage ich mich, ob du überhaupt noch

Freude an mir hast, von unserer Heirat ganz zu schweigen.«

Er musterte sie von Kopf bis Fuß oder besser gesagt bis zum freiliegenden Bauchnabel. Beatrice glaubte eine Spur von Missbilligung in seinem Blick zu entdecken. Na klar, wenn man die groben Schuhe nicht dazurechnete, war das Outfit vielleicht wirklich ein bisschen arg eindimensional.

Vor allem in Designeraugen. Daniel wurde sehr ernst. »Ich glaube, wir sollten uns einmal unterhalten.«

Beatrice legte zur Antwort beide Hände auf seine Wangen und zog seinen Kopf zu sich herunter, dann gab sie ihm einen langen und – wie sie hoffte – höchst leidenschaftlichen Kuss. Sie konnte da eigentlich nur raten. Beim Küssen war es ihr von Teenietagen an vor allem auf die mögliche Aussenwirkung und Optik angekommen: Stimmte die Kopfneigung, sah der geöffnete Mund auch ja nicht nach Froschmaul aus, waren die eigenen Augenlider leicht geschlossen und nicht zusammengekniffen? Küssen war fürwahr eine Kunstform. Wer sie nicht beherrschte, konnte der größten Liebe den Todesstoß versetzen und sich vor aller Welt lächerlich machen. Igitt!

Diesmal gab Beatrice sich besondere Mühe. Daniel schien angemessen beeindruckt. Er schloss automatisch die Hände um ihre Oberarme, drückte fest zu und … schob sie von sich weg!

»He!«, protestierte Beatrice. »Ich habe doch gerade erst angefangen.«

»Beatrice, ich meinte das ausnahmsweise ernst. Wir sollten uns unterhalten.«

Er schaute auf seine Uhr. »Für einen geruhsamen Kaffee reicht die Zeit. Gegen ein Uhr habe ich dann eine

Besprechung im Hotel, sagen wir ruhig um Viertel vor zwei, wenn man die inselüblichen Verspätungen einrechnet. Wir haben also genug Zeit. Komm.« Er wollte sie die Einfahrt hinaufbegleiten.

Beatrice schaltete auf Trotz. »Ich habe schon was vor. Außerdem ist der Capuccino hier eher mäßig, und von einem latte macchiato haben die noch nie was gehört.«

Bemerkungen wie diese hätten Daniel früher belustigt, jetzt runzelte er nur ärgerlich die Stirn. »Beatrice, bitte. Es geht um unsere Zukunft, und die besteht nicht nur aus Vergnügungen und Fragen nach der richtigen Kaffeesorte.«

Er wollte also die moralische Schiene? Wie langweilig, aber bitte, darauf konnte sie sich auch bewegen, sogar besser als er. Sie legte einen ganz leichten Schmollmund auf und einen Hauch Inge Meysel als Mutter der Nation in ihre Stimme: »Wenn dir ein Gespräch über unsere Zukunft so wichtig wäre, hättest du ja gestern im Hotel vorbeischauen können, statt mich allein auf meiner Suite mit einem saublöden Obstkorb voller verkrüppelter Bananen versauern zu lassen. Damit konnte ich aber auch rein gar nichts anfangen.«

»Das sind kanarische Bananen, klein, aber sehr süß«, warf Daniel ein.

»Ich hasse Bananen in jeder Größenordnung. Vor allem, wenn ich einsam bin. Was meinst du, was mir dann beim Anblick von Bananen einfällt! Wenn du wenigstens an Champagner gedacht hättest, aber ich war dir gestern ja wohl völlig gleichgültig.«

Daniel ließ ihren Arm los und schaute sie zweifelnd an. »Ich habe im Hotel angerufen, um mich mit dir zu verabreden, aber du warst nicht da. Und sehr allein scheinst du ebenfalls nicht gewesen zu sein. Ein Angestellter hat dich das Hotel verlassen sehen – in Begleitung. Männlicher Begleitung.«

Beatrice kiekste. »Wow, dass klingt ja nach richtig schöner, giftgrüner, altmodischer Eifersucht, Daniel! Ha, das kann ich auch. Wo bitte, hast denn *du* dich gestern mit meiner lieben Freundin Verena herumgetrieben? Na? Hast du ihr die Felsen von Fuerte einzeln gezeigt? Da hattet ihr sicher jede Menge zu tun. Und hat sie dir von ihrer schlimmen Jugend im Schatten der Gablervilla erzählt? Gequält von mir und meiner bösen Mutter? Oder ging es um ihren groooßen Liebeskummer mit der Männerwelt …«

Daniel unterbrach sie beinahe fassungslos. »Wie kannst du nur so über deine Freundin Verena reden, so ist sie doch gar nicht.«

Beatrice stutzte kurz. »Ach, nein? Verena scheint dir ja sehr ans Herz gewachsen zu sein.«

Daniel runzelte die Stirn und schüttelte den Kopf: »Hör auf, Beatrice, du klingst einfach furchtbar. Ich erkenne dich überhaupt nicht wieder. Eifersucht steht dir nicht.«

Beatrice schluckte, dann warf sie den Kopf nach hinten und setzte ein strahlendes Lächeln auf. »Genau, Daniel, Eifersucht *ist* furchtbar und außerdem sterbenslangweilig. Dass wollte ich dir damit vorführen. Also lassen wir das. Jetzt mal im Ernst. *Wo* warst du gestern Abend?«

Beatrice befeuchtete genüsslich ihre Lippen und schaute ihn auffordernd an. Auf seine Antwort war sie wirklich gespannt, obwohl sie sie zu kennen glaubte. Natürlich hatte er auf seiner Finca übernachtet. Aber wie würde er ihr die bis dato verleugnete Finca erklären?

Und wie – so nebenbei – auch den Verbleib von Verena, obwohl das natürlich zweitrangig war. Schließlich war die Vorstellung, dass die beiden miteinander ..., ausgerechnet! Absurd.

Die heilig-langweilige Verena und der Trauerkloß Daniel, das war ja lachhaft. Zwei ausgemachte Stimmungskanonen auf einmal. Die Idee, dass die beiden irgendwas miteinander anfangen konnten, war natürlich vollkommen lächerlich ... Welcher richtige Mann stand schon auf – wie hatte Fabian gesagt – eine Elfe, noch dazu eine so mittelmäßig angezogene und oft mürrische Elfe ...

NATÜRLICH KEINER! Verena war doch nicht wie ihre Mutter, diese scheinheilige Madonna – von wegen aufopferungsvolle Haushälterin, Randolf Gablers Lieblingsflittchen war die gewesen und das Pförtnerhäuschen ein modernes Lustschlösschen. Aber Verena?

Nervös ließ Beatrice den Ring mit dem Wagenschlüssel um ihren rechten Zeigefinger kreisen, ekelhaft woran man in Gegenwart von einem Moralhelden wie Daniel zu denken begann. Warum sagte er nichts?

»Huhu, ich habe etwas gefragt, *Liebster*. Wo warst du? Und was ist mit Verena? Schläft sie unter einem kleinen grünen Kaktus? Sie mag es ja gern asketisch und neigt zur Selbstkasteiung.«

Ihr Verlobter schien etwas hinter ihrem Rücken entdeckt zu haben, jedenfalls wich er ihrem Blick aus und schaute angestrengt in weite Ferne. Seine Lippen sahen sehr trocken und spröde aus, seine Stirn hingegen glänzte leicht.

Aha, ertappt, dachte Beatrice und verkniff sich mit Mühe ein triumphierendes Grinsen. Er muss sich eine Lüge wegen der Finca ausdenken und kommt nicht voran. Wie schade, dass ich ihm nicht helfen darf, ich hätte ein gutes Dutzend Lügen für so was parat, die sogar ich mir glatt abkaufen würde.

»Ich, ich habe deine Bekannte bei einem Freund untergebracht. Sie hat ja kaum Geld«, begann Daniel endlich vage.

»Bei einem Freund? Soso. Und bei dem hast du dann auch übernachtet? Muss ja ein ausgesprochen guter Freund sein, wenn du ihn mir und einem kanarischen Bananenkorb vorziehst, nachdem wir uns fünf Wochen nicht gesehen haben.«

Daniel schob mit der Schuhspitze einen winzigen Kiesel aus dem Weg. Die frühe Mittagssonne stach ihm in den Nacken. Schatten war eine Kostbarkeit um diese Uhrzeit, und die Einfahrt hatte er aus Kostengründen nicht mit einer Palmallee und Büschen bepflanzen lassen. Deswegen lagen wohl auch all diese Steinchen hier herum, der Wind konnte ungehindert übers Pflaster fahren und …

»Daniel? Wer ist dein Freund? Und was hat er, was ich nicht habe?« Provozierend zupfte Beatrice an ihrem knappen Oberteil herum.

Ihr Verlobter räusperte sich: »Ich ziehe diesen Freund dir bestimmt nicht vor. Na ja, Freund ist vielleicht auch ein bisschen viel gesagt. Ich spreche von Fabian Seiler, der euch gestern ins Hotel gefahren hat.« Und den er gebeten hatte, die Finca als sein Eigentum auszugeben, falls Lena Derndorfer danach fragen würde, hoffentlich würde er diese Aufforderung zur Lüge auch auf alle anderen ausdehnen.

»Ach, Fabian«, rief Beatrice mit übertriebener Überraschung aus. »Wusste gar nicht, dass der auf der Insel eine andere Unterkunft als das Hotel hat. Wirkt mehr wie ein Streuner auf mich, der Gute. So ein heimatloser Gossenkater, der gern um die Häuser streicht und mit den Frauen Bäumchen-wechsel-dich spielt. Kann mir auch nicht vorstellen, dass ihr Freunde seid, der ist so ganz anders als du, mein Lieber.«

Daniel entdeckte immer mehr störende Kiesel in der Einfahrt und scharrte sie mit seinem Leinenschuh energisch zur Seite. »Ich habe Verena auf Fabian Seilers, eh, Finca gebracht. Er hat nämlich eine Finca hier, ziemlich großes Anwesen, ein bisschen heruntergekommen, aber wenn ich sie wieder herrichte, wird sie ein Schmuckstück sein. Weißt du, sie hat noch Originalteile aus der Kolonialzeit, das gefiel mir von Anfang an ... ehem. Also, Fabian hat mir den Auftrag dafür erteilt, weißt du. Kleine Abwechslung nach so einem großen Hotel.«

Daniels Blick schweifte wieder in die Ferne, Beatrices gescheiten Katzenaugen war er nicht gewachsen.

Seine Verlobte musste sich von innen auf die Wangen beißen, um nicht vor Lachen laut loszuplatzen. »Fabian Seiler hat eine Finca hier? Mit Originalteilen. Na so was. Ich hätte ihm so viel Kunstsinnigkeit und romantische Schwärmerei gar nicht zugetraut. Bist du dir wirklich sicher, dass die Finca ihm gehört?«

Daniel schien sich über das, was er in der Ferne hinter Beatrices Rücken so sah, plötzlich mächtig zu ärgern. Seine Stirn zog sich zu einer geballten Ansammlung von Gewitterwolken zusammen. Zwischen zusammengepressten Lippen stieß er ein kurzes »Ja« hervor.

»Und noch dazu eine sehr verfallene Finca? Danach sieht er wirklich nicht aus. So eine Schnapsidee, na ja, vielleicht ist es das ja gewesen. Der liebe Fabian litert gern was weg, glaube ich. Nur gut, dass du nie auf so etwas kommen würdest – eine verfallene Finca auf

Fuerte kaufen! Bin ich froh, dass du ein Mann mit Geschmack und Verstand bist und die bunte, weite Welt so liebst wie mich.«

Daniel schaute alarmiert von den Steinchen hoch.

»Die Finca ist sehr schön, Beatrice, du solltest sie dir einmal anschauen. Fabian hat eine gute Wahl getroffen, und seine Trinkerei ist mehr Show als sonst was. Die Finca hat er bei klarem Kopf gekauft. Als kreativer Mensch braucht man so ein Refugium, um sich zu sammeln, zum Wesentlichen zu kommen. Ich kann nicht ewig … Ich meine … Also, deine Freundin Verena, die ja Künstlerin ist, hat das sofort gespürt. Sie ist …«

»… selber so grottenlangweilig, dass ihr eine langweilige Umgebung nur entgegenkommt. Da fällt sie nicht unangenehm auf.«

»Du klingst schon wieder so furchtbar wie vorhin! Was denkst du dir eigentlich, was ich gestern getrieben habe? Mit Verena.«

»Ich hoffe, es war ähnlich unterhaltsam wie das, was ich gestern mit Fabian gemacht habe. Meiner männlichen Begleitung«, erwiderte Beatrice schnippisch. »Ihn schien seine Finca übrigens weit weniger zu beschäftigen als dich. Er hat sie mit keinem Wort erwähnt, dabei hatte er sonst keine Geheimnisse vor mir. Im Gegenteil, er war geradezu verführerisch offenherzig.«

Daniel starrte Beatrice ungläubig an. »Du und Fabian Seiler, ihr wart …?«

»Und ob!« Seine Verlobte schloss genüsslich die Augen.

»Sag mal, was sollen diese dämlichen Anzüglichkeiten? Meinst du die ernst, oder sollen sie nur zu deiner Kleidung passen? Du und Fabian, das ist doch lächerlich.«

In Sachen Outfit hatte Beatrices Humor eindeutig Grenzen. Sie hatte es in ihrem Leben nicht auf vielen

Gebieten zu Professionalität gebracht, aber auf dem Modesektor hielt sie sich für ziemlich unschlagbar. Entsprechend wütend quittierte sie Daniels Kritik mit einem Schnauben.

»Wir haben uns prächtig amüsiert, Daniel. Ganz ohne Bananen übrigens: an einem einsamen Strand gebadet, gegessen, getrunken. Was man auf einer Insel im Sonnenschein so macht, nur dass wir es bei Mondschein getrie ..., pardon, gemacht haben. Und wenn du mich entschuldigst, das Gleiche habe ich jetzt wieder vor.«

Mit schnippischem Gesichtsausdruck wandte sie sich von ihm ab.

»WAS hast du vor?«

»Mich amüsieren! Hasta la vista, hombre.«

Daniel packte Beatrice beim Arm, als sie Anstalten machte, an ihm vorbei in Richtung Parkplatz zu laufen.

»Moment! Das will ich jetzt ganz genau wissen. Wie weitgehend hast du dich mit Fabian Seiler wirklich amüsiert?«

Energisch riss Beatrice sich los. »Mit Verlaub, Daniel, jetzt klingst *du* schlimmer als furchtbar! Du klingst geradezu ekelhaft verheiratet.«

»Wenn du dich vielleicht erinnern würdest, dann ist es genau das, was wir vorhaben! Wir wollen in drei Wochen heiraten, Beatrice. Da ist es jetzt wohl kaum der richtige Zeitpunkt, sich in entscheidenden Dingen so zu belügen oder etwa zu betrügen. Auch wenn du das altmodisch findest, aber ich schätze aufrichtige Gefühle.«

Beatrices Augen wurden zu schmalen Schlitzen, gefährlich schmalen Schlitzen. »Ach ja? Ich finde, wir sollten das Gespräch an dieser Stelle beenden und jeder für sich im stillen Eckchen darüber nachdenken, was wir zu den entscheidenden Grundlagen einer Beziehung zählen. Du lehnst also Lügen ab? Fein. Da werde ich wohl in mich gehen müssen und überlegen, ob ich deinen hohen moralischen Standards überhaupt genügen kann. Schließlich sagst du ja immer und in jedem Punkt die Wahrheit, oder?«

Daniel ließ ihren Arm los und schaute ein wenig erschrocken drein.

Beatrice lächelte böse. »Aha, du musst also auch ein wenig nachdenken? Dann verzeih, ich habe schon einen ganzen Vormittag für den sündhaft teuren roten Flitzer da unten bezahlt, ohne ihn einen Millimeter bewegt zu haben – so etwas halte ich für eine Sünde.«

Mit elegantem Hüftschwung entfernte sie sich. Daniel blickte ihr verwirrt hinterher. Verdammt, wieso war er so wütend, so ausfallend und ungerecht geworden? Lag es an Beatrices Ausflug mit Fabian? Zuzutrauen war es einem Kerl wie dem, dass er sich einfach an seine schöne Verlobte heranmachte.

Fabian war vergnügungssüchtig, selbstverliebt und skrupellos – und Beatrice nicht ganz unähnlich. Das hatte auch ihn – Daniel – so an seiner Verlobten fasziniert, diese unverfrorene Lebenslust, dieser erfrischende Mangel an falscher Moral, an Moral überhaupt. Moral war so unkünstlerisch, so schwermütig, und er hatte viel zu viel davon in den Knochen.

Darum war er im Moment auch so wütend.

Auf sich. Weil er – wie Beatrice zu spüren schien – ganz und gar unmoralisch gelogen hatte. Nicht nur in Sachen Finca, sondern auch was …

»Meine Güte«, seufzte Daniel kopfschüttelnd, hob einen Stein auf und schleuderte ihn in Richtung Steilküste. »Nicht einmal vor mir selber will ich die Wahrheit aussprechen. Stattdessen halte ich Beatrice Predigten über Lug und Trug. Sie ist bei weitem die ehrlichere Person. Ich muss noch eine Menge von ihr lernen. Ich kann noch eine Menge von ihr lernen!«

Er stieg langsam die Einfahrt hoch, grüßte mit leichtem Schaudern den Torwächter, weil der – auf Wunsch der Investoren – ein nordafrikanisches Fantasiegewand samt Turban trug – und betrat das von ihm entworfene Hoteldorf. In der Empfangshalle – ein Rundbau mit teilweise offener Glaskuppel – wandte er sich an eine junge Hotelangestellte.

»Ich habe eine Bitte. Besorgen Sie zwei Dutzend Papageienschnäbel in einer Kristallvase für die Suite von Frau Gabler und eine Flasche französischen Champagner, am besten Roederer.«

»Unde vielleicht eine schöne Obstkorb«, schlug die junge Spanierin eifrig vor, »mitte frische Bananen aus Gran Canaria, sehr hübsch!«

Daniel schüttelte abwehrend den Kopf: »Nein, nur keinen Obstkorb. Ich werde Ihnen später noch einen Brief geben, den können Sie zu den Blumen legen. Danke.«

Mein Gott, einen romantischen Abend konnte man schließlich nachholen, und was die einsamen Strände Fuertes betraf, da kannte er sich doch mindestens so gut aus wie ein Fabian Seiler. Ach was, viel besser!

Er dachte an den Playa de Garcey bei Mondschein etwa, mit dem davor liegendem Wrack des Kreuzfahrschiffes. Ein faszinierender Anblick. Aber wie kam er ausgerechnet darauf? Als ob Beatrice Gefallen an einem Geisterschiff finden könnte. Doch nicht Beatrice! Nein – nicht Beatrice.

20. Kapitel

Verena hatte sich furchtbar erschreckt. Mit einem Schultertippen hatte sie im Patio der einsamen Finca nun wirklich nicht gerechnet. Und mit diesem Besuch erst recht nicht.

»Du? Ich meine … Sie?«

»Ja, ich. Aber warum dieses erschrockene du, pardon *Sie*? Kennen wir uns? Und als wen oder was? Nicht, dass ich etwas dagegen hätte. Ich liebe geheimnisvolle fremde Frauen, aber ich scheine Ihnen in diesem oder einem anderen Leben irgendetwas Schreckliches angetan zu haben. Du-Sie sehen jedenfalls ganz danach aus. Ziemlich wütend. Oder ziehen Sie-Du Tiere den Menschen vor, wie ältere Damen gemeinhin gerne betonen?«

Er griff sich eine ihrer Zeichnungen und stieß einen anerkennenden Pfiff aus.

Verena spürte, wie ihr das Blut in den Kopf schoss. Die Überraschung war zu groß gewesen, sie hatte sich einfach nicht so schnell im Griff gehabt, um fremd und gleichgültig zu tun. Fabian Seiler war der Letzte, den sie hier erwartet hätte. Sie schluckte. Gofio gab ihr Gelegenheit zur Besinnung, er war aufgesprungen und begrüßte den Schauspieler mit seiner wie immer umwerfenden Freundlichkeit.

»Eh, nein, natürlich kennen wir uns nicht«, sagte schließlich Verena, »nicht wirklich, aber, Sie, Sie waren gestern doch am Flughafen, um Beatrice abzuholen.«

Fabian öffnete ahnungsvoll den Mund und signalisierte vages Erinnern. »Die Frau vom Flughafen, vom Flughafen, ach ja. Sie sind die, die es plötzlich so eilig hatte und von Daniel, dem Ritter, zur Vernunft und einer anderen Unterkunft gebracht werden musste. Mal ehrlich, so schlimm ist sein Hoteldorf nun auch wieder nicht. Aber Schwamm drüber. Schön, dass Sie sich an mich erinnern.«

Halb ermutigt richtete Verena sich auf, strich ihre Shorts glatt und streckte Fabian betont munter die rechte Hand entgegen. »Ich heiße Verena Malchow und bin eine Bekannte von Beatrice Gabler.«

Fabian schüttelte ihre Hand herzlich, deutete eine zackige Verbeugung an. »Und – wie ich aus Ihren Zeichnungen ersehe – eine Verehrerin von Gofio dem Giganten! Das ist mir Bürgschaft genug für einen aufrichtigen Charakter. Buenas dias, señorita. Sie verschönern diese Bruchbude hier beträchtlich und nicht nur mit diesen fabelhaften Skizzen.«

»Bruchbude?« Verena ließ ihren Blick durch den großzügigen Innenhof schweifen. »So würde ich das nicht nennen. Es ist ein ziemlich stattliches Anwesen, wenn es erst einmal wieder hergerichtet ist. Schauen Sie sich allein diese maurischen Bodenkacheln an, alles handgefertigte Originale, ziemlich alt, schätze ich.«

»Tatsächlich? Das habe ich ja noch gar nicht gewusst.«

Verena überhörte den amüsierten Unterton und fuhr begeistert fort.

»Aber ja. Man sieht es an der Glasur und den Farben. So einen Lapislazuliton kann man industriell nicht erzeugen. Das ist eine Art alchimistisches Geheimnis. Eine Reihe der Kacheln sind gesprungen, aber mit dem Rest kann man immer noch eine hübsche Fläche fliesen, drumherum ließen sich weiße Kiesel legen oder schwarze Vulkansteinchen. Ich mag dieses knirschende Geräusch, wenn man darüber geht, und der Springbrunnen hier ist doch eine wahre Pracht …«

Sie hielt inne, Fabians zuckende Mundwinkel waren nicht mehr zu übersehen.

»Junge, Junge. Sie haben sich ja regelrecht verliebt in diese Finca. So viel echte Leidenschaft, ganz ungeheuerlich. Auf den ersten Blick dachte ich, Sie gehören mehr zu der reservierten Sorte. Tierfreundin, Künstlerin, ganz allein und stets auf Unabhängikeit bedacht, nun ja …«

Verena runzelte ärgerlich die Stirn. So ein Mistkerl! Wahrscheinlich hielt er diese Anzüglichkeiten auch noch für ein anziehendes Flirtmuster. Nicht jede Frau war scharf auf den Bad Boy, verdammt.

»So kann man sich eben täuschen, Herr? Wer sind Sie nun überhaupt, wenn ich fragen darf?«

»Ich, oh, ich? Ja, wer bin ich? Gute Frage. Ich stelle sie mir täglich und finde keine Antwort oder nur solche, die mir ganz und gar nicht schmeicheln.«

Verena hob in gespielter Ehrfurcht die Brauen. »Oha, klingt nach Philosoph.«

»Nun, zunächst einmal bin ich ein Freund von Daniel Derndorfer.«

In Verena stieg ein Verdacht auf: »*Der* Freund von Herrn Derndorfer?«

War ausgerechnet Fabian der Strohmann, den Daniel gestern als Besitzer der Finca angedeutet hatte? Wie lächerlich.

Fabians Gesicht spiegelte indessen unverhohlenes Entsetzen. Verena sah, dass er richtig erbleichte. War ihm diese harmlose Lüge, dieser Freundschaftsdienst, wirklich so peinlich? Ein echtes Gewissen hätte sie diesem Hallodri gar nicht zugetraut.

»*Der* Freund?«, wiederholte der Hallodri schluckend. »Von Daniel Derndorfer? Ich hoffe, Sie meinen das nicht so intim, wie es sich anhört. Auch wenn er Designer ist und ich Schauspieler bin und Homosexualität ziemlich modern ist, könnte ich mir das als *der* TV-Frauenschwarm wirklich nicht leisten. Es gibt Grenzen der Toleranz. Im Ernst: Wir ziehen beide Frauen in den meisten Lebenslagen vor. Vor allem den horizontalen. Ehrenwort. Heiliges Ehrenwort.«

Verena schüttelte den Kopf. Der Gute geriet ja völlig aus der Rolle, fast begann es ihr Spaß zu machen, Fabian Seiler *noch nicht* zu kennen.

»Natürlich, du witterst deine zweite Chance bei dem Mistkerl, nicht wahr?«

Verfluchte Teufelsstimme! Hier ging es doch gerade wirklich nicht um Liebe, Lust oder Leidenschaft.

»Ach nein?«

Nein, protestierte Verena stumm und kniff die Lippen aufeinander.

»Halt, halt, halt. Das lasse ich nicht zu, Verena Malchow. Verstecken Sie nicht Ihr hübsches Lächeln von vorhin. Es hat mich genug Mühe gekostet, es Ihnen zu entlocken! Und darin bin *ich* sonst ein echter Künstler! Versonnen lächelnde Frauen sind mein Spezialgebiet.«

Fabian hatte offensichtlich zu seiner Rolle als Verführer im Clark-Gable-Stil zurückgefunden. Er legte seinen rechten Zeigefinger ganz leicht in Verenas linken Mundwinkel und strich ihn symbolisch nach oben.

Es war nur eine hauchzarte Berührung, aber mehr als Verena stoisch ertragen konnte. Sie spürte ein beängstigendes Zittern, das durch ihren Körper lief und direkt anschließend einen blitzartigen Schmerz, der sie an Stellen durchzuckte, die Fabian Seiler nichts, aber auch überhaupt nichts angingen.

»Und die ihn im letzten Sommer zu deinem Ärger so überhaupt nicht interessiert haben, nicht wahr?«

»Du verdammter Depp, lass mich endlich in Ruhe!«

Kaum war ihr der Satz entfahren – und dass er ihr laut entfahren war, bemerkte sie an Fabians halb erstauntem, halb amüsiertem Zurückschrecken –, als weiteres Unheil in Gestalt Beatrices auf sie zukam.

Verena war so gebannt durch Fabians sehr, sehr persönliche Berührung gewesen, dass sie die Gablertochter nicht durchs Tor hatte kommen sehen. Dafür sah sie jetzt, dass irgendetwas mit Beatrice, die sich dem Paar beim Brunnen langsam näherte, nicht stimmte.

Das war nicht die Beatrice, die sie kannte, sondern eine, die – wie vorhin Fabian – aus ihrer Rolle gefallen war, ihrer Rolle der überlegenen, selbstgewissen Herrscherin, die die ganze Welt vorzugsweise als ihren privaten Amüsierbetrieb wahrnimmt.

21. Kapitel

»Wieso darf ich hier nicht telefonieren? Das ist doch albern. Als ob ein einziger Anruf die Maschine zum Absturz bringen könnte. Ich muss wissen, ob Daniel mich abholt, der Kerl ist schwerer ans Telefon zu bekommen als der Papst. Es ist eine Unverschämtheit, mich in diese Blechbüchse hier einzusperren, mir ein Brötchen mit Mullbindenaroma zu servieren und dann auch noch das Telefonieren zu verbieten. So kann ich doch keine Geschäfte machen.«

Lena Derndorfer schimpfte – in Ermangelung anderer Ansprechpartner – Doktor Lessing aus. Die zuständige Stewardess zog es seit einer Stunde vor, die streitbare alte Dame in Reihe 12, Fenstersitz, einfach zu übersehen oder nur noch in Spanisch anzureden.

Der Arzt hob beschwichtigend die Hände. »Nun beruhigen Sie sich, Lena, wir landen in einer halben Stunde. Falls Daniel nicht am Flughafen wartet, nehmen wir ein Taxi zum Hotel. Da können Sie dann alles in Ruhe mit ihm und Beatrice besprechen. Ich bin sicher, dass es eine ganz erwachsene Lösung für das Problem geben wird. Falls Beatrice wirklich nur an Daniels Geld interessiert sein sollte, was ich nicht glaube …«

Schnaubend unterbrach Lena den Doktor: »Nicht an Daniels Geld, an meinem Geld ist sie interessiert, Lessing, meinem Geld! Und ich soll mich nicht aufregen. Da hätte ich ja damals gleich das Familienvermögen meinem nichtsnutzigen Bruder von einem Maler überweisen können. Die Firma verkaufen und einfach nur rumfaulenzen wie er, ha!«

Sie schlug mit der flachen Hand auf das vor ihr aufgeklappte Tischchen und brachte die Plastikbecher zum Tanzen.

»Ich hätte auch gern ein bisschen in der Gegend rumgekleckst und in Farbtöpfen rumgerührt. Nur wäre Leonharts Sohn dann unter wilden Ziegen aufgewachsen und heute höchstwahrscheinlich in der örtlichen Bergkäsebranche tätig oder Kellner. Die Insel hat ja gar keine Industrie! Haben Sie den Reiseführer gelesen? Die haben nichts, außer ein paar Tomaten. Genau der richtige Ort für antriebsarme Faulenzer.«

Lessing seufzte müde. »Lena, Sie sind ungerecht. Ihr Bruder war nun wirklich kein Faulenzer. Denken Sie an die vielen wundervollen Bilder, die er Ihnen vermacht hat. Ein Teil seines Lebenswerks, ein echter Schatz.«

»Schatz? Iwo. Nimmt nur Platz weg. Ärgern wollte er mich mit dem Krempel! Felsen, Geröll, bisschen Meer und als grüner Tupfer ab und an eine winzige Kaktee oder ein Kamel, wenn ich richtig rate, meistens sieht man nur verschwommene Farbflächen. Wer will sich das denn anschauen?«

»Ich zum Beispiel. Ich finde, seine Bilder strahlen eine Stimmung magischen Friedens aus, sie erheitern und heilen die Seele. Für mich sind sie eine Medizin wie gute Musik.«

»Ersparen Sie mir so ein Geschwätz! Frieden, pah. Hat *er* vielleicht gehabt – aber ganz auf meine Kosten.«

»Aber Lena, immerhin veranstaltet gerade eine Galerie in Madrid eine große Retrospektive auf das Schaffen Cesar Manriques und Ihres Bruders. Diese Doppelausstellung mit einem echten Nationalhelden ist eine große Ehre, immerhin war Ihr Bruder kein Spanier. Wer weiß, vielleicht wird er noch als Geheimtipp entdeckt.«

»Dass ich nicht lache. Keinen Pfennig hat diese so genannte Galerie bisher für seine Bilder rausgerückt. Es handelt sich um eine Verkaufssausstellung auf Provisionsbasis. Ich selber musste die Frachtkosten für den Bilderversand vorschießen, einschließlich Versicherung. Und wie viel haben die bisher verkauft? Niente! Nix. Von wegen Schatz. Seit ich diesem vermaledeiten Randolf mein Geld für Grundstücke anvertraut habe, gehen alle meine Geschäfte schief. Verfluchtes Fuerte.«

Lessing schüttelte resigniert den Kopf. »Ach Lena, Sie sollten nicht immer alles am Geldwert messen! Schon gar nicht die Kunst oder die Liebe.«

»Halten Sie diesen humanistischen Vortrag gefälligst dem gelockten Miststück mit den Katzenaugen und dem Taschenrechner im Kopf. Mich so auszutricksen, na warte.«

Lessing unterdrückte ein leises Lächeln. Schon wahr, man hasste oft die am meisten, die einem selbst besonders ähnlich waren. Und die aufmüpfige, kecke, unverwüstliche, vielleicht wirklich berechnende Beatrice war der forschen Lena alles andere als unähnlich.

Er runzelte nachdenklich die Stirn. Gisela Malchow allerdings hatte ein anderes Bild von Beatrice gezeichnet. Sie traute der schönen Gablertochter offensichtlich große Leidenschaft zu und tiefe Gefühle, vor allem für Daniel. Sie schien Daniel geradezu für den Seelenretter Beatrices zu halten.

»Vergessen Sie doch einmal für einen Moment Ihre finanziellen Sorgen, Lena. Was wäre, wenn die beiden jungen Leute wirklich zueinander gehören?«

Lena trommelte mit den Fingern entnervt auf ihrem heruntergeklappten Tablettisch herum. »Kommen Sie mir nicht so, Lessing. Ich brauche einen starken, nüchternen Verbündeten und keinen sentimentalen Hund, der auf seine alten Tage lyrisch wird und den Mond anbellt. Beatrice ist ein eiskaltes Luder.«

Lessing wog langsam den Kopf hin und her. »Gisela Malchow scheint da ganz anderer Ansicht zu sein.«

Lena hob betont gelangweilt die Brauen. »Diese mucksche Haushälterin? Soviel ich weiß, hat die sich nur ein einziges Mal im Leben in einen Mann verguckt, der sie prompt mit einem Kind sitzen gelassen hat. Was sollte denn so eine von echten Gefühlen oder großer Liebe wissen? Da frage ich besser einen Blinden, welche Farbe die Ampel zeigt.«

Lessing konnte nicht anders, er warf Lena einen sehr direkten und eindeutigen Blick zu, den sie nicht missverstehen konnte und nicht missverstand.

»Lassen Sie das, Herr Doktor. *Ich* weiß sehr gut, wovon ich rede, auch wenn ich gar keinen Mann hatte. Das war meine freie Entscheidung und die einzig richtige. Erstens war die Auswahl an Männern kurz nach dem Krieg weniger als bescheiden, und zweitens hatte ich Besseres zu tun. Wenn ich nur gewollt hätte, hätte ich dutzende Männer haben können.«

»Alle auf einmal oder nacheinander?«

»Lessing!«

»Schon gut, Lena, aber Liebe ist nur selten eine Sache der freien Entscheidung. Sehr selten. Und am wenigsten hat sie mit Vernunft zu tun.«

Der Doktor seufzte viel sagend und senkte seinen Blick. Ganz scheu sah das aus, fast nach jugendlicher Verschämtheit. Irritiert schaute Lena Derndorfer aus dem Fenster, wo blieb denn da die Haltung! Unten glänzte immer noch der endlose Atlantik. Nichts, was einen vom Nachdenken ablenken konnte oder von diesem sentimentalen Hund nebenan. Der bellte ja geradezu den Mond an. Nur welchen?

Egal, in jedem Fall machte er sich lächerlich.

22. Kapitel

Jetzt stand Beatrice direkt hinter Fabian, sie fixierte Verena. Ihre Katzenaugen schillerten merkwürdig und beinahe gelblich. Einen kurzen Moment meinte Verena zu sehen, dass sie mühsam ein heftiges Gefühl bekämpfen musste, bevor sie sprechen konnte. War es Wut oder – noch merkwürdiger – Schmerz? Rätselhaft, bei Beatrice konnte man sich einfach nicht sicher sein, welches Gefühl sie umtrieb. Ob sie überhaupt ein Gefühl umtrieb!

Ach was, alles war nur ihre Einbildung, entschied Verena endlich. Und das nur, weil ich mich dummerweise irgendwie ertappt fühle.

Trotzdem, so hatte sie Beatrice noch nie zu Gesicht bekommen: ohne die perfekte Mimik der abgeklärten Zynikerin, ohne das überlegene Lächeln der amüsanten, erfolgsverwöhnten Verführerin.

Unwillkürlich wich Verena zurück, echte Emotion hatte sie nie hinter der Gablerfassade vermutet. Und tatsächlich: Der muntere Tonfall, in dem Beatrice in der gleichen Sekunde, ein »Hallo, störe ich« vorbrachte, sprach gegen Verenas anfängliche Vermutung. Beatrice plauderte überhaupt ausgesprochen munter drauflos.

»Ich wollte mich nur noch einmal für den gestrigen Abend bedanken, Fabian. Und die Finca besuchen. Ich habe eben von meinem Verlobten erfahren, dass du so was besitzt! Warum hast du das nur verschwiegen? Und wie reizend, dass du meine Freundin hier wohnen lässt!

Ist aber mächtig schwer zu finden, dein Refugium. Ich kurve seit mindestens anderthalb Stunden durch die Gegend. Aber wahrscheinlich magst du diese Abgeschiedenheit, um ungestört deinen heimlichen Leidenschaften zu frönen.«

Da lag kein Hauch von Wut oder Schmerz in Beatrices Stimme. Dafür ein mehr als kokettes, schon anzügliches Blitzen in ihren Augen, ab dem Moment, in dem Fabian sich zu ihr umdrehte.

Beatrice öffnete den Mund, schloss ihn für den Bruchteil einer Sekunde zum Kussmund, dann lächelte sie – irgendwie schnurrend, fand Verena. Die Intimität dieser Geste war unübersehbar und sprach dafür, dass sich die beiden gestern Abend sehr sehr nahe gekommen waren.

Verena fühlte, dass ihre Vernunft plötzlich auf wackligen Beinen stand – auf ihren nämlich. Verstohlen tastete sie nach dem Rand des Springbrunnens hinter sich. Übelkeit stieg in ihr hoch, irgendwie schien ihr Magen in der Mitte einen scharfen Knick zu haben, Säure jagte ihre Kehle hinauf.

Du hattest eben kein Frühstück, versuchte sie sich zu beruhigen und ihre andere, wohl bekannte innere Stimme auszutricksen, bevor sie laut werden konnte.

Fabian hingegen schien überhaupt nicht von Beatrices Anspielungen beeindruckt. Wahrscheinlich war er Situationen wie diese gewöhnt. Wirklich ein Scheißkerl! Zwei Frauen, eine davon an ihm interessiert und beinahe lächerlich kokett, die andere von ihm enttäuscht, aber geheilt …

Ausnahmsweise schwieg Verenas Teufelchen – trotz Steilvorlage – an dieser Stelle. Dafür klingelte Verenas Zeichentasche. Verwirrt starrte sie auf den Leinenbeutel hinab, der neben dem Springbrunnen lag.

Erleichtert löste sich Verena aus ihrer Erstarrung und vom Brunnenrand. Alles war besser als diese sprachlose Demütigung, obwohl sie sich beim besten Willen nicht vorstellen konnte, wer sie hier anrufen sollte. Sie nestelte das Handy hervor und drückte auf Empfang.

»Verena Malchow.«

»Verena? Gott sei Dank, endlich hast du auf Empfang geschaltet. Ich versuche seit gestern, dich zu erreichen. Es ist dringend …«

»Mutter? Einen Moment, bitte.«

Verena warf den beiden anderen, die sich wie Duellanten gegenüberstanden und in trügerischen Harmlosigkeiten überboten, während ihre Augen deutlich Funken sprühten, einen kurzen Blick zu. Das sind zwei von einem Schlag, fuhr es ihr durch den Kopf und in den Magen. Sie schloss kurz die Augen: nur die Ruhe. Dann verschwand sie im Schatten des Säulenganges.

»Mama? Was für eine Überraschung! Ich hab deine Stimme fast nicht erkannt.«

»Entschuldige, dass ich mich ohne Namen gemeldet habe, Liebling«, fuhr ihre Mutter fort, »ich dachte, du weißt sofort, wer dran ist, weil ich in Gedanken seit gestern Mittag ununterbrochen mit dir konferiere und dich nicht erreichen konnte. Ich habe es erst im Hotel versucht, aber man sagte mir, du wohnst gar nicht da, und na ja, bis ich deine Handynummer gefunden hatte … Aber natürlich hätte ich mich eben mit Namen melden sollen. Entschuldige nochmals, ich bin einfach zu aufgeregt und so verwirrt.«

Die besorgte Stimme und die zusammenhanglosen Worte irritierten Verena. Das klang nicht nach ihrer in sich ruhenden Mutter.

»Schon gut, was ist passiert? Irgendetwas mit Lena Derndorfer? Erholt sie sich?«

»Ja, eh, nein, ich meine keine Bange, der geht es gut. Sie ist sogar auf dem Weg nach Fuerte! Mit Doktor Lessing. Wahrscheinlich sitzt sie bereits im Flieger.«

»Lena Derndorfer kommt nach Fuerte! In ihrem Zustand? Warum? Das ist doch Wahnsinn.«

»Liebes, darum geht es ja. Besser, es geht um Beatrice und Daniel. Sie will die beiden mit allen Mitteln auseinander bringen. Wegen der Sache mit dem Geld, diesem verfluchten Erbe. Hach, wie erkläre ich das nur, du weißt ja noch gar nichts darüber. Es ist ja auch gar nicht dein Problem. Ich wollte dich wirklich aus allem heraushalten, weil du dich so leicht zurückgesetzt fühlst und ein Recht auf ein sorgloseres Leben hast.«

Die tiefe Besorgnis in der Stimme Gisela Malchows verärgerte Verena. Was kümmerte sie sich so um die Probleme der Gablers, die den Großteil ihres Lebens beinahe unanständig reich gewesen waren und sicher nicht beim Sozialamt landen würden oder bei Katharina Gablers geliebten Obdachlosen.

Schroff unterbrach sie ihre Mutter: »Doch, ich weiß alles. Beatrice hat gar kein Geld. Sie hat es mir längst gebeichtet. Nur darum will sie ja auch Daniel heiraten. Und jetzt – so nehme ich an – will die Erbtante das verhindern, weil sie die Wahrheit rausgefunden hat. Eigentlich mit gutem Recht, die Investition lohnt schließlich nicht, und darum ging es ja in der Hauptsache. Wie hat Lena Derndorfer denn die Wahrheit erfahren?«

Sie hörte, wie die Mutter am anderen Ende der Leitung nach Luft schnappte. »Verena! Wie kannst du so herzlos sein? Investition! Also wirklich.«

Verenas Ärger wuchs sich zur wütenden Bestie aus

und krallte sich in ihren ohnehin schon angegriffenen Magen. Mühsam bewahrte sie Ruhe, gab ihrer Stimme einen möglichst hellen Klang.

»Nicht ich bin herzlos, Mama, sondern Beatrice. Sie hat mir klipp und klar zu verstehen gegeben, dass sie Daniel nicht sonderlich liebt, sondern nur das Geld seiner Tante will. Für sich und ihre Mutter und all ihre teuren Spleens. Ehrlich gesagt, habe ich Beatrice nur nicht von diesem Plan abgeraten, weil sie versprochen hat, dir nach der Hochzeit das ganze Geld zurückzuzahlen, dass die Gablers *dir* bereits schulden. Auch davon hat Beatrice mir erzählt, und ich hätte eigentlich ein Hühnchen mit *dir* zu rupfen. Dein Geld für diese Kretins ...«

Ein lauter Schrei der Empörung unterbrach sie – mein Gott, so kannte sie ihre Mutter ja gar nicht. Verena schaute sich entsetzt um, sie fürchtete einen Moment lang, die beiden am Brunnen hätten ihn gehört. Aber die beiden am Brunnen waren weg, verschwunden.

Wohin? In eines der Zimmer? In ihres vielleicht? Weil dort das bequemste Bett stand, wie Daniel ihr gestern so zuvorkommend versichert hatte? Gofio lag jedenfalls ausgestreckt vor der Tür eben dieses Schlafzimmers, als halte er Wache. Treulose Bestie. Und was fiel den beiden möglichen Lovern überhaupt ein, sie sogar hier, in dieser gerade erst entdeckten Idylle heimzusuchen!

»Idylle? Dein Zimmer? Du hast hier kein eigenes Zimmer. Und was die beiden im Bett miteinander treiben, kann dir doch egal sein, oder? Schließlich bist du von Fabian, dem Mistkerl, geheilt.«

Verenas Herz klopfte wild in ihrem Hals. Dort gehörte es doch gar nicht hin. Mit den Augen suchte sie weiter den Patio ab, als ließe sich dort noch ein anderes

Versteck für Beatrice und Fabian entdecken, ein harmloseres als ein Zimmer mit Himmelbett.

Verdammt, ja! Sie wollte nicht, dass Beatrice und Fabian ... Sie wollte nicht abgeschoben werden, nicht schon wieder, nicht immer die Zweite sein – nach Beatrice. Wenigstens einmal im Leben wollte sie die Nummer eins sein – die sie bei Fabian doch beinahe gewesen war – und vielleicht sogar wieder werden konnte. Auch wenn es nur für eine kurze Weile wäre.

Nur einmal im Leben, hörte sie sich selber betteln.

Ganz im Stillen, im tiefsten Inneren, wo sie so verdammt verletzt und allein war, dort, wo sogar ihr rebellisches Teufelchen schwieg. Aus Mitleid?

Verena spürte entsetzt, dass sie gegen Tränen ankämpfen musste. Wie erbärmlich! Sie zwang sich mit aller Macht, wieder in das Handy hineinzulauschen.

Am anderen Ende der Leitung stammelte die Mutter etwas von »das ist gar nicht wahr«, »wenn du wüsstest« und »die Gablers schulden mir kein Geld, sondern ich ihnen«.

»Schon gut, Mutter, ich will das alles nicht hören«, unterbrach Verena die ausufernden Erklärungen und peinlichen Lügen, wie sie fand. »Ich will auch nicht an Legenden der Leidenschaft mitstricken, die sogar Beatrice lächerlich findet. Sie liebt Daniel eben nicht. So what? Sie will eine Vernunftehe eingehen und Daniel vom Pfad des Aussteigers auf den Weg der Karriere zurückführen. Das meint sie ausnahmsweise sehr ernst, und als Coach eines karrieremüden Mannes ist sie vielleicht gar nicht so verkehrt. Da hat sie wieder was zu tun, und Geldgier ist ein starker Antriebsmotor. Das sieht vielleicht sogar Lena Derndorfer ein.«

»Aber«, protestierte am anderen Ende der Leitung ihre Mutter, »Daniel liebt sie! Und er ist genau der Richtige für Beatrice, glaub mir. Sie weiß es vielleicht noch nicht, oder sie versteckt mal wieder ihre wahren Gefühle. Darin ist sie Meisterin, ich kenne sie von Kindesbeinen an. Du musst dafür sorgen, dass die beiden zusammenbleiben. Du musst!«

Mein Gott, in welcher Welt lebte ihre Mutter nur! Wie naiv sie war, wenn es um Beatrice ging. »Mama, die brauchen meine Hilfe nicht. Wenn Beatrice nur will, ist sie geschickt genug, Daniel vor den Altar zu schleifen, und zwar direkt vor Lena Derndorfers Nase. Ich wüsste allerdings nicht, was ich dazu beitragen könnte, außer meine besten Wünsche.«

Und den, dass Beatrice die Finger von Fabian lässt? Tu doch, was deine Mutter verlangt. Rede mit Daniel, beschwöre Beatrice, dann ist der Weg vielleicht frei. Oder hast du Angst vor der Erkenntnis, dass Fabian eine wie dich gar nicht will?

Verenas Mutter übertönte den Einwurf des wiedererwachten Teufelchens. »Oh Verena, wie kannst du Beatrice nur glauben, dass sie Daniel aus reiner Berechnung heiraten will? Ich hätte dich für sensibler gehalten. Hast du denn nie bemerkt, dass all ihr zynisches Geplapper eine reine Schutzmaßnahme ist. Beatrice ist eines der verletzlichsten Geschöpfe, die ich kenne.«

Verena erstarrte, plötzlich fror sie trotz der nachmittäglichen Sonne, deren Strahlen sich eben in den Säulengang hineintasteten. Statt eines idyllischen Patios sah sie nur noch eine farblose, verwahrloste Wüste vor sich, toten Sand, knochenbleichen Kies und zersprungene Fliesen ohne jeden Wert. Ihre Fantasie hatte ihr vorhin einen Streich gespielt, als sie das hier für eine Idylle gehalten hatte. Es gab keine Ferien von sich selbst oder der eigenen Geschichte.

Ihre eigene Mutter zog Beatrice also vor. Von Kindesbeinen an. Endlich war es raus.

»Glaub mir, Verena, man muss Beatrice manchmal vor sich selber und ihrem Übermut beschützen. Dieser Daniel ist der Mann, den sie braucht, der sie verstehen kann. Bei ihrem Aussehen läuft sie ständig Gefahr, an den Falschen zu geraten, noch dazu als Erbin. Die meisten Menschen täuschen sich in ihr und wissen nicht, was für einen wundervollen Menschen sie vor sich haben. Ich meine, du selbst hast doch vor ein paar Tagen gesagt, sie sei sehr viel ehrlicher und angenehmer, als du gedacht hattest.«

Verena holte tief Luft, ihre Geduld war am Ende, es war an der Zeit, endlich und ein für alle Mal die Hauptrolle in ihrem Leben zu übernehmen und den ganzen Rest der Bande hinauszuwerfen, wenn nötig, sogar ihre eigene Mutter.

Sie umkrallte den Hörer und richtete ihren Blick auf das offene Tor des Patios. Wieder war es Zeit für sie zu gehen, wieder waren die Gablers Schuld an der Vertreibung aus einem Paradies. Mit zögernden Schritten ging sie auf das Tor zu. Als sie Gofio und ihr ehemaliges Schlafquartier passierte, hob der Hund kurz den Kopf und schnaubte. Unwillig, wie Verena meinte. Der ließ sie also auch im Stich! Und sie konnte nicht einmal ihre Sachen aus dem Zimmer holen.

Sie war es leid, endgültig leid. Wut gab ihrer Stimme Kraft und einen Klang, der sie fast selbst entsetzte. Ihre Stimme hallte von den Mauern des Patios wieder. Egal, genau so gehörte es sich schließlich für eine Befreiungsrede, für die Rede ihres Lebens, die sie schon längst hätte halten sollen, auch wenn sie rhetorisch nicht eben ausgefeilt war.

»Hör mir zu, Mutter.«

»Oh, Liebling, ich sehe gerade, da kommt jemand. Ich glaube, es ist Katharina.«

»Das ist mir egal! Du hörst jetzt *mir* einmal zu. Beatrice ist keine Erbin mehr, und genauso wenig ist sie ein sensibles Geschöpf,« brüllte Verena in den Hörer. »Sie ist nur eine miese kleine egoistische Heiratsschwindlerin. Lass sie doch machen, was sie will. Hauptsache, du bekommst dein Geld zurück, das du dir hart erarbeitet hast, im Gegensatz zu denen.«

»Aber, es ist nicht meins ..., du weißt ja nicht, ...«

»Lass mich ausreden! Deine sensible Beatrice befindet sich gerade in diesem Moment in meinem, eh ...«

»Da klingelt es«, warf die Mutter ein, Verena überhörte den Einwand.

»... einem Schlafzimmer und amüsiert sich mit Daniels Freund. Fabian. Mit dem Mann, den übrigens *ich* ... auf dem Sommerfest im letzten Jahr ... Ach, egal.«

Sie blieb im Torbogen stehen und schloss kurz die Augen. Am anderen Ende herrschte Stille, endlich schien sie die Mutter berührt zu haben. Verena setzte erneut, aber mit leiserer Stimme an:

»Jedenfalls ist Beatrice das skrupelloseste, kälteste Miststück, das ich kenne. Ihre Gefühle haben die Verfallsdauer von Milchprodukten – sie bleiben maximal eine Woche frisch. Wer etwas anderes in ihr sieht, muss blind sein. So wie Daniel, dieser armselige Trottel. Wenn er Beatrice ernsthaft und womöglich bis zur Selbstaufopferung liebt, muss er unverzeihlich dumm sein. Und ich wette mit dir, dass Beatrice das genauso sieht! Liebe ist für sie nur eine alberne Illusion. Deshalb hat sie auch keine Skrupel, mir den einen Mann wegzunehmen, in den ich mich verlieben könnte ...«

»Tatsächlich?«, fragte eine Stimme direkt von vorn.

Natürlich!, dachte Verena resigniert: das Teufelchen. Oder? Nein! Das war nicht das Teufelchen, denn das würde sie nie beim Handgelenk packen und so hart zudrücken.

Verena riss erschrocken die Augen auf. Egal, wer von den beiden es war – Beatrice oder eben Fabian – der das jetzt mitangehört hatte, sie würde zur Wahrheit stehen. Beatrice selber hatte sie schließlich vor Beginn dieser fatalen Reise dazu aufgefordert. Irgendwann musste Schluss sein mit den vielen Lügen. Und sie wollte überhaupt nichts mehr damit zu tun haben, mit niemandem von diesen Spinnern.

Es dauerte einige Sekunden, bis ihr Gehirn einwandfrei registrierte, wer da vor ihr stand und sie ungläubig anstarrte. Dann übernahm ihr rebellischer Magen wieder und diesmal endgültig die Herrschaft.

Verena würgte, hielt sich die Hand vor den Mund und brachte nur noch ein gestöhntes »Oh, Gott« zu Stande.

Sie erkannte, dass es vielleicht doch einen Menschen gab, dem sie ihre Wahrheiten – zumindest in so grober und lautstarker Form – lieber erspart hätte, aber nun war es zu spät.

Hilfe suchend blickte sie sich um und musste erkennen, dass das hier schlimmer als der Albtraum war, in dem sie nackt in die Oper ging oder bei einer Galerieeröffnung das Höschen verlor. Das Publikum, das sie in diesem Moment forschend bis verstört anstarrte, hatte sie sich für die Rede ihres Lebens wirklich nicht gewünscht, aber es war vollzählig erschienen.

23. Kapitel

Gisela Malchow öffnete die Tür ihres Häuschens, nickte kurz und bat Katharina Gabler mit einer Kopfbewegung hinein, dann sauste sie zurück zum Telefon. Sie musste Verena beruhigen, die irgendwie vollkommen hysterisch war. Wie sonst konnte ihre vernünftige Tochter so einen Unsinn zusammenfantasieren über Beatrice und einen anderen Mann?

»Hallo, Schätzchen«, rief sie in den Hörer. »Hallo???«

Sie rüttelte an dem altmodischen Tischapparat aus Elfenbein – ein weiteres Gabler-Erbstück und nicht immer zuverlässig. »Hallo? Verena?« In den Augenwinkeln nahm sie wahr, dass Katharina Gabler sich erschöpft in einen Sessel fallen ließ. Eine nachlässige, unschöne Haltung, die Gisela Malchow verärgerte. In ihrer Villa legte Katharina immer größten Wert auf ihr Auftreten, im Haus ihrer Haushälterin verzichtete sie völlig darauf.

Gisela Malchow drehte ihrer Dienstherrin den Rücken zu, rief ein letztes Hallo in die Leitung und nahm dann ein schwaches Besetztzeichen wahr.

»Merkwürdig, jetzt hat sie einfach aufgelegt.« Kopfschüttelnd und leicht zögernd tat Gisela Malchow dasselbe. Dann drehte sie sich zu Katharina Gabler um, die es sich in ihrer völligen Erschlaffung immer bequemer machte, sogar die Beine weit von sich streckte. Wie grotesk das aussah, dachte Gisela Malchow, wenn man gleichzeitig sündhaft teure Designerpumps an den Füßen trug.

»Oh, Gisi, Gisi, wo bleiben Sie nur? Seit gestern Morgen habe ich Sie nicht zu Gesicht bekommen. Sie können doch auch in der Villa telefonieren. War das Fuerte? Sie hätten nicht auflegen sollen, dann hätte ich noch mit Beatrice reden können. Eine Katastrophe bahnt sich an! Eine echte Katastrophe! Die Hochzeit kann nicht stattfinden, wenn das stimmt, was ich glaube! Haben Sie einen Kaffee für mich? Koffeinfrei mit zwei Stückchen Süßstoff und einem Tröpfchen Sahne? Mein Kreislauf ist so einer Aufregung nicht gewachsen. Und ein bisschen Gebäck wäre auch nicht verkehrt. Zucker soll gut gegen Schockzustände sein.«

Gisela Malchow runzelte die Stirn. Den Kaffee und die Kekse überging sie. »Katastrophe? Heißt das, Sie haben davon gehört? Wer hat Ihnen davon erzählt?«

Katharina Gabler zog – mit sichtlicher Anstrengung – die Brauen nach oben. »Erzählt? Keiner hat mir was erzählt. Ich habe gestern Vormittag lediglich einen Brief gefunden, als ich in Lena Derndorfers Haus ein paar Nachthemden und Waschzeug für sie einpacken wollte. Fürs Krankenhaus. Man muss ja behilflich sein.«

»Nachthemden?«, fragte Gisela völlig perplex. »Fürs Krankenhaus? Das war doch längst erledigt. Und Frau Derndorfer ist doch inzwischen raus aus der Klinik und auf dem Weg nach Fuerte!«

Katharina Gabler zog eine beleidigte Schnute, wie ein Kind, das beim Naschen ertappt wird und spontan zum Angriff übergeht, indem es das Opfer gibt.

»Das konnte ich ja gestern Morgen noch gar nicht wissen. Ich wollte, wie gesagt, nur helfen. Auch um Ihrer Verena ein bisschen beizustehen, hätte ja sein können, dass die alte Derndorfer ein Mordstrara wegen der Ingwervergiftung angestimmt hätte. Dieser Drachen.«

Gisela Malchow richtete sich neben dem Telefontischchen zu voller Größe auf: »Das war keine Vergiftung! Frau Derndorfer hat nur allergisch reagiert.«

Unter halbgeschlossenen Lidern und mit dem Ausdruck tapfer ertragener Demütigung konterte Katharina Gabler: »Genau wie sie jetzt, liebe Gisela. Meine Güte, ich habe Verena doch gar nichts unterstellt. Warum sollte sie Lena Derndorfer vergiften? *Sie* hat ja keinen Grund dazu. Ich schon!«

Gisela Malchow stemmte die Hände in die Hüften: »Sagen Sie mal, was reden Sie denn da eigentlich? Lena Derndorfer vergiften! So etwas sagt man nicht einmal im Spaß!«

Katharinas Schmollmund wurde zum harten Strich. »Das ist auch kein Spaß, liebe Gisi. Wenn Sie den Brief gelesen hätten, den Lena Derndorfers Bank ihr geschickt hat …«

»Sie haben einen fremden Brief geöffnet?« Gisela Malchow legte in ehrlichem Entsetzen die flache Hand auf ihre Brust, ihr Herz schlug tatsächlich schneller vor Aufregung. Sie hatte immer gewusst, dass Katharina Gabler dem Klatsch und einer gewissen Spionagelust nicht abgeneigt war, aber dass sie unter einem fadenscheinigen Vorwand in ein fremdes Haus eindringen und dort die Post durchwühlen würde – nein – das hätte sie ihr nicht zugetraut.

Katharina ging wieder zur kindischen Schnuten-Taktik über. »Gucken Sie nicht so angewidert. Es geht schließlich um das Glück meiner einzigen Tochter. Da muss eine Mutter doch zu allen Kriegslisten greifen, oder? Und nachdem ich bei meiner wöchentlichen Bestellung einen Tipp vom Feinkost Dreesen bekommen hatte, dass Lena Derndorfer mit ihren Rechnungen seit Monaten in Rückstand ist, habe ich gedacht …«

»Sie haben einen Tipp bekommen? Auskunft über ein fremdes Rechnungskonto?« Verständnislos starrte Gisela Malchow auf Katharina hinab.

»Na ja, ich habe ganz einfach darum gebeten, meine Bestellungen schon jetzt über das Derndorfer-Konto abzurechnen. Schließlich sind die Kosten, die ich im Moment für Einladungen und Dinnerpartys habe, ja sozusagen Vorbereitungskosten der Hochzeit. Ich muss doch all die Leute zum Essen einladen, die auf der Fuertefeier nicht dabei sind, aber Daniel bei seinem Beruf später nützlich sein könnten. Eine lästige, gesellschaftliche Ver …«

Die Haushälterin beugte sich über die zusammengekuschelte Gestalt und sah sie streng an. So streng wie man ein schmollendes, beim Naschen ertapptes, ganz und gar uneinsichtiges Kind eben anschauen musste: »Warum sind Sie nicht – wie immer – zu mir gekommen. Wir haben das doch besprochen. Ich hätte Ihnen einen Scheck ausgestellt.«

»Und mir Vorträge darüber gehalten, dass Feinkost Dreesen zu teuer ist und dass Sie die Delikatessen beim Kaufhof billiger bekommen und den Rest bei Aldi und dass ich keine großen Einladungen mehr geben solle … Dabei muss ich das, weil die Leute doch sonst die Idee bekommen könnten, ich sei pleite.«

Gisela Malchow umklammerte hart die Handgelenke der schimpfenden Frau und brachte sie so zum Schweigen: »Wie konnten Sie so was nur machen? Anschreiben bei Lena Derndorfer! Das war töricht. So muss sie ja darauf kommen, dass Sie und Beatrice überhaupt kein

Geld mehr haben.« Was ja bereits passiert war. »Wie konnten Sie nur so unvorsichtig sein! Sie riskieren das Glück Ihrer Tochter.«

Und das war genau das, was Randolf Gabler immer befürchtet hatte, als er noch klar bei Verstand war. Es war das, was sie – seine Geliebte – hatte verhindern sollen. Darum hatte er ihr – unter anderem – die Verfügungsgewalt über zwei Millionen Mark für Beatrice erteilt und ihr eine weitere halbe Million zum eigenen Gebrauch überschrieben. Ein letzter Akt seiner Großzügigkeit bevor er sich im Dämmerland seiner Krankheit verirrte.

Gisela hatte mit dem Geld – so unauffällig wie möglich – die drückendsten Privatschulden der Gablerfrauen beglichen, eine Zwangsräumung der Villa abgewendet und eine angemessene Hochzeitsvorbereitung ermöglicht. Die Heirat, so hatte sie gehofft, würde zum einen Beatrices Glück und zum anderen ihre vollkommene finanzielle Absicherung bedeuten, sodass Gisela den Rest der Gablermillionen an Katharina hätte überschreiben können, einschließlich ihrer eigenen halben Million, die sie nie und nimmer behalten wollte. Insgesamt war das zwar keine großartige Summe mehr, aber immerhin.

Trotzdem dachte sie jetzt: Ich hätte das Geld niemals annehmen dürfen – nie.

Diese verdammten Schuldgefühle würde sie ihr Leben lang nicht mehr loswerden. Ihr wurde schwarz vor Augen. Ein Schwindelgefühl ließ ihren Kopf gleichsam Karussel fahren. Was allein Verena sagen würde, wenn sie von der ganzen Geschichte wüsste. Nie, nie dürfte sie das erfahren, sie war ein so stolzes Mädchen. Gisela Malchow kniff die Augen zusammen. Dieses verdammte Flimmern, diese stete Anspannung im Nacken, es war an der Zeit, sich auszuruhen!

Ausruhen, ausgerechnet jetzt, rief sie sich zur Ordnung. Unmöglich. In der Tat, ein schriller Empörungsschrei riss sie aus ihren Gedanken.

»*Ich* gefährde das Glück meiner Tochter! Dass ich nicht lache. Das Gegenteil ist der Fall. Der Brief von der Bank ist doch mein Beweis. Lena Derndorfer ist pleite, man hat ihr alle Kreditmöglichkeiten gekündigt und einen festen monatlichen Auszahlungsbetrag vereinbart. Sie hat gerade noch genug für ihre paar letzten Jahre oder Monate oder weiß der Himmel wie lange. Aber ein Vermögen, ein Vermögen besitzt sie nicht mehr! Das wollte sie von uns. Schöne Schwiegermutter kann ich da nur sagen. Und jetzt müssen wir alles tun, um die Hochzeit von Beatrice und Daniel zu verhindern – alles!«

Gisela Malchow starrte kalt auf Katharina Gabler hinab. »Wenn es Ihnen nur ums Geld geht, dann ist das nicht nötig. Beatrice wird eine halbwegs anständige Mitgift bekommen.«

»So? Von wem denn bitte?«

»Von mir.«

Katharina Gablers Antwort war ein zunächst halb verächtliches, halb hysterisches Gelächter. Am Schluss siegte eindeutig die Verachtung.

24. Kapitel

Der Hund hatte den Jeep laut bellend und mit fliegenden Ohren solange verfolgt, bis Verena kurz und entnervt angehalten, die Beifahrertür geöffnet und ihn hatte hineinspringen lassen. Hechelnd und mit unverkennbarem Glücks- oder Triumphgefühl im Doggengesicht saß Gofio nun seit einer halben Stunde neben ihr und schien die Piste vor ihnen genau zu fixieren, so als sei er der Pilot bei einer Wüstenrallye. Auch Verena starrte so konzentriert auf die Strecke, dass ihre Augen brannten.

Staub kroch durch die Entlüftungsanlage und Fensterschlitze, setzte sich in die Nase und unter die Augenlider. Wirklich verflixt anstrengend war diese Fahrerei über Felsgeröll, losen Schotter und hin und wieder über quadergroße Steinbrocken. Zugleich verengte sich der Weg zunehmend und drohte nun, sich zu einer Sackgasse zu entwickeln.

Bei ihrer panikartigen Flucht von der Finca hatte Verena sich verfranst und war – statt auf den geteerten Zufahrtsweg zur Hauptstraße – auf eine der wilden Pisten geraten, vor denen Daniel sie gestern ausdrücklich gewarnt hatte.

Manchmal handelte es sich dabei um ehemalige Treiberpfade von Ziegenhirten, die – falls man Glück hatte – irgendwann im Nirwana einer Geröllandschaft endeten oder – und das war Pech – als Trampelpfade an der Steilküste – ohne Wendemöglichkeit.

Ganz Fuerte ist von solchen Pisten durchzogen. Nur erfahrene Hirten kennen sie wirklich und können sie voneinander unterscheiden, manchmal anhand eines einzigen Stachelginsterbusches oder einer bizarren Felsformation.

Die Gleichförmigkeit der archaischen, ausgedörrten Landschaft macht eine Orientierung beinahe unmöglich, und viele dieser Pisten sind in Landkarten nicht einmal angedeutet – hatte Daniel erklärt und von jedem Abstecher auf eigene Faust abgeraten. »Wenn Sie mich mitnehmen, Verena, zeige ich Ihnen von mir aus das Ende der Welt, aber bitte, fahren Sie nicht allein über solche Strecken!«

Daniel! Verena biss die Zähne zusammen – nur nicht an ihn denken – und fixierte einen etwa halbmeterhohen Geröllhügel, der ihr hinter einer scharfen Biegung plötzlich den Weg versperrte. Links von ihr ragte eine steile Felswand nach oben, rechts ging es unvermittelt und schroff bergab zum Meer. Der Pfad war an dieser Stelle verflucht eng. Verena stoppte den Wagen, zog die Handbremse und schlängelte sich zwischen Felswand und Fahrertür hinaus.

»Sitzen bleiben!«, befahl sie Gofio, der Anstalten machte, ihr hinterher zu springen. Mit dem Rücken zum Fels arbeitete Verena sich zur Kühlerhaube des Jeeps vor.

»Ach du liebe Scheiße«, murmelte sie.

Auf beiden Seiten des Wagens blieben nicht mehr als vielleicht vierzig Zentimeter Platz. An ein Wendemanöver war nicht zu denken. Vor dem Rückwärtsfahren auf so schmalem, gewundenem Grat war Verena Angst und Bange. Vorwärts zu fahren hieß allerdings, dass sie in jedem Falle die Spur würde halten müssen. Und das beim Überqueren eines Geröllhügels! Ein Schlenker zu viel nach rechts, ein kurzes Abrutschen konnte den Absturz des Jeeps ins Meer bedeuten.

Ein Blick über die Pfadgrenze auf der Seeseite genügte ihr, um zu wissen, dass ein Absturz tödlich sein würde. Die Küste ging an dieser Stelle fünfundzwanzig oder dreißig Meter steil bergab.

Unvorstellbar! Sie befand sich auf einer der bekanntesten Ferieninseln Europas und dachte über Todesgefahren nach. Verena blickte sich kurz um, aber natürlich war weit und breit kein Mensch zu sehen. Sie war auf sich gestellt. Die Stille war atemberaubend, nur in der Tiefe rauschte die Meeresbrandung.

Verena verbot sich energisch jeden weiteren Gedanken an ein Scheitern. Sie beugte sich beherzt über den Steinhaufen, der sich vor dem Jeep türmte, packte einen Brocken und schleuderte ihn über die Abrisskante ins Meer. Wenigstens eine Art Fahrrinne musste sie sich freiarbeiten.

Als Bildhauerin war sie es gewohnt, mit schweren Materialien zu arbeiten. Als Bildhauerin erkannte sie allerdings auch auf einen Blick, dass der Großteil der Felsbrocken zu schwer war, um bewegt zu werden. Für einen Könner wäre die Überquerung mit einem Jeep durchaus machbar, und Daniel hatte für sie ein sehr gutes, schweres Fahrzeug ausgewählt. Kein Fun-Auto, nichts Überkandideltes, so wie Beatrice es sicher bevorzugen würde. Daniel war wirklich ein umsichtiger Mann, fürsorglich, sehr feinfühlig und – sehr verletzlich.

Das hatte sie genau gesehen, als sie sich zu ihm umgedreht hatte, nachdem sie ihrer Mutter und dem Rest der Welt lauthals ihre Wahrheiten über die Gefühle anderer Leute mitgeteilt hatte. Verena biss sich auf die Lippen, packte sich einen melonenförmigen Stein und schleuderte ihn wütend in den Abgrund unter ihr.

Was, wenn sie in Bezug auf Daniel und Beatrice Unrecht hatte? Ihre Mutter war fest davon überzeugt, dass Beatrice Daniel liebte, es nur nicht zeigte. Konnte das stimmen?

»Dann wäre der Weg für dich frei – zu Fabian«, flüsterte – na wer schon.

Fabian. Verena klopfte sich den Staub von den Händen, sah sich nach dem nächsten Stein um, der sich wegwuchten ließ. Keine Chance, die Brocken waren einfach zu groß. Sie schluckte.

Fabian hatte nur sehr verstört geguckt und ein wenig bedauernd. Ja, bedauernd. Es war so peinlich gewesen. Schließlich hatte der Kerl überhaupt keine Ahnung gehabt, dass sie – eine Mittdreißigerin – so selten dämlich gewesen war, sich in ihn zu vergucken wie ein kreischender Zahnspangenteenie. So jedenfalls fühlte sie sich jetzt.

Die einzige Person, die der Situation zunächst auch amüsante Aspekte abgewinnen konnte, war Beatrice gewesen. Die hatte mit spöttisch hochgezogenen Augenbrauen den Kopf geschüttelt und irgendwas gesagt von wegen: »Du solltest es mit der Wahrheit und der Liebe nicht so übertreiben, Vroni, vor allem wenn du von beidem so wenig Ahnung hast. Oder hältst du es etwa wie deine Mutter, diese Betrügerin mit dem Engelsgesicht?«

Verena – keuchend, beinahe atemlos vor Schreck – hatte nur stammeln können: »Was meinst du damit?«

»Was ich damit meine? Stell dich nicht so dumm. Als

ob du nicht wüsstest, dass deine Mutter – die gutmütige, großzügige Madonna von Malchow – meiner Mutter den Mann ausgespannt hat. Über Jahre! Jeden Donnerstag. Hat ihn geschickt an der Leine geführt und genau das bekommen, was sie wollte – den ewigen Liebhaber und Bewunderer. Hast du auch so was vor? Und wenn ja, mit welchem von den beiden hier? Fabian oder Daniel? Noch hast du die Wahl, aber ich muss dich warnen, einer von beiden ist ein verdammt faules Ei und …«

»Beatrice, hör auf. Siehst du nicht, was du anrichtest?«, war einer der Männer drohend dazwischen gegangen.

Verena konnte auch jetzt noch nicht sagen, welcher von beiden es gewesen war, Fabian oder Daniel. Sie hatte sich an diesem Punkt nur noch nach einem Fluchtweg umgesehen, war losgestolpert, dann gerannt wie von Teufeln gehetzt, beinahe blind vor Wut und Scham.

Gleichzeitig hatten sich die Gedanken in ihrem Kopf überschlagen. Ohne dabei ein Chaos anzurichten, im Gegenteil. Endlich hatten sich die Puzzleteilchen ineinander gefügt, die ihr ein Leben lang als unvereinbares Rätsel erschienen waren.

Die geheimnisvollen Donnerstage! Der Männerverzicht ihrer Mutter. Ihre Genügsamkeit. Ihre Freude an einem Dienstbotenjob im Schatten der Villa.

Gisela Malchow und Randolf Gabler waren ein Paar gewesen! Und zwar nach den Bedingungen ihrer Mutter, die nach ihrer herben ersten Enttäuschung beileibe keinen Ehemann wollte, sondern Eigenständigkeit *und* Sicherheit *und* Romantik, gepaart mit Respekt und dauerhafter Verehrung.

Darum hatte sie Randolf Gabler auf Distanz gehalten und alles bekommen, was sie wollte: intime Stunden,

Geschenke, das Häuschen – natürlich. So machte alles Sinn. Auch die unerschöpfliche Fürsorge ihrer Mutter für die Gablerfrauen. Ihr dringender Wunsch, Beatrice glücklich verheiratet zu sehen. Gisela Malchow hatte ein schlechtes Gewissen.

Verena sank auf den Ziegenpfad, Steine bohrten sich in ihre Knie, sie schloss die Augen. Nein, so schrecklich hatte sie sich die Wahrheit tatsächlich nicht vorgestellt. »Was für eine Idiotin ich bin! Beatrice hat Recht. Von der Liebe und von der Wahrheit habe ich überhaupt keine Ahnung, von den Gefühlen anderer Menschen genauso wenig. Es sei denn, man schreibt sie mit Großbuchstaben in deren Gesichter.«

Eins hatte Verena allerdings sofort erkannt, als sie Beatrice und Fabian *vor* dem Tor und nicht in einem der Schlafzimmer der Finca neben Daniel entdeckt hatte: Im Bett waren die beiden nicht miteinander gewesen – sie wirkten sogar mehr als abgekühlt und wahrten Distanz voneinander.

Wahrscheinlich hatte Beatrice gestern Abend nur mit Fabian geflirtet, wie es eben ihre Art war. Ein Spiel, weiter nichts.

»Ein Spiel, das sie meisterlich beherrscht, ohne den Verstand zu verlieren wie du, hm? In Fabians Gefühlen hast du dich jedenfalls auch getäuscht.«

»Verfluchter Mist«, stieß Verena wütend hervor, richtete sich auf und nahm einen weiteren Brocken in Angriff. Mit ganzer Kraft schob sie ihn in Richtung Felskante. Tat gut, sich körperlich ein wenig auszutoben.

»Verbal hast du es ja heute schon getan«, feixte ihr Teufelchen weiter.

»Halt den Rand. Ein für alle Mal«, schrie Verena und wollte einen besonders schweren Brocken zur Küstenkante rollen. Mit dem würde sie symbolisch ihr Teufelchen in den Abgrund stoßen. Und Fabian! Sie ging in die Hocke, holte tief Luft, biss die Zähne zusammen und stemmte sich gegen den Brocken. Der bewegte sich nur um Millimeter. Sie versuchte es wieder und wieder. Aber egal, wie viel Kraft sie aufwand, der Stein blieb stur. Verena gab erschöpft auf und zuckte mit den Achseln. »Dann bleib eben, wo du bist. Ich will nur weg von hier.«

Am Ende achtete sie vor allem darauf, den Hügel von lockerem Geröll zu befreien, das beim Darüberfahren nachgeben, wegspritzen und dann den gesamten Hügel ins Rutschen bringen könnte.

Nach mehr als einer halben Stunde harter Arbeit wischte sie sich die Stirn. Mehr konnte und sollte sie nicht tun, denn die Dämmerung würde bald einsetzen, und wie auf allen Kanareninseln würde es dann rasch dunkel werden. Bei Finsternis hätte sie überhaupt keine Chance, ihr Hindernis zu überqueren und irgendwo eine Straße aus der Wildnis zu finden.

Sie zwängte sich zwischen Felswand und Jeep zur Fahrertür zurück und quetschte sich in das Auto. Gofio empfing sie junksend wie ein Welpe. Sie streichelte ihn kurz, dann ließ sie den Wagen an.

»Wir machen das schon, Kumpel, lehn dich einfach zurück.«

Fest umklammerte sie das Lenkrad, ihr Herz klopfte hart und stark, während sie den ersten Gang einlegte und die günstigsten Furchen zwischen dem Steinhaufen suchte. Beherzt manövrierte sie den ruckelnden und hüpfenden Jeep den Geröllhaufen hinauf. Das Gefährt schwankte bedenklich nach rechts, Verena lenkte gegen und gab Gas. Das Auto fing sich wieder, touchierte aber beinahe die Felswand, während es die ersten Felsbrocken nahm.

Verena biss sich auf die Lippen, lenkte wieder ein wenig in Richtung Küstenkante. Der Jeep quälte sich zentimeterweise über einige besonders tückische Steine, rutschte aber – nahe der Felswand – immer wieder ab und sackte zurück.

Sie würde Gas geben und mit Schwung darüber müssen. Verena schloss kurz die Augen, nickte, drückte das Gaspedal herunter. Der Motor heulte kurz auf, dann schoss der Wagen nach vorne und bewältigte das Hindernis. Doch bevor Verena aufatmen konnte, spürte sie, dass sie bei dem Manöver die Fahrrine verloren hatte.

Der Jeep begann zu schliddern, die Räder griffen nicht mehr. Der Wagen rutschte schräg nach rechts. Gofio duckte sich, auf Verenas Stirn bildeten sich Schweißtropfen.

»Immer mit der Ruhe, Gofio, wir sind gleich drüber und dann nichts wie weg. Irgendwo muss die Piste ja …«

Sie beendete den Satz nicht, denn jetzt geschah, was Verena befürchtet hatte, der Steinhaufen unter dem Wagen geriet insgesamt ins Rutschen und riss den Wagen mit sich nach rechts, Kies spritzte auf. Sie bewegten sich unaufhaltsam und ohne Möglichkeit gegenzusteuern in Richtung Klippenkante.

Gofio jaulte laut auf, stemmte sich mit den Pfoten gegen Windschutz- und Beifahrerscheibe, so als könne er damit den Absturz vermeiden, doch der Wagen kippte immer stärker zur Seite weg. Über Gofios Kopf hinweg sah Verena durch das Beifahrerfenster tief unter sich das hoch aufbrandende Meer und die – wie sie fand – höhnisch aufschießenden Gischtfontänen.

So also würde sie sterben.

Merkwürdig, mit einem Mal war sie vollkommen ruhig. Nur um den rührend winselnden Hund tat es ihr Leid. Das letzte Geräusch, das sie wahrnahm, war ein hässliches metallisches Schrappen und Reißen – Felsgestein schnitt sich in Metall.

25. Kapitel

Lena Derndorfer gelang es mühelos, sich innerhalb einer einzigen Stunde zum Schrecken des Personals vom ›Flores del Agua‹ zu machen. Nachdem sie erfahren hatte, dass ihr Neffe Daniel – der sie nicht vom Flughafen abgeholt hatte – auch nicht im Hotel war, inspizierte sie zunächst die gesamte Anlage und ließ den gequälten Hotelmanager eine Mängelliste notieren, die von A für »Aufzug nicht mit stinkendem Chlorreiniger putzen« bis Z für »Zufahrt zur Restaurantküche von Mülltonnen frei halten« reichte.

»Aber, Señora«, protestierte der Manager beim letzten Punkt schwach, »wir müssen irgendwo hin mit die Müll, und die Gäste sehen es doch gar nicht! Der Müll wird taglich geleert, und in die Restaurante ist alles blitzesauber.«

»Papperlapapp«, beschied ihn Lena, während sie ihre Rundtour wieder in der Rezeptionshalle beendeten. »Wir wollen so etwas gar nicht erst einreißen lassen. Müll unter freiem Himmel! Mein Neffe wird einfach eine Art Müllhäuschen entwerfen müssen. Sauberer Beton und fest verschließbare Türen gegen jede Sicht- und Geruchsbelästigung. Wird ja wohl nicht die Welt kosten, und auf Designschnickschnack kann er dabei ruhig verzichten! Versuchen Sie bitte, ihn umgehend zu erreichen. Ich und Herr Doktor Lessing würen uns jetzt gern frisch machen und gegen acht Uhr eine Kleinigkeit auf der Restaurantterrasse zu uns nehmen – etwas ohne Knoblauch.«

Doktor Lessing, der bislang brav hinterhergetrottet war und sich am Anblick blühender Kakteen auf schwarzem Lavagestein, dem sanften Rauschen kanarischer Palmen und den üppigen – wenn auch nicht inseltypischen – Bougainvillea-Büschen erfreut hatte, hob protestierend die rechte Hand:

»Also für mich kann gar nicht Knoblauch genug an allem sein, Señor. Ich nehme das, was Ihr Küchenchef Köstliches empfiehlt. Und in jedem Fall eine Portion Papas arrugadas con mojo! Diese köstlichen Schrumpelkartoffeln mit der schwarfen Soße. Die müssen Sie probieren, Lena! Knoblauch hält nämlich die Arterien frei, Sie sollten sich ruhig daran gewöhnen.«

Lena drehte sich empört zu ihrem Begleiter um: »Und ständig stinken wie ein Büffel? Ich bin eine Dame, ich weiß, was sich gehört, Lessing.«

Der Hotelmanager nutzte den unbeobachteten Moment, rollte die Augen und seufzte ein resigniertes »Incredible!«

»Wie bitte? War das ein Schimpfwort?«, wollte Lena wissen.

»No, no Señora. Ich wollte nur sagen, es ist unmoglich, dass Sie essen! Ich meine heute Abend in die Restaurante.«

»Na, hören Sie mal, guter Mann, mir gehört der Laden hier, jedenfalls teilweise. Da werde ich ja wohl essen können, wo und wann ich will, nicht wahr?«

Mit einer einzigen Bewegung ihres Zeigefingers befehligte Lena Derndorfer einen Pagen herbei und deutete auf ihr Gepäck. »In meine Suite, bitte.«

Sie wandte sich wieder an den Manager, der sich beharrlich zu Wort meldete, aber keine Chance hatte. »Sagen Sie mal, wessen Idee war es, die Pagen hier in Betttücher zu wickeln und ihnen Handtücher um den Kopf zu winden?«

»Das soll sein eine afrikanische Tracht mit Turban«, erklärte der Manager. »Es soll passen zu die exotische Ambiente, sagen die Veranstalter, und die Filmleute gefallt es auch. Noche mal wegen Ihre Essen …«

»Die Veranstalter wollen das? Na, Verunstalter wäre ja wohl die bessere Bezeichnung für solche geschmacksverirrten Hornochsen. Und von den Filmleuten lasse ich mir gar nichts vorschreiben. Werde mir mal die Verträge ansehen, ob ich da nicht auch noch ein Wörtchen mitzureden habe. Dass Daniel so was zugelassen hat. Der wird noch einiges zu hören bekommen von mir. Kommen Sie Lessing, fahren wir nach oben.«

Der Hotelmanager hob noch einmal die Hand, um sich zu Wort zu melden. »Wegen die Restaurante …«

Vor Lena und Lessing glitten die Fahrstuhltüren auseinander. Heraus trat Luise, die ihren Hermann förmlich hinter sich her zerrte:

»Doch, du musst dich endlich schminken, Hermann. Wie siehst du denn überhaupt aus? Die müssen dir die Augenbrauen färben und auch die Lippen nachmalen.«

»Luise! Ich bin doch nicht …«

»Keine Widerrede. Ich will mich nicht für dich schämen. Schau mich an, was sie aus mir gemacht haben.«

»Ein Monster«, murmelte Doktor Lessing ehrlich entsetzt, während Luise ihren widerstrebenden Gatten an ihnen vorbei in Richtung der Gartenanlage bugsierte.

»Ich hoffe, das gehört hier nicht zum Programm des Kosmetikstudios«, sagte Lena Derndorfer laut.

Luises für das Scheinwerferlicht und die Restaurantszene präpariertes Gesicht wirkte in der Tat sehr starr und maskenhaft und verzweifelt jugendlich. Man hatte sie in einen gebatikten Pareo gewickelt, der reichlich Haut freiließ, und im hochtoupierten Haar trug sie eine blutrote Hibiskusblüte.

»Die gibt es hier doch gar nicht«, befand Lessing kopfschüttelnd.

Der Arzt konnte nicht wissen, dass der Regisseur von »Fiesta Fuerte« weniger Wert auf die authentische Darstellung Fuerteventuras als auf ein komplett exotisches Ambiente legte, denn – so sein Motto – »kein Zuschauer will die Wirklichkeit sehen, die Wirklichkeit ist zu hässlich«.

Die geschminkte Luise war allerdings der glatte Gegenbeweis. In natura war sie bei weitem ansprechender.

Nicht ahnend, dass das Ehepaar auf dem Weg zu einem Filmset war, schüttelte Lena nur angewidert den Kopf. »Das sind natürlich die Nachteile des Massentourismus, man muss alle Gäste nehmen, die kommen.« Mit diesen Worten, trat die alte Dame forsch in die Kabine und zog den Arzt hinter sich her. Dann wandte sie sich noch einmal dem Manager zu:

»Ich möchte heute Abend einen Tisch für drei, mein Neffe isst selbstverständlich mit uns. Sorgen Sie für Meeresblick und eine Flasche spanischen Sekt. Der soll ja trinkbar sein. Für den Champagner nehmen Sie sicher Apothekenpreise, nicht wahr? Jedenfalls hoffe ich das. Servieren Sie diesen Filmmenschen, die sich hier rumtreiben, ja nichts anderes – auf deren Rechnung versteht sich. Die lieben das Gesöff.«

Die Lifttüren glitten hinter Lena und Lessing aufeinander zu. Die letzten Worte des Hotelmanagers, die zu den beiden vordrangen, waren: »In die Restaurante es geht heute wurklich nicht …« Dann glitt die hermetisch geschlossene Kabine sanft nach oben. Nicht weiter als in einen dritten Stock. Nur das Rezeptionsgebäude ragte so hoch hinaus und war mit Luxussuiten ausgestattet. Der Rest der Anlage bestand aus den afrikanisch inspirierten, quaderförmigen Bungalows in Hanglage.

»Nun«, bemerkte Lena fragend und drehte sich im Fahrstuhl zu Lessing um. »Was sagen Sie zu dem Hotel? Mein Neffe ist doch ein echter Könner, oder? Für das Geld so eine durchdachte, geschmackvolle Anlage zu entwerfen. Die meisten Architekten hätten da kapituliert, aber er … Ich bin sehr, sehr stolz auf ihn.«

Lessing schüttelte verblüfft den Kopf. »Warum zeigen Sie das dann nicht?«

Der Lift stoppte sanft, die Türen öffneten sich mit einem dezenten elektronischen »Pling«. Lena stieg aus. »Warum sollte ich das zeigen? Damit mich alle, einschließlich Daniel, für eine sentimentale, gefühlsduselige, wachsweiche alte Tante halten? Nein, Lessing! Ich lege Wert auf den unbedingten Respekt des Personals.«

… der ihr unten in der Halle und beim Hotelmanager allerdings längst abhanden gekommen war.

»Maldición! Dann soll dieser alte Drachen doch direkt in eine von den Filmszenen hereinplatzen«, erklärte der einer jungen Angestellten auf Spanisch. »Die werden sicher weniger rücksichtsvoll mit ihr umgehen als wir. Erst recht diese Theresa Wiedemann, sie ist ja jetzt schon wütender als ein Kampfstier, weil ihr Star ständig auf Extratouren geht. Oh, die wird Frau Derndorfer mit einem Tritt in den Pool befördern, wenn es nötig ist!«

»Aber«, warf seine Untergebene schüchtern ein, »Frau Derndorfer ist doch immerhin Anteilseignerin hier.«

»Ha! Spielt sich als Besitzerin auf! Ein Viertel vom Hotel gehört ihr – maximal – und das zum großen Teil mit geliehenem Geld. Mein Gott, womit hat der arme Daniel Derndorfer nur so eine Tante verdient? Ich liebe meine Verwandten wirklich, aber einer Tante wie dieser würde ich ein Haus auf der Spitze des magischen Tindayaberges kaufen und hoffen, dass die Hexen sie holen oder in eine Ziege verwandeln, die sie ohnehin ist.«

»Sollen wir jetzt versuchen, Herrn Derndorfer zu erreichen?«

Der Hotelmanager grinste und schüttelte den Kopf: »Auf keinen Fall. Er ist zu seiner Finca gefahren, und seine Verlobte ist auch dort. Sollen die beiden sich ruhig noch eine Weile, eh, ausruhen, bevor er unter die Fuchtel dieses alten Monsters gerät. Ein Haus für Mülltonnen! Also wirklich. Steht in ihrer Suite schon der Obstkorb?«

Die Angestellte schüttelte den Kopf.

»Sehr gut«, nickte der Hotelmanager, »dann schicken Sie Frau Derndorfer sofort einen hinauf. Einen Korb mit nicht entstachelten Kaktusfeigen. Vielleicht versteht sie die Symbolik ja.«

26. Kapitel

Sie saßen noch immer zu dritt im Schatten des Säulengangs und schwiegen. Alle hatten genug von Verenas Worten gehört, um sich eine Menge Gedanken zu machen.

Gedanken, die alle mit Lügen, im besten Falle mit Illusionen und in jedem Fall mit Peinlichkeiten zu tun hatten. Vor dieser Situation versagte schließlich sogar Beatrices schlagfertiger Sarkasmus, und an vernünftigen Erklärungen gegenüber Daniel versuchte sie sich gar nicht erst. Er war so schrecklich wütend geworden, als sie Verena das mit deren Mutter an den Kopf geworfen hatte. Herrje, wenn es doch nun mal die Wahrheit war!

Nervös spielte sie mit den Knöpfen ihrer Safaribluse, die sie übrigens bis oben hin geschlossen hatte – so als brauche sie plötzlich wenigstens den Schutz von ein paar Zentimeter mehr Stoff.

Fabian starrte auf seine Boots. Sein Gesicht verriet Kummer und ärgerliche Selbstvorwürfe, wobei der Ärger nur unzureichend seine Schuldgefühle überdeckte. Er streckte seine Hand in Richtung eines Tischchens aus, um nach der Flasche Feigenschnaps zu greifen, den Daniel als Mittel gegen den Schock bereitgestellt hatte. Daneben lag einer stummen Anklage gleich Verenas Handy, dem sie ihre schonungslosen Wahrheiten über ihre Gefühle und die der anderen anvertraut hatte.

Fabian ließ die Hand wieder sinken. Er schüttelte

stumm, beinahe unmerklich den Kopf. Nein, Saufen half hier auch nicht weiter. Damit hatte er es zuletzt schon weit genug getrieben. Vor allem bei Raoul. Nur um sich ja nicht zu verraten, um zu vergessen, um sich wegzuknipsen, sich: den wahren Fabian Seiler, den er all die Jahre nur im Schutz der Anonymität hatte zu seinem Recht kommen lassen. Bevorzugt an exotischen Drehorten, nur unter Fremden, fernab von den Medien und seinem Publikum. Das war einfacher gewesen, als offen und ehrlich zu sein.

Verfluchte Insel! Er warf Daniel, der mit völlig ausdruckslosem Gesicht in den Patio schaute, einen scheuen Seitenblick zu. Wie hatte der Designer noch gesagt: »Auf Fuerte habe ich vielleicht mehr Wahrheiten über mich erfahren, als mir lieb war. Und es gab keinen Ort, um sich davor zu verstecken.«

Er hatte Recht gehabt. Irgendetwas an diesem wüstenhaften Eiland, das aussah, als habe Gott gerade erst mit der Schöpfung begonnen, indem er Wasser und Land getrennt hatte, zwang einen zur schonungslosen Selbstbetrachtung.

Sofern man sich nicht rund um die Uhr in den Touristenhochburgen verwöhnen, ablenken und bespaßen ließ, was zugegeben angenehm sein konnte, Fabian aber nach drei Wochen satt gehabt hatte.

Er hatte das andere Fuerte gesucht und war sich immer wieder selber begegnet. Darum war es ihm irgendwann immer schwerer gefallen, hier noch länger den TV-Sonnyboy zu geben, den Frauenschwarm, den beinahe sexsüchtigen Verführer und den Ex-Geliebten von Theresa Wiedemann, die er vorgeblich deshalb mied, weil sie ihn immer noch mit ihrer Eifersucht und ihren Avancen verfolgte. Er hatte seinen Job und seine Agentin verflucht. Alles Lüge, seinen Job liebte er, und seine ehemalige Geliebte Theresa Wiedemann hasste er aus einem ganz anderen Grund.

Sie kannte die Wahrheit über ihn und hatte ihn jahrelang damit – mehr oder weniger – erpresst, zumindest beherrscht und nach ihrem Willen gelenkt.

Nun: Nach Verenas Offenbarungen würde er mit all diesen Spielchen ein für alle Mal Schluss machen. Sie stand exemplarisch für das Unheil, das er im Leben anderer schon mit seinen Lügen angerichtet hatte – und in seinem eigenen.

Er hatte nicht nur dieser vielleicht reichlich naiven, bestimmt aber sehr leidenschaftlichen und aufrichtigen Künstlerin mit einem – von ihm längst vergessenen – Flirt sehr wehgetan, wie Daniel ihm fuchsteufelswild vorgehalten hatte. Er hatte die Verletzung auf Fuerte auch noch unwissentlich vertieft, indem er den Eindruck erweckt hatte, als wolle er nun mit Beatrice da weitermachen, wo er mit Verena bestimmt aufgehört hatte – kurz vor der Bettkante. Und das vor den Augen von Beatrices Verlobten, den er ziemlich nett fand, sehr nett sogar.

Das übliche Spiel eben, das er immer vor Publikum oder Presse abgezogen hatte, um die Wahrheit geschickt zu überspielen. Man brauchte die Frauen nur gegeneinander auszuspielen, und keine kam darauf, …

Daniel räusperte sich in Fabians Gedanken hinein. Er stützte sich mit den Handflächen auf den Innenseiten seiner Oberschenkel ab und erhob sich entschlossen.

»Ich werde Verena jetzt doch hinterherfahren. In anderthalb Stunden setzt die Dämmerung ein, sie hat ihr Handy nicht dabei, kein Wasser, keine Straßenkarte, nichts. Wenn sie sich in ihrer Aufregung verfahren hat, dann kann es hier in der Gegend bei Dunkelheit sehr unangenehm werden.«

Ärgerlich blickte Beatrice auf. Würde sich ihr so genannter Verlobter denn nie bei ihr entschuldigen?

Sie räusperte sich: »Mach dich nicht lächerlich! Wir befinden uns in einem Paradies für Massentouristen, von denen einige einen IQ unter Zimmertemperatur haben und die trotzdem klarkommen, solange es nur einen Wegweiser zum Buffet gibt. Was soll auf einer Insel wie Fuerte schon Abenteuerliches passieren? Hier gibt es ja nicht mal bissige Schlangen.«

Daniel steckte Verenas Handy in seine Hemdtasche und klopfte seine Hose nach seinen Wagenschlüsseln ab.

»Du unterschätzt die Insel, Beatrice, weil du sie nicht kennst und ihre Natur nicht wahrnimmst. Leichtsinn hat hier schon manchen Touristen in Gefahr gebracht. Die einen vergessen die Unterströmungen vor den wilden Stränden der Südwestküste und ertrinken, die anderen jagen sich und ihre Fun-Jeeps über halsbrecherische Pisten ins Unglück. In den Reisekatalogen steht davon natürlich nichts. Ich mache mir wirklich Sorgen. Verena wirkte so aufgewühlt, so völlig neben sich. Sie muss sich schrecklich gefühlt haben, nachdem du …«

Seine Verlobte runzelte verärgert die Stirn. Sie hasste es, zurechtgewiesen und belehrt zu werden, und noch mehr hasste sie Daniels offenkundige Besorgtheit. Unmöglich, diese spießige, opahafte Betulichkeit!

Verena war doch eine erwachsene Frau und, wie man heute Nachmittag gehört hatte, eine knallharte dazu. Aber das wollten Männer der sanften Madonna einfach nicht zutrauen. Sie wollten in ihr eine Heilige sehen, genau wie schon in Verenas Mutter, dieser waschechten

Scheinheiligen. Beatrice legte ihre Wut darüber in eine wegwerfende Handbewegung und gab ihrer Stimme einen ungewohnt harten Klang:

»Ich hab mich auf dem Weg hierhin auch verfranst, aber es sogar mit meinem Sportflitzer problemlos über Stock und Stein geschafft. Wenn Verena wirklich Pech hat, holt sie sich vielleicht einen Sonnenbrand auf der Nase. Das ist alles.«

Sie brach ab, ihr gefiel der Stahl in ihrer Stimme selber nicht. Sie klang kein bisschen amüsant und schon gar nicht souverän. Auf ein Neues! Sie zwang sich zu einem Lächeln, das leider nur knapp über dem Gefrierpunkt lag.

»Nun tu nicht so grimmig, Daniel. Wie ich unsere zartbleiche Madonna kenne, benutzt sie keine anständige Sonnenkrem. Eine rote Nase in so einem Gesicht ist ein Unglück – zugegeben – aber mit ein bisschen Make-up kann ich das leicht beheben, und sie ist wie neu und unbefleckt.«

Das klang wieder mehr nach ihr! Und tatsächlich drehte sich Daniel zu ihr um.

Sie erschrak über die Kälte seines Blicks. »Das hier ist kein Spaß, Beatrice. Wenn Verena die Zufahrt zur Hauptstraße verfehlt hat und in Richtung Südwesten unterwegs ist, kann sie auf eine der gefährlichen Küstenpisten geraten sein. Zunächst scheinen sie befahrbar, dann verlieren sie sich im Nichts. Erst vor zwei Monaten sind dort zwei Jeeptouristen abgestürzt. Einer von ihnen hat das Unglück nicht überlebt. Kein schöner Anblick. Ich war dabei, als sein zerschmetterter Körper geborgen wurde.«

»Das waren sicher betrunkene Halbstarke oder durchgeknallte Ballermanntypen. Einigermaßen vernunftbegabten Menschen passiert so was nicht«, warf Beatrice gelangweilt ein.

»Meinst du?«, fragte Daniel gepresst. »Du vergisst, dass mein Vater bei einem solchen Autounfall umgekommen ist.«

Damit wandte er sich ab und stapfte über den Hof. Beim Brunnen hielt er kurz inne, griff sich Verenas Tasche und warf einen flüchtigen Blick auf einen der herumliegenden Zeichenblöcke. Beatrice registrierte, dass er plötzlich gebannt war und mit beinahe zärtlicher Sorgfalt eine Skizze glatt strich und zwischen zwei leere Seiten steckte. Dann ging er weiter in Richtung seines Rovers, der vor der Finca geparkt war.

Beatrice sandte ihm einen wütenden Blick hinterher. »Wow, da reitet er fort in den Sonnenuntergang, der edle Cowboy mit der schweren Vater-Sohn-Wunde und dem Herzen aus Gold. Fehlt nur noch, dass Gofio den Lassie gibt und hechelnd angehetzt kommt, um ihn zu Hilfe zu holen.«

Fabian krauste mehr besorgt denn ärgerlich die Stirn. »Beatrice, lass das. Sarkasmus hilft dir jetzt nicht weiter. Gib lieber zu, dass du dich für deine unbedachten Bemerkungen schämst und Angst hast, Daniel zu verlieren. Zeig ihm endlich deine Gefühle, sonst richten sie sich am Ende gegen dich, glaub mir.«

Beatrice warf den Kopf in den Nacken und lachte. Das Lachen misslang und hallte hässlich von den Mauern des Innenhofes wider. Sie verstummte sofort und schaute Fabian fest an:

»Tut mir Leid, mein Lieber, aber dass gerade du mir Offenheit predigst, ist nun wirklich etwas bizarr – oder? Wärest du ein wenig früher offen zu *mir* gewesen, hätte ich mir eine Menge Schlamassel und den vergeblichen

Flirt mit dir erspart. Wenn, dann verliere ich Daniel deinetwegen. Und mit Daniel meine ganze Zukunft als finanziell unabhängige, kapriziöse, amüsante Zicke. Dabei beherrsche ich diesen Part am besten – auch wenn mein Verlobter das plötzlich verabscheut. Dieser Banause!«

Fabian legte den Kopf zur Seite und betrachtete Beatrice kopfschüttelnd, aber freundlich. »Hey, sei ruhig sauer auf mich. *Ich* hab es verdient. Aber wenn du Daniel magst, dann behandele ihn nicht so kühl. Warum hast du ihm nicht sofort erklärt, dass du ihn liebst, dass wir beide nichts, aber auch nichts miteinander hatten, was ihn eifersüchtig machen müsste? Du hättest nicht einmal lügen müssen.«

Beatrice strich ihre Haare nach hinten, reckte das Kinn. »Ich soll ehrlich zu ihm sein? Er hat mir bis jetzt nicht einmal die Wahrheit über die Finca hier gebeichtet. Schickt dich vor, um den Fincabesitzer zu mimen! Ich habe es satt, von allen Menschen, die mir nahe stehen, belogen zu werden. Und außerdem bettelt eine Beatrice Gabler nicht um die Gefühle eines Mannes. So wichtig wie Verena nehme ich diesen ganzen Emo-Kram wirklich nicht. Ich habe schließlich keine Lust auf frühe Falten und einen gesunden Stolz!«

Fabian beugte sich vor und schaute sie eindringlich, fast beschwörend an: »Den *ich* heute Mittag mit meinem Geständnis verletzt habe, nicht Daniel Derndorfer und nicht einmal diese Verena. Herrje, Beatrice! Daniel ist ein toller Mann, glaub mir. So einen findest du nicht unter tausend.«

»Du musst es schließlich wissen, nicht wahr?«

Fabian grinste unverschämt. »So ist das nicht gemeint. Was ich an Daniel schätze, sind sein Mumm, sein Charakter. Wer ist denn mit über vierzig Jahren schon noch bereit, sein Leben völlig umzukrempeln, um seinen Traum zu leben, statt sein Leben zu träumen! Egal was andere dazu sagen. Das ist ein waghalsigeres Abenteuer als eine Wüstendurchquerung ohne Kompass. Die Welt nimmt es übel, wenn man sich wirklich ändern will! Darum hat er dir das mit der Finca noch nicht erzählt. Neue Wahrheiten vertragen oft nicht mal deine besten Freunde oder deine künftige Frau.«

Beatrice hob spöttisch die Augenbrauen: »Merkst du eigentlich, dass du gerade nur über deine neuen Wahrheiten und über dich selber redest? Aber das ist ja wohl der Normalfall bei dir. Im Grunde hast du die größte und einzige Liebesaffäre mit deinem Ego.«

Fabian griff zur Schnapsflasche, füllte zwei Gläser und schob eines zu Beatrice hinüber.

»Salut! Auf unsere Egos und den Sonnenuntergang! Irgendwie sind wir zwei uns verdammt ähnlich, nicht wahr? Wir halten uns beide für den Mittelpunkt der Welt, nein, für ihren Daseinszweck. Und es gibt in unserem jeweiligen Umfeld wenige Menschen, die uns darin je widersprochen haben. Außer diese Verena.«

»Oder deine Theresa!«

»Erwähne sie nicht, sonst muss ich die ganze Flasche leeren. Also, auf unsere Egos und niemanden sonst.«

Beatrice nahm einen Schluck Schnaps und seufzte übertrieben kummervoll: »Wenn du das so sagst, werde ich richtig sentimental. Wir wären wirklich ein wunderbares Paar geworden.«

»In gewissem Sinne könnten wir das immer noch! Du suchst doch eine ernst zu nehmende Aufgabe. Ich hätte da eine vage Idee, die dir am Ende sogar Geld einbringen könnte, neben meiner Gesellschaft.«

»Wie viel Geld?«

»Moment, erst will ich Leistung sehen. Und zwar noch heute Abend. Alles, was du zu geben hast.«

»Das hättest du gestern Abend schon bei Mondschein und umsonst haben können.«

Fabian winkte mit gespieltem Ekel ab. »Hör endlich damit auf. Du weißt, dass ich das nicht meine. Ich denke an einen Auftritt. Im Hotel. Vor laufenden Kameras und Theresa.«

»Und wer spielt dabei die Hauptrolle?«

»Du, mein Schätzchen, du ganz allein. Falls Plan A funktioniert. Ich erwarte eine Meisterleistung! Es handelt sich um eine ganz simple Erpressung.«

»Aha. Und wenn die nicht funktioniert?«

Fabian grinste: »Dann werde ich selber auch noch einmal mitspielen müssen bei Fiesta Fuerte, aber keine Bange, als Duo sind wir bestimmt unschlagbar.«

27. Kapitel

Weiter weg im Süden erhoben sich die rundlich geschliffenen Vulkankegel vor Pajares. Die tief stehende Sonne schickte von Westen her orangefarbenes Licht über die Bergkuppen, ließ Hänge und Hügel rostrot leuchten, überglänzte sogar schwarze Lavabrocken mit einem Hauch von Gold. Die Schatten begannen zu wandern.

Die Dämmerung war Daniels liebste Tageszeit auf der Insel, sie erfüllte ihn immer wieder mit Frieden und hatte den schönsten Gemälden seines Vaters Stimmung und Ausdruck verliehen. Doch jetzt hatte Daniel keinen Sinn für das abendliche Naturschauspiel.

Konzentriert spähte er auf den Weg, der sich vor ihm durch eine für die Westküste typische Hügel- und Geröllllandschaft schlängelte. Wenn er sich nicht täuschte, erkannte er auf sandigen Abschnitten ab und an die Spur von Verenas Jeep zwischen anderen Abdrücken. Ja, das mussten sie sein. Ihr Jeep war mit extra breiten Reifen bestückt.

Bisher war die Künstlerin demnach noch nicht vom Weg abgekommen. Trotz aller Panik schien sie eine gute und konzentrierte Fahrerin zu sein. Halt! Hier hätte sie nach links schwenken müssen. Hatte sie aber nicht.

Daniel kniff die Augen zusammen, suchte den Boden vor sich ab. Der Sand und die hellen Steine leuchteten vollkommen golden, die Sonne gab ihre Abschiedsvorstellung. Er musste die Spur wieder finden, bevor es dunkel wurde.

Nein, entschied er nach einer Weile, nach rechts war sie ebenfalls nicht abgebogen. Am besten, er fuhr einfach geradeaus. Richtung Küste. Kein schöner Gedanke, dass sie dasselbe getan hatte. Kurz hinter der nächsten Hügelansammlung würde er einen Klippenweg erreichen, der sich nach einigen tückischen Windungen zu einem Pfad verengte und am Ende nur noch zu Fuß passierbar war.

Ärgerliche Sache, wenn man sich mit dem Wagen zu weit auf dieser Strecke vorwagte, die durch Steinschlag und Lawinen von Geröll übersät war. Der Weg zurück war mit dem Auto nur im Rückwärtsgang zu bewältigen – wenn man sich rechtzeitig zur Umkehr entschloss – und bescherte einem im günstigsten Fall einen steifen Nacken vom ständigen Kopfdrehen.

Daniel hatte das am eigenen Leib erfahren, als er einmal eine Abkürzung zu dem Bergfriedhof gesucht hatte, auf dem sein Vater beerdigt war.

Er würde diesmal rechtzeitig das Auto stehen lassen und den Pfad zu Fuß ablaufen. Hoffentlich täuschte er sich, hoffentlich war Verena nicht zu weit gefahren und stecken geblieben.

Mit der rechten Hand öffnete er die Klappe des Handschuhfachs. Gut, er hatte eine starke Taschenlampe dabei. Ihm konnte die Dunkelheit nichts anhaben. Ruckelnd nahm sein Wagen die erste Biegung des ehemaligen Ziegenpfades. Hier im Westen reichte das letzte Licht der Sonne immer noch, um die Strecke zu erkennen – und die Reifenspuren, die Verenas Jeep am späten Nachmittag hinterlassen haben musste. Die Spuren führten ganz klar nach vorn. Niemand hatte auf dem Weg zurückgesetzt.

»Mädchen, Mädchen«, brummte Daniel kopfschüttelnd. »Da hast du dir ganz schön was eingebrockt. Hoffentlich bist du jetzt zu Fuß unterwegs.«

Am besten in seine Richtung, denn weiter geradeaus geriet man immer tiefer in die Wildnis oder eben zum Bergfriedhof. Ein Ort, der bei Nacht sicher nicht gemütlich war.

28. Kapitel

Das Gesicht des spanischen Hotelmanagers spiegelte deutliche Enttäuschung. Theresa Wiedemann, die er als keifende und peitschenschwingende Dompteuse kennen gelernt hatte, wenn es um widerspenstige Schauspieler, aufsässige Filmtechniker oder zu langsames Hotelpersonal ging, hatte Lena Derndorfer nicht vom Set geworfen.

Sie hatte nicht einmal protestiert, als die alte Dame mit ihrem Herrn Doktor im Schlepptau über Kamerakabel stieg, Beleuchter zurechtwies – »Junger Mann, das Licht ist bei weitem zu hell für meine Augen« – und an einem der vordersten Komparsentische im Restaurant direkt vor der Hauptkamera Platz genommen hatte. Mit einer Frage an den Kameramann: »Bin ich auch schön voll im Bild?«

Sie war es. Entrüstet schüttelte der Hotelmanager von seinem Wachposten bei der Restauranttür aus den Kopf. Ein altes Gesicht – auch wenn es ein Charakterkopf wie der einer Lena Derndorfer war – störte doch normalerweise bei einer TV-Serie. Die wollten doch ein Publikum ab 19 und bis höchstens 49 Jahre! Befand endlich auch der Regieassistent und bemühte sich, Lena und Lessing auf einen der hinteren Plätze nahe einem Palmenkübel zu bugsieren. Mit Höflichkeit!

Das war ein Fehler, soviel wusste der Hoteldirektor sofort. Mit Höflichkeit ließ sich doch eine Lena Derndorfer nicht beeindrucken! Im Gegenteil. Höflichkeit war für sie nur ein Zeichen von Schwäche, die sie sich *nie* gestattete. Erst recht nicht gegenüber einem Regieassistenten.

»Junger Mann«, erklärte Lena dem viel zu freundlichen jungen Kerl, »ich habe diesen ganzen Rummel, den ihr hier abzieht praktisch mitfinanziert, genau wie Sie, Ihren Job und dieses Hotel. Also werde ich ja wohl mit ins Bild dürfen. Das Ganze soll ohnehin nur ein erweiterter Reklamespot werden und kein oscarverdächtiges Kunstwerk.«

»Das hat auch niemand behauptet, aber Sie werden einsehen, dass sich in einem Reklamespot hübsche, unverbrauchte Gesichter besser machen, eh, ich meine, mehr zum Hingucken animieren, nicht wahr?«

Lena maß den jungen Mann von oben bis unten, so als handele es sich um eine besonders scheußlich gekleidete Schaufensterpuppe. »Sie wollen beim Fernsehen Karriere machen und haben noch nie etwas vom Trend zum Reality-TV gehört? Dokusoap? Alltagsgeschichten? Ich bin echt und strahle so viel Realität aus, dass sie kaum auf den Bildschirm passt, verstanden?«

Der Regieassistent schien nicht dazulernen zu wollen und wählte – mit gleich bleibend freundlichem Gesichtsausdruck – eine letzte billige Ausflucht. »Tut mir Leid, gnädige Frau, aber Sie sind weder angemessen gekleidet noch geschminkt – für eine Fernsehaufnahme. Und eine zu blasse oder naseglänzende Reklame für Ihr Hotel wollen Sie sicher nicht abliefern. Morgen kann die Maske Sie bearbeiten, und unsere Designerin wird etwas Hübsches zum Anziehen heraussuchen.«

Lena Derndorfer wandte sich mit einem Blick kalter Geringschätzung zu Lessing hin: »Haben Sie das gehört?

Ich und nicht angemessen gekleidet. Das hat mir noch nie jemand ins Gesicht gesagt. Sie sind mein Zeuge, Lessing, dieser Schnösel hat mich bewusst beleidigt. Wir werden morgen Früh dafür sorgen, dass er ein Ticket nach Deutschland bekommt – auf seine Rechnung. Ich bezahle doch keine impertinenten Nichtskönner! Verschwinden Sie, Sie halbe Portion.«

Mit diesen Worten machte sie es sich in ihrem Stuhl gemütlich und winkte entspannt nach einem Kellner. Der tauchte – sehr zum Ärger des Hotelmanagers – tatsächlich auf und nahm ihre Bestellung entgegen, samt Schrumpelkartoffeln für Doktor Lessing. Der Hotelmanager ballte seine rechte Hand zur Faust. Das war ein echter Kellner, einer seiner Kellner, kein Komparse! Und das auf einem Filmset! Man konnte die alten Leutchen doch unmöglich hier essen lassen.

Spätestens an diesem Punkt musste Theresa Wiedemann zornbebend, Feuer speiend und keifend einschreiten. Der Hoteldirektor suchte mit den Augen verzweifelt den Saal nach ihr ab und entdeckte sie hinter einem Palmenkübel. Aufgeregt winkte er in ihre Richtung.

Theresa Wiedemann wandte sich nur ab. Sie hatte genug damit zu tun, Flüche, Verwünschungen und Stoßgebete auszusenden, eine Zigarette nach der anderen zu rauchen und Cognac in sich hineinzuschütten. So, als befände sie sich im Vorhof der Hölle anstatt in einem luftig gebauten Luxusrestaurant, dessen bodentiefe Fenstertüren sich in eine samtige kanarische Nacht – erfüllt von sanftem Meeresrauschen und Sternenblinken – öffneten.

Theresa Wiedemann, der gewöhnlich nicht das kleinste störende Staubkorn auf einer Kameralinse entging, hatte weder Augen für die Schönheit der Naturszenerie noch für groteske, alte Komparsen mit Diva-Allüren.

Sie hatte größere Sorgen, gigantische Sorgen, existenzielle Nöte: Ihr Star war endgültig abhanden gekommen. Der einzige Star der ganzen Serie, für den sie eine astronomische Gage ausgehandelt hatte, inklusive ihrer fünfundzwanzig Prozent. Von Fabian Seiler fehlte jede Spur. Es war vor dem Team nicht mehr zu verbergen, dass sie versagt hatte.

Während der Regisseur die Szene im Restaurant und auf der Terasse eingerichtet hatte, hatte er ihren Vertröstungen noch widerstrebend geglaubt: Fabian sei auf seinem Zimmer und studiere das Drehbuch. Fabian brauche Stille vor einem Auftritt … Nachdem der Regisseur die Kamerapositionen festgelegt und das Licht für gut befunden hatte, waren seine Fragen nach dem Hauptdarsteller allerdings bereits ungehalten ausgefallen. Seiler sei schließlich kein Hollywoodstar. Seiler sei durchaus ersetzbar. Theresa Wiedemann hatte versprochen, ihn SOFORT herbeizuschaffen, und war hinter der Palme verschwunden.

Als der Regisseur zwanzig Minuten später die harmlose Frage »Alle am Set?« gestellt hatte und ein »Nein« vom Regieassistenten die Antwort war, hatte er einen angemessenen Tobsuchtsanfall hingelegt, der einen ersten Preis für besonders glaubwürdige Darstellung verdient hätte.

Die Vorstellung endete mit den Worten: »Wenn Fabian Seiler nicht in einer halben Stunde da ist, werde ich Sie und Ihre Firma auf Schadenersatz wegen Drehausfall verklagen und dafür sorgen, dass Sie in der Branche für immer verbrannt sind. Für immer.«

Die Worte waren an Theresas Palme gerichtet gewesen und fanden allgemeinen Beifall – Theresa hatte sich ihre Feinde genau wie diese verbale Ohrfeige schließlich hart erarbeitet. Und Theresa wusste, dass die Drohung des Regisseurs keine Showeinlage war. Fabian war jahrelang ihr bestes Stück gewesen, ohne ihn im Angebot wäre sie in der Szene wirklich verbrannt.

Sie wusste allerdings nicht, wo zum Teufel sie noch nach Fabian suchen sollte. Was hatte diese dämliche Gabler-Ziege nur mit einer Finca gemeint? Theresa hatte keine Ahnung. Weshalb sie einfach weiter rauchte, trank, fluchte und nicht auf die Komparsen achtete, die in unmittelbarer Nähe von ihr saßen: Luise und Hermann.

»Gott, ist das aufregend«, flüsterte Luise eben und nippte sehr heimlich an dem dekorativen Drink, den man als Blickfang vor ihr postiert hatte, um von ihrem Gesicht abzulenken. Der Regieassistent hatte nämlich auch Luise als höchstens zweitklassige, weil über vierzig Jahre alte Statistin klassifiziert und unter der Palme platziert, hinter der Theresa fluchte und Luises »Huhu, Sie da« geflissentlich überhörte.

»Du, das ist die Managerin von Fabian Seiler«, flüsterte Luise ihrem Mann mit Verschwörermiene zu. »Ich glaube, die ist in ihn verliebt, aber Fabian hat sich in diese junge Frau verguckt. Diese Beatrice, die gestern mit uns vom Flughafen hierher ist. Nettes Ding, so witzig und eine Figur! Aber die ist mit dem Hoteldesigner verlobt. Der Hochzeitstermin ist sogar schon festgesetzt. Hier im ›Flores‹. In drei Wochen, dabei liebt sie einen anderen. Kannst du dir das vorstellen? Oh Hermann, so aufregende Ferien hatten wir noch nie. Dreharbeiten für eine TV-Serie, ein echtes Liebesdrama und wir mittendrin!«

Hermann zuckte nur mit den Achseln. »Was zu essen und ein anständiges Bier wären mir lieber. Das hier vor mir«, er deutete auf sein Glas, »hat gar keine Umdrehungen. Alkoholfrei! Widerlich. Wusste gar nicht, dass die Spanier so einen Schwachsinn auch schon herstellen. Ich dachte immer, Spanier wären noch echte Kerle und nicht solche Weicheier und Mittelspurschleicher wie wir. Alkoholfrei!«

»Aber Hermann, du musst doch einen klaren Kopf haben, wenn wir drehen.«

Hermann verzog den Mund. »*Wir drehen*? Wir? So ein Unsinn, Luise. *Wir* sitzen hier nur dumm rum, schwitzen uns im Scheinwerferlicht ein Schänzchen und bekommen lauwarme Plörre zu trinken. Wenn *wir* Pech haben, sitzen *wir* hier bis übermorgen. Du hast es doch gehört: Der Star ist auf Rolle. Irgendwo einen flott machen, nehme ich an. Der weiß wenigstens, was sich auf einer Urlaubsinsel mit zollfreien Alkoholika gehört. Und von wegen Fiesta Fuerte – wenn die hier so weitermachen, wird die Serie ein Schnarchprogramm, das nicht mal den letzten Sesselpuper interessiert.«

»Hermann! Wir stehen vor der Kamera! Bedenke mal deine Ausdrucksweise. Später schauen auch Kinder zu.«

»Wir *sitzen* vor der Kamera. Und die läuft nicht.«

Luise kiekste auf. »Schau mal, da kommt Beatrice, meine Freundin! Mit der kriegen wir bestimmt einen besseren Platz beim Dreh. Ganz vorne, damit unsere Nachbarn uns später auch sehen können.«

»Das fehlte mir noch!«

»HALLO! Beatrice. Hallo, hier sind wir. Wo ist denn Ihr Schatz, Ihr Fabian? BEATRICE.«

Das letzte »Beatrice« brachte zunächst einmal Theresa Wiedemann auf den Plan. Leicht schwankend krallte sie sich in ein Palmwedel und schob sich vor Luises und Hermanns Tisch. »Wo, wo ist das Miststück? Raus mit der Sprache. Sie, Sie Komikerduo.«

»Gehört das zur Szene?«, fragte Hermann irriiert. »Oder darf ich auch unhöflich werden?«

Luise schüttelte den Kopf und erhob sich winkend. »Nee, Hermann, die ist einfach voll wie tausend Russen. Du darfst so unhöflich werden, wie du willst. Beatrice! Bea …«

Die wandte sich endlich zum Palmentisch um, erkannte Theresa Wiedemann und setzte ein Raubtierlächeln auf. Mit elegantem Hüftschwung wollte sie sich zwischen den Tischen zu ihrer Lieblingsfeindin durchschlängeln, wurde aber von Lena Derndorfer und deren Handtasche abrupt gestoppt.

»Moment mal, junge Dame!«

Beatrice warf einen Blick nach unten, erkannte sofort eine neue Gegnerin und schaltete von Raubtier auf Katzenschnurren. Dieser Abend war eine echte Herausforderung! »Oh, Tante Lena. Du hier? Du willst Daniel sicher überraschen. Ich nehme an, dir geht es also viel besser. Fein. Hier läuft soweit auch alles nach Plan. Ich habe Daniels Finca bereits besichtigt. Der Gute traut sich nicht einmal zuzugeben, dass er die Bruchbude gekauft hat. Keine Bange also, er wird das Ding …«

Lena schnitt ihr mit herrischer Handbewegung das Wort ab. »Quassel keine Bandwürmer und setz dich, Fräulein. Meine Pläne haben sich entschieden geändert. Darum bin ich hier.«

Beatrice runzelte mit gespieltem Entsetzen die Stirn. »Geändert? Aber Tante Lena, möchtest du etwa, dass Daniel die Finca behält? Ich sag dir, das lohnt nicht. In dem Schuppen gibt es kein halbwegs anständiges Badezimmer, nicht einmal ein Telefon, es würde ein Vermögen kosten, dass Ganze wieder herzurichten und wofür? Reiche Künstler mit einem Hang zu Einsamkeit und frugaler Lebensweise sind auf Fuerte ungefähr so dicht gesät wie deutsche Eichen und das Alpenveilchen.«

Lena griff nach Beatrices Arm und wollte sie auf einen Stuhl neben sich ziehen. »Reich und Vermögen sind die richtigen Stichwörter, mein Mädchen. Ich bin nicht wegen Daniels verflixter Finca hier, sondern um über dein Vermögen zu reden. Wie hoch ist es eigentlich – noch?«

Beatrice entwandte sich Lenas Griff. Lessing erkannte deutlich, dass sie unter ihrem dezenten Make-up blass wurde, und wollte eben im Namen der Liebe einschreiten, als ein wutentbrannter Regieassistent ihm dazwischen kam – im Namen der Dreharbeiten.

Mit einem Klemmbrett in der Rechten und einer wütend geballten linken Hand pflügte er sich zwischen den Tischen durch, stieß Beatrice beiseite und ranzte – diesmal unter Verzicht auf Höflichkeit – Lena an:

»Sagen Sie mal, was soll das hier? Ich habe Ihnen zwar gestattet, an diesem Tisch Platz zu nehmen, aber das bedeutet noch lange nicht, dass *Sie* hier irgendwas zu erzählen haben, geschweige denn private Dramen abziehen dürfen. Die Schauspieler und der Regisseur leisten anstrengende Arbeit, sie müssen sich vollständig konzentrieren können.«

Lena verlagerte ihre Wut und ihren vernichtenden Blick für einen Moment auf den Filmmann. »Anstrengende Arbeit? Davon sehe ich aber nichts. Die Schauspieler stehen rum und bohren sich in der Nase, und Ihr Regisseur tätschelt diesem kurvigen Etwas in dem knappen Bikini eben den Po. Hat die vielleicht vergessen, was sie damit machen soll? Ich jedenfalls kann Ihnen sagen, was Sie mit Ihrem Hintern machen sollten: Schwingen Sie ihn von dannen. Ich habe wichtige Geschäftsgespräche zu führen.«

Beatrice konnte sich nun denken worüber und machte sich aus dem Staub. Dieses Problem musste warten. Am besten, bis sie mit Daniel ganz im Reinen war und eine Tante Lena ihr nichts mehr anhaben konnte. Jetzt ging es erstmal um Fabian, besser gesagt, um seinen Auftrag.

In wenigen Sekunden war Beatrice bei Theresa Wiedemann, nickte der hocherfreuten Luise kurz zu, legte den Zeigefinger verschwörerisch an die gespitzten Lippen und zog Fabians Agentin hinter die Palme.

Vorsichtig spähte sie zwischen den grünen Wedeln zu Lenas Tisch hinüber. Die alte Dame sah sich suchend im Raum um. Sie hatte Beatrices Spur verloren, und Doktor Lessing, der sicher etwas gesehen hatte, widmete sich demonstrativ seinen Schrumpelkartoffeln.

Ein reizender alter Trottel, fand Beatrice. Der hatte Lena bestimmt bereits Vorträge über den Wert der Liebe und die Bedeutungslosigkeit von Vermögen gehalten.

Theresa Wiedemann zog an Beatrices Bluse, geriet dabei ins Schwanken und krallte sich gleich in Beatrices ganzen Arm. »Wo, wo ist Fabian, verflucht? Er ruiniert mich noch. Hicks, oh.«

Beatrice wandte sich zu ihr um, betrachtete kopfschüttelnd das riesige Cognacglas in Theresas Hand. »Ich glaube eher, dass der Schnaps Sie ruiniert. So was schadet dem Teint. Ich rate in jeder Lebenslage zu Champagner. Der macht lustig, nicht dümmer, als man ohnehin schon ist, und darf als beinahe nichtalkoholisches Erfrischungsgetränk bezeichnet werden.«

Theresa warf ihr das Cognacglas wutentbrannt vor die Füße, es zerklirrte auf dem Steinboden in tausend Splitter: »Schluss mit Ihren Matz …, eh Mätje …, eh Matz …«

»Ja, was denn nun? Matjes? Gute Idee nach so viel Cognac. Aber ich fürchte, auf Fuerte sind nordholländische Heringsspezialitäten weitgehend unbekannt. Möchten Sie vielleicht ein paar extrascharfe Oliven mit Anchovis? Die sind ausgezeichnet.«

Theresa sah aus, als kreisten ihre Gedanken ausschließlich um verschiedene Tötungsarten: Erwürgen, erstechen, vergiften, erschlagen …

»Okay«, sagte Beatrice, »kommen wir zum Geschäftlichen. Sie wollen Fabian, und ich habe Fabian. Wenn Sie unsere Bedingungen erfüllen, retten wir Sie vor dem sicheren Ruin und ziehen diese Schwachsinns-Serie hier durch mit Fabian als fantastischem Liebhaber. Den besten Seiler, den es je gab.«

»SIE MICH RETTEN?« Theresa war eine perfekte Studie der Entrüstung.

Bevor Beatrice antworten konnte, brüllte der Regisseur nach Ruhe. »Wir beginnen jetzt mit einer Totale. Zunächst ein langer Schwenk übers Restaurant, Atmostudie ohne Text und Hauptdarsteller, nur für den Trailer.

Alle Komparsen auf ihre Plätze. Kellner in Position. Und Sie da, ja Sie, hören Sie auf mit der Gabel in dem Kartoffelhaufen vor Ihnen rumzugraben. Sie werden hier nicht fürs Essen bezahlt. Das sieht ja unappetitlich aus. Nach der Totale will ich Sie überhaupt nicht mehr im Bild haben.«

Lessing öffnete protestierend den Mund, der Regisseur ließ ihn nicht zu Wort kommen.

»Eine neue Portion Kartoffeln für den Kerl. Und darin«, er wandte sich nochmal an Lessing, »stochern Sie gefälligst nicht mehr herum, sondern gucken einfach angemessen begeistert. Mal was anderes als ewig nur Seniorenteller, so muss das aussehen. Herrje, diese Wiedemann kann ja nicht mal Komparsen aussuchen! Der Dreh ist ihr letzter, wenn der Seiler wegbleibt.«

Hinter der Palme verzog Beatrice wie unter Schmerzen das Gesicht. »Autsch, sieht schlecht für Sie aus, Frau Widermann. Ich erweitere mein Angebot: Den Senior und seine Schrumpelkartoffeln schaffe ich Ihnen gratis und als Bonusleistung vom Hals. Samt der Krawallschachtel, die neben ihm sitzt. Ich meine, die Werbepausen zwischen der Serie sollen ja wohl kaum mit Kukident und Rheumadecken gefüllt werden – oder? Also, wollen Sie Fabian wieder sehen?«

»Was sind Ihre Bedingungen?«, fragte eine kurzzeitig fast ernüchterte Theresa Wiedemann.

»Lösen Sie Ihren Knebelvertrag mit Fabian, dann tritt er ein letztes Mal für Sie auf. In Fiesta Fuerte. Danach werde ich seine Managerin. Die Filmbranche liegt mir, vor allem die vielen Haifische im Bassin. Ich brauche so eine Herausforderung.«

»Niemals!«

Beatrice streckte ihre linke Hand vor sich aus und begutachtete gelangweilt ihre Fingernägel. »Dann sind Sie ruiniert, Frau Widerlich.«

Theresa stieß ein schrilles Lachen aus. »Ich? Ich werde Ihnen sagen, wer dann ruiniert ist. Fabian, der sexy Bad Boy Fabian Seiler.«

»Sie bluffen erbärmlich.«

Im Restaurant rief jemand »Ruhe am Set!« Und dann: »Action.« Professionelles Statistengemurmel setzte ein, Geschirrklappern und einstudierte Kellnerrufe sorgten für die geforderte Restaurantatmo, Klavierklimpern ertönte.

Hinter der Palme trat Theresa drohend auf Beatrice zu. »Sie denken, ich bluffe?«, zischte sie. »Fabian wird nie mehr eine Rolle bekommen, wenn ich öffentlich mache, was für eine peinliche Rolle er jahrelang vor seinen Fans gemimt hat. Seinen hauptsächlich weiblichen Fans. Solche Lügen nehmen Frauen gewöhnlich übel.«

Beatrice markierte ein ausführliches Gähnen. Dann senkte sie ihre Stimme zu einem Flüstern: »Sie sind zwar blöd, aber so blöd nun auch wieder nicht. Sie werden nicht zwei Karrieren ruinieren, statt Ihre zu retten. Nein, das machen Sie nicht.«

Statt zu antworten, nahm Theresa einen kräftigen Zug aus der Cognacflasche, die in der Palme steckte, und schob ihre Widersacherin genau wie die Palmwedel, die sie verbargen, zur Seite. Dann ging sie nach vorne, zur Hauptkamera. Sie strich ihren Rock glatt und rief mitten in die Szene hinein: »Schnitt!«

29. Kapitel

Daniel hatte bereits einen vierzigminütigen Fußmarsch hinter sich. Mit jeder weiteren Wegbiegung, jedem weiteren Stück leeren Pfades wuchs seine Angst. Wo steckte Verena nur? Besser gesagt, wo war der Jeep? Ein Fahrzeug konnte sich doch nicht einfach in Luft auflösen oder fliegen, was angesichts der gewaltigen Steinhügel und Felsbrocken, die zu überwinden waren, die Erfolg versprechendste Fortbewegungsart für ein Auto gewesen wäre.

Sorgfältig suchte er mit der Taschenlampe das Geröll und die tiefen, kiesdurchsetzten Wegfurchen vor sich ab. Es war unmöglich, inmitten dieser Steinwüste noch deutliche Reifenspuren auszumachen, obwohl ein freundlicher Mond zusätzlich sein blassgraues Licht darübergoss.

Der Lichtkegel von Daniels Lampe streifte den Klippenrand. Verflucht nah der Steilhang. Ab jetzt wurde der Weg richtig eng. Hoffentlich war sie hier nicht lang gefahren. Oder war sie es doch? War sie vielleicht …

Daniel biss sich auf die Lippen, trat vorsichtig an den Rand der Klippe und tastete mit dem Lichtstrahl die schroff abfallende Felswand ab, Zentimeter für Zentimeter. Immer ein Stückchen tiefer.

Ginster krallte sich in Steinspalten, wilder Salbei zitterte im leisen Nachtwind, unten fauchte das Meer. Das Licht blieb an einer Felsnase hängen – nichts. Noch ein paar Meter, dann erfasste der Schein der Taschenlampe, ganz schwach und sehr diffus das bleiglänzende Wasser am Fuß der Küste, Wellengekräusel, Gischtspritzer. Sonst nichts. Keine Spur von einem abgestürzten Jeep.

Erleichtert setzte Daniel seinen Weg fort. Er musste sich vorhin getäuscht haben. Ganz klar. Die Jeepspuren, die er am Anfang des Klippenpfades entdeckt hatte, gehörten nicht zu Verenas Wagen. Nie und nimmer hätte eine unkundige Fahrerin sich so weit vorgewagt. Nie und nimmer, Verenas ruhiges, zartes Gesicht tauchte vor ihm auf. Das war nicht das Gesicht einer verwegenen Abenteurerin. Sicher hatte er sich vollkommen getäuscht: Sie war nie hier gewesen.

Er war einfach ein gebranntes Kind, noch immer bestürzt und traurig, weil sein Vater auf diese Weise umgekommen war, bevor sie sich einander hätten annähern können. Es war ein Unfall bei Nacht gewesen, auf ebenso einsamer Piste, wahrscheinlich war Leonhart Derndorfer auf Motivsuche gewesen. Dämmerungs- und Nachtbilder waren am Ende seiner Karriere sein Steckenpferd gewesen. Ja, Nachtbilder.

Der Vater hatte in einem seiner wenigen Briefe an ihn erklärt, nachts gäbe es ein sehr besonderes Licht, gäbe es Schatten und Konturen, Gestalten und Bilder, die sich zu malen lohnten. Was für ein Kauz. Ein sturer Kauz, immer auf der Suche nach neuen Erfahrungen, visuellen Erregungen.

Ein echter Künstler eben. Für ein Motiv tat er alles, scheute keine Gefahr. Kunst kam wirklich von müssen, nicht allein von können. Verena hatte Recht. Deshalb hatte sie heute Morgen auch das Geisterschiff am Playa de Gracey vergessen, um das Naheliegende zu zeichnen – die Finca, den Springbrunnen und Gofio. Kleine Studien nur, aber hinreißend zart und das Wesentliche einfangend. Diese Zeichnungen sprachen eine so andere Sprache als Verenas grober, verbitterter Ausbruch am Telefon. Eigentlich müsste er gehörig wütend oder verletzt sein über die scharfen, boshaften Urteile einer ihm ziemlich unbekannten Frau über seine Verlobte und ihn. Was hatte sie sich in seine Beziehung zu Beatrice einzumischen? Aber Daniel war nicht wütend.

Im Gegenteil, beim Gang durch die Nacht – der trotz aller Sorge um Verena auch erfrischend und sehr besinnlich war – spürte er, dass der Ausbruch der jungen Frau für ihn etwas Klärendes gehabt hatte. Verena hatte ausgesprochen, was er sich nicht hatte eingestehen wollen: seine Zweifel an Beatrices Gefühlen. Seine Zweifel an der schnellen Eheschließung, seine Zweifel an seinen eigenen Gefühlen.

Sicher, Beatrice war amüsant und so erfrischend anders, als seine erste Frau Susan es gewesen war. Vor allem großzügiger, unbekümmerter, sorgloser – und schamloser. Beatrice war eine ständige Provokation und Herausforderung. Ihre ganze Art war eine hemmungslose Liebeserklärung an das Leben. An *das* Leben? Nun, an ihre Art von Leben, dem das seine früher verdammt ähnlich gewesen war: bunt, abwechslungsreich, voll gestopft mit illustren Menschen und Partyterminen, anregenden Gesprächen, ständigen Ortswechseln …

Daniel merkte, das sein Herz wilder zu schlagen begann. Er hielt kurz inne, löschte die Taschenlampe in seiner Hand, schloss die Augen und atmete die – hier an der Westküste – angenehm kühle, atlantische Nachtluft ein. Er liebte den Jodgeruch des Meeres, den Geschmack nach Tang und Salz in der Luft. Er liebte sogar das an einigen Stellen unverkennbare Aroma, das der Kot der unzähligen Wildziegen Fuertes hinterließ.

Er liebte diese Insel, die Gleichförmigkeit ihrer vulkanischen Natur, die oberflächliche Eintönigkeit, hinter der es so viel Ursprüngliches, so viel Wesentliches, so viel Unveränderliches und doch im Detail immer wieder Neues zu entdecken gab. Für Menschen, die sich ihrem eigenen, inneren Reichtum öffnen konnten, statt nach ständigen äußeren Ablenkungen von sich selbst zu suchen. Menschen wie sein Vater oder eine Verena es waren und *er selber* es werden wollte.

Kurz: Er liebte *dieses* Leben, ein beschauliches Leben. Er liebte es mehr als Beatrice, und er war sich mit einem Mal vollkommen sicher, dass er auf seine Finca nie verzichten würde. Genauso wenig wie auf einen Neuanfang hier und nirgends sonst und – höchstwahrscheinlich – ohne Beatrice.

Ein Gefühl von Erleichterung durchflutete Daniel. Alles war doch ganz einfach. Er würde keine Ausflüchte mehr suchen, keine Lügen, um irgendjemanden zu schonen: seine Verlobte nicht, seine Tante nicht, niemanden, absolut niemanden.

Mehr als ein, zwei gelegentliche Aufträge an anderen Orten der Welt würde er im Jahr nicht mehr annehmen. Und das nur, um genug Geld für die Sanierung und Bewirtschaftung der Finca zu verdienen. Er würde die Bilder seines Vaters ausstellen und zu Künstlertreffen einladen, er würde der kanarischen Kunst einen weiteren Ort schaffen. Lanzarote war Manriques Werk, Fuerte sollte – wenigstens in ersten Ansätzen – auch sein Werk werden. Daniel nickte. Er würde ein gutes Leben führen. Und diese plötzliche, kompromisslose Entschiedenheit hatte er also Verenas Ausbruch vom Nachmittag zu verdanken!

Er würde es ihr erzählen. Er würde ihr über ihren

verständlichen Anfall von Panik, Scham und Schuldgefühlen hinweghelfen. Er würde die ganze Nacht mit ihr reden, seine Pläne erklären. Sie würde ihm zuhören, da war er sich sicher. Und sie würde nicht nur zuhören. Er konnte sich lebhaft das Leuchten ihres Gesichtes vorstellen, wenn es um künstlerische Pläne ging, wahrscheinlich war sie eine leidenschaftliche Rednerin, wenn es um dieses Thema ging. Leidenschaftlich wie am Nachmittag – nur nicht verbittert, sondern enthusiastisch, voller Energie, Kraft.

Daniel knipste die Taschenlampe wieder ein und beschleunigte seine Schritte. Er würde – nur zur Sicherheit – den Weg bis zum Bergfriedhof gehen, der nicht mehr weit weg war. Dann würde er umdrehen und Verena dort suchen, wo sie sich wahrscheinlich befand: im Hotel, vielleicht auf der Finca, um ihre Sachen zu holen oder sich zu entschuldigen oder vielleicht bereits am Flughafen, um ihre Flucht perfekt zu machen.

Egal, wo sie war, er würde sie finden. Er musste sie finden, denn er brannte darauf, die Frau näher kennen zu lernen, die ihm zu so einem Durchbruch verholfen hatte. Er freute sich auf ihr Gesicht, darauf es ganz genau anzusehen und in sich aufzunehmen.

Hinter der nächsten Kurve erkannte er, dass er sich zu früh auf das Wiedersehen gefreut hatte. Vor ihm versperrte ein Jeep in atemberaubender Schräglage den Weg beinahe vollständig. Es war Verenas Leihwagen, kein Zweifel. Daniel erkannte es an den extrabreiten Reifen, die das Unheil jedoch nicht hatten verhindern können. Er rief laut den Namen »Verena«. Er erhielt keine Antwort.

30. Kapitel

SCHNITT«, brüllte Theresa Wiedemann ein zweites Mal.

»Wie bitte?«, brüllte der Regisseur mehr drohend als fragend zurück. Und dann – als er Theresa erkannt hatte – nur noch ein »SIE!«, das wie ein Todesurteil klang.

Die Verurteilte nahm es gelassen, ging mit ein wenig unsicheren Schritten zur Mitte des Saales, holte tief Luft und begann mit jener überdeutlichen Betonung zu sprechen, die den leicht bis mittelschwer Besäuselten kennzeichnet.

»Mehrerererere, eh, viele von Ihnen haben sich gefragt, wo der Hauptsdarsch – hicks, pardon – der Darsch, eh, Schtar unserer Serie ist. Nun, ich kann es Ihnen sagen. Fabian Seiler will sich nicht vor Ihnen verstäggen. Im Gegenteil.«

Pause, Luftholen, Buchstaben sortieren. »Er is auch nich.« Pause, wo sind die verflixten T geblieben? Ah, da. »Er isttt nichtttt Opfer seiner Partysucht und vom Alohol, eh Alihol, also seiner Schwäche für Schnaps geworden.«

An dieser Stelle musste Theresa gegen ein leichtes Schwanken ankämpfen. Sie fing sich, indem sie einen Komparsenkellner beim Arm fasste, dem daraufhin ein mit Champagnergläsern bestücktes Tablett entglitt. Theresa entschied sich für eine stark gekürzte Version ihrer Ansprache:

»Fabian Seiler hat auf Fuerte sein Coming autsch erlebt. Ffffatal für seine FFFans, aber wahr. Er möchte jetz so leben, wie er fühlt, und seine Karriere als Frauenliebling im TV beenden. Die Wahrheit«, bei diesem Wort musste Theresa heftig kichern, »iss ihm wichiger als Geld!« Gemurmel erhob sich, bald erfüllte chaotisches Stimmengewirr den Saal. Vergeblich verlangte der Regisseur nach Ruhe.

Luise, die den Auftritt mit angehaltenem Atem und offenem Mund verfolgt hatte, schnappte nach Luft. »Was meint die mit dem Unsinn, Hermann? Was soll das? Wo ist Fabian? Die ist ja völlig betrunken.«

»Die Glückliche!« Hermanns Gesicht zeigte ein strahlendes Grinsen. Er zog einen Pesetenschein aus der Brusttasche und wedelte damit in Richtung eines Hotelkellners, der sich als Zuschauer am Restauranteingang herumdrückte. »Cerveza con Alkohol, por farvor! Mann bin ich froh, dass der Affenzirkus hier ein Ende hat.«

Luise schaute ihn verwirrt an. »Wieso ein Ende? Was hat Fabian Seiler denn nun? Geht's ihm nicht gut?

Hermann zuckte schmunzelnd die Achseln: »Keine Ahnung, Schatz, aber du solltest tolerant sein. Schwulsein ist wirklich keine Krankheit.«

Luise verschlug es die Sprache, dafür sagte die Palme hinter ihr laut und deutlich: »Diese Tusse ist tatsächlich dümmer als drei Reihen Feldsalat!«

Beatrice trat hinter der Pflanze vor.

»Na erlauben Sie mal«, protestierte Hermann immer noch schmunzelnd, »zwei Reihen tun es auch. Meine Luise war nur kurzzeitig von Herrn Seilers Schauspielkunst geblendet, und da war sie wohl nicht die Einzige.«

»Ich meine nicht Ihre Frau«, knurrte Beatrice unwirsch.

»Ich meine Theresa Wiedemann. Wie kann sie den armen Kerl so reinreißen. Und mich dazu. Gerade jetzt, wo wir am Beginn einer neuen Karriere standen, und ich …« Sie stoppte mitten im Satz.

An der Haupttür zum Restaurant kam noch größere Unruhe auf. Dann war es mit einem Mal still. Fabian Seiler – schwul oder nicht – verstand es immer noch, einen Auftritt hinzulegen, der einen ganzen Saal zum Schweigen brachte. Eine Zigarette im Mundwinkel, ein Glas in der Hand – ganz im Stil des frühen Frank Sinatra – blickte er sich unverschämt gelassen um, entdeckte Beatrice und knipste sein Lächeln an. DAS Lächeln, er machte eine unverschämt auffordernde Kopfbewegung, die so viel wie »Komm rüber« heißen musste, besser »Komm rüber, Babe!«

»Mein Gott ist der gut«, seufzte Beatrice und schwebte – auch das eine perfekte Vorstellung in der Rolle des gerade bekehrten und nur deshalb hingebungsvollen Vamps – durch den Saal auf ihn zu. Fabian empfing sie mit offenen Armen zum Kuss.

War das ein Kuss! Kuss? Kino war das – mit Musik und in Breitwandformat. Weder Fabian noch Beatrice hatten vergeblich ein Leben lang geprobt, beim Küssen so verführerisch und vorteilhaft wie möglich auszusehen. Der ganze Saal hielt die Luft an, irgendwer murmelte »Action«, dann schrie Theresa Wiedemann: »Er ist ein Lügner! Glauben Sie mir! Das ist alles Lüge, Show, Pfusch. Ich war mal mit ihm zusammen, bis er mir alles gebeichtet hat. Er mag keine Frauen. Der Mann IST homosexuell.«

Lena Derndorfer lehnte sich befriedigt in ihrem Stuhl zurück. »Wenn der schwul ist, bin ich Greta Garbo.«

Ihr Tischpartner, der eben von seiner neuen Portion

Kartoffeln probieren wollte, schaute auf: »Der Mann ist Schauspieler, Lena, so ein Kuss beweist gar nichts.«

»Mein lieber Lessing, er beweist, dass Beatrice meinen Neffen nicht lieben kann, und das genügt mir. Unser kleines Problem hat sich von selbst gelöst. Sie hat keinen Pfennig Geld, ist untreu und überhaupt ein unberechenbares Luder.« Lena machte eine kurze Pause, so als müsse sie ihren eigenen Worten nachlauschen. »Eigentlich beeindruckend im Ganzen, aber nichts für meinen Daniel. Der ist ab sofort wieder ein freier Mann und kann tun und lassen, was er will.«

Der Arzt ließ von seinen enttäuschend kalt gewordenen Kartoffeln ab: »Besser gesagt, er kann wieder tun und lassen, was *Sie* wollen, nicht wahr? Zum Beispiel die Finca verkaufen, hm?«

»Es ist ganz in seinem eigenen Interesse, die Bruchbude sausen zu lassen und auf meinen diversen Mondgrundstücken weitere Hotels wie dieses hier zu bauen. Schließlich kann er von mir leider kein Millionenerbe mehr erwarten. Wenn er sich ordentlich anstrengt, wird er es allerdings auch nicht brauchen. Und Arbeit ist bei Liebeskummer die beste Medizin.«

Ihr Begleiter sprang auf und warf wutentbrannt seine Serviette auf den Tisch. »Woher wollen *Sie* das wissen? Sie haben doch niemals Kummer mit der Liebe gehabt. Oder Freude daran. Oder Sehnsucht danach. Oder einen Blick dafür! Sie sehen die Liebe ja nicht mal, wenn sie jahrelang vor Ihnen steht, Sie am Ärmel zupft oder Ihre Backe kneift oder Ihren Puls fühlt oder …«

»Lessing, was soll der peinliche Ausbruch? Noch dazu in der Nähe einer Kamera! Bellen Sie schon wieder den Mond an? Ich hasse es, wenn Sie sentimental werden. Und eine Frau wie Beatrice bietet dafür nun wirklich wenig Anlass. Poussiert mit Schauspielern herum, deren betrunkene Ex-Geliebte zu peinlichen Auftritten in der Öffentlichkeit neigen. Ich habe sie wirklich für klüger gehalten, aber anscheinend taugt die Jugend wirklich nichts mehr.«

»Beatrice! Beatrice! Sie begreifen aber auch gar nichts. Ich gehe jetzt nach draußen. An die Bar. Den Mond anbellen und mir einen hinter die Binde kippen!«

Damit verschwand der Arzt in Richtung der Fenstertüren. Bevor Lena Derndorfer ihm und ihrem Appetit auf einen doppelten Sherry folgen konnte, wurde sie vom Hoteldirektor gestoppt. Ärgerlich runzelte sie die Stirn:

»Was ist? Wollen Sie mir jetzt die Poolbar verbieten? Sie wissen doch, dass Sie bei mir keine Chance mit so was haben.«

Der Hoteldirektor knurrte einen spanischen Fluch, verdrehte die Augen und setzte dann ein betont freundliches Lächeln auf. »No Señora. Die Filmarbeiten sind gestoppet, Sie konnen gehen, wohin Sie wollen. Vielleicht fur immer? Ich meine, die Filmarbeiten sind wohl explodiert ...Der Regisseur hat eben eine Flugticket bestellt! Unde die Produzentin Theresa Wiedemann ist auch nichte zu sehen. Nix mehr mit Serie in Fernsehen. Aus. Geplatzt.«

»Geplatzt?«, warf Lena entsetzt ein. Der Mann nickte eifrig wie ein Einserschüler.

»Sí, sí. Schade für die Hotel unde schade um Ihr viel Geld, aber was will man machen?« Befriedigt registrierte er, dass Lena Derndorfer rund um ihre bemerkenswerte Nase erblasste.

»Papperlapapp. Reden Sie keinen Unsinn. Der Hauptdarsteller ist wieder aufgetaucht, ein Regisseur lässt sich ersetzen, und mit dem auftraggebenden TV-Sender werde ich morgen neu verhandeln. Mich interessiert auch mal das Drehbuch. In der ganzen Serie scheinen ja überhaupt keine vernünftigen, halbwegs bekleideten und halbwegs erwachsenen Menschen vorgesehen zu sein, die genug Geld haben, um hier Urlaub zu machen. So, und jetzt gehen Sie mir aus dem Weg. Ich will an die Bar.«

Der Hoteldirektor schüttelte den Kopf: »No, no Señora. Vorher müssen Sie an die Telefon.«

»Wer sagt das?«

»Ich. Deswegen habe ich Sie doch angehalten. Da iste eine Anruf aus Deutschland für Sie. Eine Frau Molch?«

»Kenne ich nicht. Machen Sie Platz.«

»Es iste dringend!«

»Das stimmt, ich hatte noch keinen Sherry heute.« Lena Derndorfer schob den Manager energisch zur Seite und rauschte in Richtung Terrasse. Der Hotelchef kramte in der Tasche seines schwarzen Abendjacketts nach einer Telefonnotiz, buchstabierte sich leise den notierten Namen vor und rief dann quer durch den Saal.

»Der Abruf kommte von Frau Malchow. Sie lässt grüßen und sagt, es geht um die Gift …« Er unterbrach sich, krauste verwundert die Stirn und las noch einmal. »No, um die Mitgift! Ich soll Ihnen sagen, es iste genug Geld da.«

»Wo?«, fragte Lena Derndorfer, die sich jäh umwandte.

Der Manager zuckte mit den Achseln. »Das ich nicht weiß. Es iste nicht mein Geld!«

»Sie Trottel, ich meine das Telefon, nicht das Geld!«

31. Kapitel

Bei genauerem Hinsehen konnte Daniel rekonstruieren, was geschehen war: Bei dem Versuch einen tückischen Geröllhügel zu überwinden, war der Jeep in Richtung Steilküste abgerutscht und schließlich zur Seite weggekippt. Ein einzelner Felsbrocken direkt am Rand der Klippe hatte den Absturz in die Tiefe verhindert, indem er sich in die Beifahrertür gebohrt hatte. Ein echter Glücksfall! Doch über allem lag jetzt gespenstische Stille. Was war mit Verena geschehen? War sie bewusstlos, verletzt oder …

Von aberwitziger Angst getrieben, rannte Daniel stolpernd zum Fahrzeug, arbeitete sich zwischen Felswand und Wagen zur Fahrerkabine vor. Er musste regelrecht in die Felsen hineinklettern, um in den Wagen spähen zu können. Mit dem Strahl seiner Taschenlampe tastete er den Innenraum ab und entdeckte – nichts!

Das Auto war leer. Verwirrt schaute er über das Fahrzeug hinweg. Verena konnte unmöglich einfach herausgefallen sein. Wohin war sie gegangen? Warum war sie ihm auf ihrem Rückweg nicht begegnet? War sie den Pfad in die entgegengesetzte Richtung weitergelaufen, vielleicht verwirrt oder verletzt?

Daniel holte tief Luft, dann schrie er »Verena«. Der Name verhallte in der Nacht, prallte an den Felsen hinter ihm ab. Er rief ihn noch ein paar Mal und erhielt keine Antwort. Oder? Halt, da war doch etwas. Keine direkte Antwort, aber ein Bellen – oder täuschte er sich?

Konzentriert lauschte Daniel in die Dunkelheit. Kein Zweifel, da kam ein heiseres, sehr tiefes Bellen von vorn und wurde stetig lauter. Natürlich! Das musste Gofio sein, er hatte den Jeep schließlich verfolgt und war nicht wieder im Hof der Finca aufgetaucht. Verena schien ihn mitgenommen zu haben. Kluger Hund, er hatte gewusst, um wen es sich nach dieser leidigen Szene am Nachmittag zu kümmern galt.

Daniel quetschte sich an der Kühlerhaube des Unfallautos vorbei, über den Geröllhügel auf den Ziegenpfad, der in fahles Mondlicht getaucht war. Er lief den gratschmalen Pfad weiter in Richtung des Bergfriedhofes. Noch einmal rief er Verenas Namen, aber sie antwortete wieder nicht. Noch einmal stieg aberwitzige Panik in ihm auf. Schließlich war der Pfad bei Dunkelheit und trotz Mondschein auch zu Fuß nicht ungefährlich.

Jetzt ging der Weg für eine kurze Strecke steil bergab, man konnte das Meer immer deutlicher hören, und so sehr Daniel dieses Rauschen, das klatschende Aufbranden des Wassers auf Fels und das gurgelnde Zurückfluten der Wellen gemeinhin liebte, so viel Angst bereitete es ihm jetzt.

Erst vor zwei Wochen war wieder ein Ertrunkener am nordwestlichen Küstenabschnitt nahe dem verschlafenen Fischerdorf Majanicho geborgen worden.

Kein tolkühner Tourist, der alle Warnung wegen gefährlicher Unterströmungen in den Wind geschlagen und am einsamen Felsstrand von Punta de la Vera gebadet oder gesurft hatte, sondern einer der Strandkünstler von Corralejo, die aus Sand und Wasser herrliche Skulpturen schufen. Das Meer musste ihn in der Dunkelheit überrascht haben, plötzlich, unvermutet. Aber warum kam er darauf gerade jetzt?

Skulpturen!

Deshalb musste er an den Ertrunkenen denken. Und an Verena. Sie war ebenfalls Künstlerin. Aber doch nicht am Strand! Und nachts und überhaupt …!

»Verena?« Stille.

Der Weg führte wieder aufwärts. Mitten hinein in die zerklüftete Berglandschaft, fort vom Meer. Der Friedhof war jetzt nicht mehr weit. Der hektische Lauf bergan über die völlig unebene Strecke strengte Daniel an, er atmete stoßweise, konnte nicht mehr rufen, sondern brauchte seine ganze Kraft. Endlich oben angekommen, beugte er sich vor, stützte sich mit den Händen auf den Knien ab und rang um Luft. Er atmete Staub und Salz, seine Lungen brannten, aber das war egal.

Ein kräftiger Beller direkt vor ihm schreckte ihn jäh auf.

»Gofio!«

Ausführliches Gebell und hektisches Schwanzwedeln waren die Antwort, dann stieg der Hund auf die Hinterläufe und wollte die Pfoten auf Daniels Schultern legen. Daniel umklammerte das Tier bei den Vorderläufen und drückte sie zu Boden.

»Immer mit der Ruhe, alter Junge, du könntest mich in meinem jetzigen Zustand glatt umwerfen, und ich käme nicht mehr hoch! Okay, wo ist Verena?« Daniel ließ die Taschenlampe am Hügelpfad, der zum Friedhof führte, hochklettern.

Gofio schaute ihn – wie Daniel fand – vorwurfsvoll an und rannte dann den Pfad hinauf. Auf der Hügelkuppe angekommen, wandte das Tier sich kurz um, dann verschwand es nach rechts. Daniel folgte ihm.

Diesen Weg kannte er gut, er führte zum Grab seines Vaters.

Vor einer weißen Marmorwand fand er sie. Zusammengekauert, die Arme um die Knie geschlungen, das Kinn daraufgestützt. Sie blickte nicht auf, obwohl sie den Schein seiner Taschenlampe rechts von ihr sicher wahrgenommen hatte.

»Verena?«, fragte Daniel sehr vorsichtig und erst als er beinahe vor ihr stand.

Die junge Frau schreckte hoch aus ihrer Erstarrung, öffnete kurz den Mund, als wollte sie etwas sagen, dann schüttelte sie stumm und mehr wie für sich selbst den Kopf. Sie wandte den Blick wieder ab, gen Meer, das weit unter ihnen gegen die Felswände schlug.

Verenas Gesicht hatte sich irgendwie verändert – fand Daniel. Es war noch immer ein stilles Gesicht, aber die ernste, fast abweisende Nachdenklichkeit, das Sphinxhafte war einem weicheren, offeneren Ausdruck gewichen. Es war eine Mischung aus ehrlicher Verwunderung und nicht länger zu verbergender Verletzlichkeit. Es war das verblüffend junge und ehrliche Gesicht einer Frau, die sich selber enträtselt und von etwas befreit zu haben schien, fand Daniel. Am liebsten hätte er die Hand ausgestreckt und eine widerspenstige Haarsträhne von Verenas Wange gestrichen, um es in Ruhe zu betrachten.

Er ließ sich langsam neben ihr nieder. Sie schwiegen eine Weile.

»Ich mag diesen Ort«, sagte Daniel schließlich heiser. »Obwohl es sich um einen Friedhof handelt. Oder vielleicht gerade deshalb. Friedhöfe haben etwas Erhabenes, ich meine, sie sind so weltentrückt und …«

Er unterbrach sich, ärgerlich über sich selbst. Wie

konnte er nur so einen Unsinn daherreden! In solch einer Situation, nachdem Verena gerade einem beinahe tödlichen Unfall entgangen war. Warum nicht gleich über das Wetter schwätzen? Oder den Mond, der jetzt genau über ihnen stand und die Marmorwand in ihrem Rücken fahlgrau leuchten ließ.

»Ich kann mir vorstellen, dass Sie diesen Friedhof mögen. Der Blick ist fantastisch hier oben, und immerhin liegt Ihr Vater hier begraben«, sagte Verena, ohne ihn anzuschauen.

»Sie wissen das?«

Verena nickte kurz und deutete mit dem Daumen hinter sich. »Leonhart Derndorfer – 1928 bis 1998. Ich konnte die Schrift im letzten Dämmerlicht gerade noch entziffern. Merkwürdiger Zufall, dass ich ausgerechnet hier gelandet bin.« Sie schluckte kurz. »Aber es hat mich irgendwie getröstet. So konnte ich mich wenigstens bei Ihrem toten Vater für meinen Ausbruch von heute Nachmittag entschuldigen. Er hat sich alles sehr geduldig angehört.«

Daniel wagte ein Lächeln. »Ja, im Zuhören ist er sehr gut, seit er hier ist. Davor hat er sich damit ehrlich gesagt sehr schwer getan. Ich hatte immer das Gefühl, er kennt mich überhaupt nicht.«

»So wie meine Mutter mich nicht kennt«, sagte Verena schwach. »Trotzdem war das kein Grund, sie heute Nachmittag so anzubrüllen. Und der ganze Unsinn, den ich dabei über andere Leute erzählt habe, über Sie und Beatrice und …«

»He, Sie brauchen sich bei niemandem zu entschuldigen, Verena, wirklich nicht. Schon gar nicht nach dem, was Ihnen auf dem Pfad unten passiert sein muss. Ich bin so froh, Sie lebend wieder zu sehen. Sah aus, als hätten Sie sehr viel Glück im Unglück gehabt.«

Verena wandte ihm das Gesicht zu und betrachtete ihn kurz, aber eindringlich. »Ja, das war ziemlich knapp. Ich hab mich bereits abstürzen sehen. Auge in Auge mit dem Tod und so, allerdings ist nicht mein Leben in Kurzfassung vor mir abgelaufen. Ich hatte nur Mitleid mit dem Hund! Albern, was?«

Sie klopfte zärtlich Gofios Rücken, der sich vor ihre Füße gelegt hatte. »Ein einzelner, widerspenstiger Felsbrocken hat unseren Absturz verhindert. Ich habe ihn zuvor nicht über die Kante stoßen können, wie ich es eigentlich vorhatte, um den Weg breiter zu machen. Nun, das Ding war meine Rettung.«

Sie schwieg. Wirklich, wer hätte das gedacht. Ausgerechnet der Teufelsstein, wie sie den lästigen Brocken insgeheim ja getauft hatte, war zu ihrem Lebensretter geworden. Sie lächelte kurz, manchmal musste man es wohl mit seinen Dämonen halten, in Wahrheit waren sie maskierte Schutzengel!

Daniel gefiel Verenas Lächeln. »Ich bin froh, dass der Stein Ihnen und dem Auto im Weg lag. Eigentlich hätte *ich* Sie aufhalten müssen. Heute Nachmittag. Aber Sie waren mal wieder so schnell und so stur! Wegrennen scheint eine Ihrer Spezialitäten zu sein.«

Verena öffnete ihre Arme und stützte sich mit den Händen auf dem Felsboden ab, sie streckte die Beine vor sich aus. »Weglaufen ist nur eins von den Dingen, die ich ganz gut beherrsche. Noch besser war ich bislang im Herunterschlucken von Wahrheiten und dem Verschweigen von negativen Gefühlen und eigenen Wünschen.«

»Sagen wir, bis heute Nachmittag waren Sie gut darin …«

Verenas Rücken straffte sich, sie reckte das Kinn vor. »Tut mir ehrlich Leid, Daniel. Ich habe so einen Blödsinn geredet. Ich hoffe, Sie vergessen alles, was Sie und Beatrice betraf, ganz schnell.«

»Ich denke überhaupt nicht daran!«

Verena biss sich auf die Lippen und warf ihm einen flehenden Blick zu. »Bitte! Ich bin wirklich die Letzte, die sich in Sachen Liebe auskennt, oder ein Recht hat, sich einzumischen. Sie wissen ja gar nicht, wie selten dämlich ich bin, wenn es um Gefühle geht. Was ich da gesagt habe, von wegen Sie seien ein Trottel und Beatrice liebe Sie nicht …«

»… kommt der Wahrheit sicherlich sehr nahe!«

Verblüfft schüttelte Verena den Kopf. »Daniel, Sie, Sie sind wirklich kein Trottel. Ich war blind vor Wut. Sie sind, ich meine, das glatte Gegenteil und überhaupt ein wunderbarer Mann.«

Daniels Grinsen verbreiterte sich: »Das ist allerdings wahr, und daran habe ich auch nie gezweifelt.« Dann wurde er ernst. »Aber das meine ich nicht. Ich denke, dass das, was Sie über Beatrices Gefühle für mich vermuten, stimmt. Sie liebt mich nicht. Vielleicht bestand anfangs eine kurze Faszination, weil ich so anders bin als alle ihre Freunde und weil sie sich ohne Job einfach langweilte. Aber das ist längst vorbei, inzwischen *langweile* ich Beatrice.«

»Das, das halte ich für unmöglich.« Daniel überhörte den Einwand.

»Ich bin Ihnen dankbar dafür, dass Sie mir die Augen geöffnet haben. Ich war nämlich dabei, einen der größten Fehler meines Lebens zu machen. Ich wollte Beatrice wirklich heiraten. Vielleicht weil ich Angst vor der Einsamkeit hier hatte. Ich bin nicht so selbstgenügsam wie mein Vater.« Verena schüttelte erschrocken den Kopf.

»Aber, aber, das müssen Sie. Ich meine, Sie müssen Beatrice heiraten. Alle Welt glaubt fest daran, dass Beatrice sie liebt und es nur nicht zeigen kann. Vor allem meine Mutter, auf die ich sehr wütend war. Sie muss es wissen.«

Verena hielt kurz inne und schluckte. »Sie, sie hat sich immer sehr für Beatrice interessiert. Mehr als für mich. Und sie kannte den Vater, Randolf Gabler gut, sehr gut sogar, wie wir ja inzwischen wissen, sogar ich, die jahrelang blind war und …«

Daniel legte seine linke Hand sehr sachte auf Verenas rechte. »Beatrice hat das mit Ihrer Mutter und Gabler in einem unbedachten Moment gesagt, nehmen Sie sich das nicht so zu Herzen. Wer weiß, wie die Sache wirklich war. Und überhaupt, es bedeutet nicht, dass Ihre Mutter an Beatrice ein größeres Interesse hatte als an Ihnen, man nimmt die eigenen Kinder wahrscheinlich nur für selbstverständlicher, wenn sie so gut gelungen sind wie Sie, so warmherzig, zurückhaltend und und nun ja so …«

Verena legte ihre linke Hand an ihre Lippen und schaute weg. Ihm fiel zu ihr natürlich auch nicht viel ein. Was auch. Sie war eben wirklich nur zweite Wahl, unbedeutend, allenfalls angenehm unauffällig. Mein Gott, es tat immer noch weh, so weh. Egal, Sie musste jetzt mit der Wahrheit raus, um wenigstens den Schaden wieder gutzumachen, den sie zwischen Beatrice und Daniel vermutlich angerichtet hatte.

Sie schloss die Augen, holte Luft: »Ich bin nicht warmherzig. Ich war heute Nachmittag grauenhaft eifersüchtig auf Beatrice. Und nicht erst seit heute oder gestern. Ich war es mein Leben lang. Verstehen Sie? Sie war immer die Nummer eins, bei allem. In ihrem wundervollen Haus, bei ihren Eltern und verdammt: sogar bei uns im Pförtnerhaus. Die amüsante, originelle, lebensfrohe Beatrice.«

Verena holte kurz Luft. »Sie hatte und bekam alles, was sie wollte. Immer. Auch von meiner Mutter, die jetzt natürlich auch um das Liebesglück zwischen Ihnen und ihr … Darum habe ich all diesen Unsinn ins Telefon gebrüllt. Auch das von wegen Fabian … Ich wollte meiner Mutter über den Mund fahren, sie zum Schweigen bringen. Aber ich wollte Sie nicht verletzen, Daniel.«

Sie öffnete die Augen, wandte ihm das Gesicht zu und schaute ihn fest an. Selten hatte sie sich in ihrem Leben so erleichtert gefühlt. Es tat doch gut, die Wahrheit zu sagen, wenn man die Wahrheit kannte und wenn man einen so freundlichen, so aufmerksamen, so liebevollen Zuhörer hatte! Ja, liebevoll.

Wie kam sie nur darauf? Was hatte das Wort plötzlich in ihrem Kopf zu suchen. Und wo – verflixt noch mal – blieb der ätzende, aber klärende Kommentar ihres Teufelchens ob so einer Gefühlsverwirrung? Kein Feixen? Kein höhnisches, inneres Gelächter? Nein, nichts. Nur Daniel, der sie aus dunklen Augen ansah. Im Schein von Mondlicht und der Taschenlampe, die neben ihm lag.

Sie bemerkte zum ersten Mal, dass es sehr dunkle Augen waren. Bei Nacht waren sie noch geheimnisvoller und weicher. Vielleicht lag es aber auch nur daran, dass sie so einen Unsinn dachte. Dachte? Fühlte?

Oder es lag an seinem sehr sanften Lächeln. Sanft? Was, wenn es ein ironisches Lächeln war? Ihr Teufel hätte das todsicher behauptet. Aber ihr Teufelchen schwieg. Wo war es? Verflucht! Sie war ohne es völlig ratlos, und im Mondschein konnte man sich täuschen. Oder? Hilflos und erstaunt starrte sie in Daniels Gesicht. Die Augen blieben dunkel, das Lächeln rätselhaft, langsam löste er seine Hand von der ihren. Das tat beinahe weh. Einen Moment überlegte sie, seine Hand festzuhalten, sie zu sich zurückzuholen, stattdessen flüsterte sie nur ein gefragtes »Daniel?«

Dass sie sich in seinen Augen und seinem Lächeln nicht getäuscht hatte, wusste sie erst, als sie seine linke Hand plötzlich in ihrem Nacken spürte. Eine sehr warme Hand, mit der er ihren Kopf ganz sachte zu sich hinzog. An seine Schulter.

Was ihr natürlich nur recht war.

Alles andere wäre schließlich bei weitem zu intim gewesen. Ein Kuss etwa. Undenkbar. So konnte sie sich kurz an ihn anlehnen. Nur anlehnen, mehr brauchte sie ja gar nicht.

Daniels Mund war ganz nah an ihrem Gesicht. Er küsste sie nicht, er sprach nur leise auf sie ein:

»Es gibt keinen Grund, eifersüchtig auf Beatrice zu sein. Warum auch? Sie bekommt nicht immer alles, was sie will, egal wie sehr es danach aussieht. Ehrlich gesagt, hat mich gerade das wohl gerührt an ihr! Ihr unbedingter Wille, immer als Siegerin dazustehen. Sie liebt diese Rolle, weil es gut bei den Leuten ankommt. Alle lieben Sieger, den Erfolg, Schönheit, Unbekümmertheit, schiere Lebensfreude. Und das scheint Beatrice zu verkörpern. Es ist ja auch verflucht anziehend, beinahe hätte ich sie deshalb geheiratet.«

Ja, es war verflucht anziehend. Und vielleicht hatte Daniel Recht, vielleicht kostete es Beatrice sehr viel Mühe, so zu sein, wie sie schien. Vielleicht verbargen sich dahinter ganz andere Sehnsüchte. Sehnsüchte, die der richtige Mann erfüllen würde. Ein Mann, der Beständigkeit bot, ohne ein Langweiler, ein braver Mann zu sein. Einer, der etwas riskierte, der neugierig war, ohne kalt oder ganz ichbezogen zu sein. Einer, der eine aufregende, neugierige, suchende Gefährtin genauso brauchte wie diese Gefährtin ihn, um die wahren, ursprünglichen Lebensträume zu wagen. Vielleicht brauchte Beatrice so einen! Einen wie Daniel eben.

Verena drückte trostsuchend ihr Gesicht gegen sein Schlüsselbein, atmete die Wärme und den krautigen Duft seiner Haut. Sie nickte langsam.

»Wahrscheinlich haben Sie Recht, Daniel. Beatrice ist mehr, als sie zu sein scheint. Beatrice ist genau das, was Männer sich wünschen, fröhlich, schön, geheimnisvoll und immer wieder aufregend neu.«

Daniels Hand tastete nach Verenas Kinn, sie drückte ihr Gesicht tiefer in seine Schulter, um die Berührung zu vermeiden. »Aber, so habe ich das nicht gemeint. Verena, ich …«

Sie ließ ihn nicht ausreden.

»Schon gut, Daniel. Ich hatte nie eine Chance gegen sie. Auch nicht bei einem Fabian, der so gut wie jeder Frau nachsteigt. Da macht man nichts dran, auch wenn es ein bisschen wehtut. Ich war ein Esel, mir einzubilden, dass er eine wie mich begehren … «

Bevor sie den Satz beenden konnte, spürte sie, dass seine Schultern sich verhärteten, sogar die Wärme schien in Kälte umzuschlagen, abrupt hob Daniel seinen Kopf, fragte schroff, beinahe angewidert:

»Fabian?«

Verena tat es Leid um den Zauber der Situation, aber natürlich wollte niemand etwas über die Verwirrung ihrer Gefühle, über ihre alberne Schwärmerei für einen

TV-Star hören! Schon gar nicht Daniel, dem sie mit diesem Geständnis gleichzeitig verraten zu haben schien, dass der TV-Star an seiner Verlobten interessiert gewesen war.

Verflixt noch mal, sie hatte wirklich geglaubt, dass ihm das längst klar geworden war! Warum sonst sollte er die Verlobung mit einer Frau wie Beatrice infrage stellen, deren begehrenswerte Seiten er gerade so treffend beschrieben hatte? Verwirrt richtete sie sich auf und strich sich die Haare aus dem Gesicht.

»Es tut mir Leid, ich dachte, Sie wüssten, dass Fabian und …«

Das Klingeln seiner Hemdtasche unterbrach sie. Ein ihr wohl bekanntes Klingeln, Damit hatte am Nachmittag die Katastrophe ihren Lauf genommen. Es war das Klingeln *ihres* Handys. Erstaunt starrte Verena auf Daniels Brust. Der rutschte ein wenig von ihr ab, nestelte das Telefon hervor und reichte es ihr herüber.

»Das gehört Ihnen, ich habe es mitgebracht, weil ich hoffte, Sie würden darauf anrufen, um ein Lebenszeichen zu geben. Ich … wir waren alle halb verrückt vor Sorge – sogar Ihr geliebter Fabian.«

»Es tut mir Leid, eh, also«, stotterte Verena verlegen, »keine Ahnung, wer mich jetzt anruft. Ich meine, die Nummer kennt kaum jemand.« Sie drückte auf Empfang.

»Außer natürlich Fabian«, knurrte Daniel.

Verena hörte es nicht. Sie wandte ihr Gesicht ab. »Hallo?« Sie lauschte in den Hörer.

Nach einer Weile erhob Daniel sich langsam, klopfte sich Staub von der Hose. »Wenn Sie fertig sind, sollten wir fahren«, sagte er schroff in das Telefonat hinein, »ich bringe Sie am besten ins Hotel.«

Den Blick heftete er konzentriert an den Boden, als suche er dort etwas von der Größe eines Sandkornes und nicht etwa die Taschenlampe. Er griff danach und machte sich gemächlich auf den Rückweg. Dermaßen beschäftigt, sah er nicht, wie Verena nach einem kurzen Wortwechsel am Telefon merkwürdig blass wurde.

»Ist schon gut«, murmelte sie endlich leise, beinahe unhörbar. Dann räusperte sie sich. »Du hättest mir das mit dir und Gabler ruhig eher sagen können, es hätte vieles erklärt.« Sie machte eine kurze Pause, runzelte die Stirn.

»Wie kannst du annehmen, dass *ich* etwas von dem Geld der Gablers wollen könnte! Nein, Mutter, keinen Pfennig. Ich bin erwachsen und komme alleine klar. Um die andere Sache werde ich mich kümmern. Ich verspreche es. Sofort.«

Verena drückte das Gespräch weg und schaute sich suchend um. Daniel und Gofio waren bereits auf dem Rückweg zum Klippenpfad. Ein Stück weiter weg entdeckte sie den Schein von Daniels Taschenlampe. Sie erkannte auch vage den Umriss seines Rückens. Seine Schultern hingen traurig herab. Er sah so verloren aus, dass es beinahe wehtat.

Wie sehr musste ihn die Sache mit Fabian und Beatrice verletzt haben! Dass er das nicht gewusst hatte. Nun ja, Beatrice war eine brillante Verstellungskünstlerin.

Verena biss sich auf die Lippen, als könne sie nachträglich ihre Worte zurückhalten. Was hatte sie nur für Unheil mit ihren unseligen Mutmaßungen angerichtet! Denn im Bett – da war sie sich nach wie vor sicher – im Bett waren die beiden gar nicht gewesen. Sicher hatte es sich nur um einen Flirt gehandelt. Ein Flirt mit Fabian! Seltsam, wie egal *ihr* das plötzlich war. Mindestens so egal sollte es Daniel sein.

Sie würde alles wieder gutmachen. Verena richtete sich langsam auf, warf einen Blick auf Leonhart Derndorfers Grab und murmelte: »Keine Bange, ich werde dafür sorgen, dass er nicht länger einsam ist auf seiner Finca. Beatrice muss ihn heiraten. Sie muss!«

Keine Ahnung, warum plötzlich ein Schluchzen in ihr hochstieg. Musste am Friedhof liegen.

32. Kapitel

Lessing! Das Blatt hat sich gewendet. Wo ist unsere reizende Beatrice? Haben Sie sie gesehen?«

Der Arzt schaute von seinem ausladenden Cognacschwenker hoch, den er zuvor mit der resignierten Hingabe eines verschmähten Liebhabers gestreichelt hatte, der sich entschlossen hat, ins Fach des Alkoholikers zu wechseln. Über ihm flackerte in afrikanischen Tonlaternen Kerzenlicht im Nachtwind, aus Lautsprechern säuselte romantische Stimmungsmusik: Der Barkeeper der Poolbar setzte auf Stil statt auf Lautstärke. Aber wen zum Teufel interessierte das – nicht den Doktor.

»Noch einen«, bestellte Lessing bei dem Mann hinter der Theke und hob seinen Schwenker.

Lena entriss ihm das Glas. »Was soll der Unsinn? Wir sind nicht hier, um uns zu betrinken. Jedenfalls nicht mit scharfen Sachen.« An den Barkeeper gewandt, bestellte sie: »Dos oder duos oder due oder, ach was, zwei Sherry, Señor. Den besten! Keinen Billigsprit für Pauschaltouristen. Wir wollen etwas feiern.«

Sie zog sich einen Barhocker heran und setzte sich mit erstaunlicher Behändigkeit darauf. Irgendetwas schien ihr neue Lebenskraft zu verleihen.

»So, mein Lieber. Jetzt heißt es, neue Pläne schmieden. Wir müssen sofort Beatrice und diesen Fabian auseinander bringen! Und kein Wort über diesen schwulen Filmkuss von vorhin zu Daniel. Der könnte das glatt missverstehen und seine Hochzeit abblasen. Mit der leichten Muse hat er es nun mal nicht so. Und kaum Humor.«

Lessing öffnete den Mund, schüttelte dann resigniert den Kopf und stürzte den gerade servierten Sherry herunter.

»Noch einen«, murmelte er in Richtung des Barkeepers. »Die Señora hier hat ihren Verstand verloren.«

Lena Derndorfer versetzte Lessing einen herzhaften Knuff in die Rippen. »Reißen Sie sich zusammen und hören Sie mir zu. Also: Beatrice ist nicht so verarmt, wie wir Grund hatten anzunehmen. Sie ist zwar auch nicht mehr beneidenswert reich, aber – sagen wir – angenehm wohlhabend. Wohlhabend genug, so habe ich entschieden, um meinen Daniel zu verdienen! Und das Beste ist, sie muss ihrer Mutter nichts von dem Geld abgeben, es ist alles für sie.«

Triumphierend hob sie ihr Sherryglas und prostete dem Arzt zu. Sie nippte kurz. »Ist das nicht w-u-n-d-e-r-b-a-r? Lessing, die Liebe lebt!«

Der Arzt runzelte die Stirn, schüttelte den Kopf und griff nach seinem nächsten Sherry. »Ich glaube, wer hier zu viel trinkt, sind Sie, Lena. Angeblich haben Sie doch wasserdichte Informationen, dass die Gablers mindestens so pleite sind wie Sie selber.«

Lena nickte heftig. »Sind Sie auch. Aber der gute Randolf – Gott habe ihn selig – hat kurz vor Beginn seiner bedauerlichen Geistesverwirrung eine äußerst kluge Entscheidung getroffen. Eine Entscheidung aus Liebe, übrigens. Müsste ihnen gefallen. Allerdings nicht aus Liebe zu seiner höchst albernen Gattin, sondern aus Liebe zu seiner Haushälterin, nicht sehr vornehm das Ganze, aber …«

Lessing schüttelte heftig den Kopf, so als müsse er Wasser aus seinen Ohren entfernen. »Sagen Sie mal, was erzählen Sie da nur, Lena? Ich verstehe kein Wort. Liebe zur Haushälterin? Meinen Sie etwa Gisela Malchow? Wen hat die geliebt? Was hat das mit Beatrice zu tun? Und mit Daniel?«

Lena Derndorfer seufzte. »Mein Gott, und ich dachte, Sie verstünden wirklich etwas von sentimentalen Gefühlsverwirrungen. Ist doch ganz klar: Randolf Gabler hatte einen Klüngel mit Gisela Malchow …«

»Klüngel?«

»Meinetwegen Affäre oder Liebschaft oder französisch: Liaison, wenn Ihnen das lieber ist. Jedenfalls etwas in dieser Richtung und sehr, sehr gefühlvoll. Romantisch wie der Sternenhimmel über uns. Herrlich übrigens. Und dieses zarte Palmenrauschen. Ein echtes Paradies hier, fehlen nur noch die echten Touristen dazu.« Sie ließ ihren Blick über die Poollandschaft kreisen. An winzigen Tischen saßen Schauspieler, Kameraleute, Techniker und Komparsen und diskutierten das mögliche Ende der Dreharbeiten. Zwischen einigen Tischen wurde getanzt, Galgenhumor und verzweifelte Witze sorgten für Stimmung und Gelächter. Lena schüttelte kurz und missbilligend den Kopf.

»Romantik hin, Romantik her: Diese Statistenmischpoke zahlt für jeden Tag, an dem nicht gedreht wird für Kost und Logis, dafür sorge ich – morgen. Aber bis dahin … Ist das da links oben nicht das Sternbild der Venus?«

»Lassen Sie den Quatsch, Lena, von sowas verstehen Sie rein gar nichts.«

»Wie Sie meinen. Ich wollte Sie nur etwas aufmuntern. Mir geht es nämlich prächtig. Immerhin hat Randolf der Malchow zwischen zwei und drei Millionen anvertraut, bevor er sich ins Land der Dämmerung verzogen hat. Vor allem für Beatrices Zukunft. Hat seiner Gattin klugerweise nicht getraut. Ziemlich verschwendungssüchtig, die Gute. Ganz anders als diese wunderbare Malchow. Eine sehr gute Haushälterin eben. Na ja, und seine große Liebe, wenn Sie so wollen. Das Techtelmechtel muss ganz schön lange gedauert haben. An die zehn Jahre.«

»Beinahe zwanzig«, mischte sich hinter ihnen eine betont fröhliche Stimme in das Gespräch. Lena und Lessing fuhren herum. Hinter ihnen stand Beatrice, an der Hand einen aufreizend unbekümmerten Fabian Seiler.

»Wir sollten mit Champagner anstoßen, bei so vielen tollen Neuigkeiten. In diesem Moment beginnt nämlich die neue Karriere des Fabian Seiler – und meine! Wir haben jede Menge Pläne zusammen. Leider servieren die hier nur Veuve Cliquot, ein Roederer wäre bei weitem angemessener oder von mir aus Moët, angesichts der neuen Millionen …«

Lena fasste Beatrice sehr hart beim Handgelenk. »Meine liebe Beatrice, ich bin bereit, jeden Champagner der Welt mit dir zu trinken, solange dieser, dieser …«, sie maß Fabian Seiler von Kopf bis Fuß mit einem verächtlichen Blick, »dieser Kretin uns nicht dabei im Weg herumsteht! Es tut mir Leid, dass ich in diesem Fall so streng sein muss, aber als zukünftige Frau meines Neffen solltest du gerade bei der Wahl deiner männlichen, eh, nun ja, jedenfalls Begleitung etwas genauer hinsehen. Ihr müsst an eure gesellschaftliche Stellung denken.«

Beatrice hob in gespieltem Erstaunen die Brauen, unterzog Fabian einer sehr genauen, eindeutig anzüglichen Musterung und schüttelte den Kopf: »Liebe Tante

Lena, ich wüsste nicht, was es an dieser Begleitung auszusetzen gäbe. Vor allem in seinem – sagen wir – Rotlichtbezirk? Glauben Sie mir, dafür habe ich einen sehr geübten Blick.«

Lena wies die junge Frau streng zurecht: »Um ein bisschen mehr Ernst und Anstand muss ich schon bitten, schließlich geht es hier um Liebe und die Gefühle meines Neffen. Darüber macht man keine Witze.«

Lessing markierte ein dezentes Hüsteln. Beatrice trat an ihn heran und klopfte ihm den Rücken.

»Aber Tante Lena, Sie bringen unseren Doktor ja in Verlegenheit. Liebe! Wer redet denn von so was. Noch dazu in aller Öffentlichkeit, dass ist geradezu peinlich. Lassen Sie uns doch lieber gemeinsam das hochinteressante Gespräch fortsetzen, dass Sie eben unterbrochen haben. Soweit ich weiß, haben Sie – bevor oder nachdem es um den Klüngel zwischen meinem Vater und Verenas Mutter ging – etwas über Geld gesagt. *Geld*, das mir gehört!«

»So? Da musst du dich verhört haben. Über so etwas redet man nicht vor allen Leuten!« Sie warf Beatrice einen viel sagenden Blick zu.

»Ich gebe Ihnen Recht, Lena, Geld ist gemeinhin ein vulgäres Thema. Aber ich liebe nun mal vulgäre Themen. Außerdem fiel das Zauberwort Millionen! Liebe Lena, Sie verstehen sicher, dass ich ein solches Thema geradezu prickelnd finde. Natürlich, verstehen Sie das! Sie verzeihen doch unsere unromantische Art, Herr Doktor? Frauen sind so, wenn sie ehrlich sind!«

Fabian nickte dem leicht derangiert wirkenden Arzt freundlich zu, der verdrehte die Augen und lud den Schauspieler ein, neben ihm Platz zu nehmen. »Ich schätze, bei solch typischen Frauengesprächen sind wir wirklich überflüssig, Herr Seiler. Alles, was ich über Frauen wusste oder zu wissen glaubte, scheint Unsinn zu sein. Sherry?«

»Ein stilles Wasser wäre mir lieber. Ich muss langsam zu meiner alten Form zurückfinden, Schluss mit Schnaps und Party. Ab sofort ist mir wieder nach Mozart und Kakao. Beatrice und ich haben schließlich eine Menge vor.«

»Vor allem, da ich anscheinend wieder über Geld verfüge«, warf Beatrice fröhlich ein und nahm neben Lena Platz. »Da können wir aus ›Fiesta Fuerte‹ einen richtigen Knaller machen statt einer getarnten Dauerwerbesendung. Und Fabian wird ein echter Star.«

Die alte Dame warf der letzte Satz beinahe vom Hocker. »Was soll das heißen? Willst du dein Geld etwa an diesen Schmierenkomödianten verplempern? Ich bitte dich, Beatrice, du bist doch verlobt.«

»Ich wüsste nicht, was das eine mit dem anderen zu tun hat«, erwiderte Beatrice und riss die Augen zum Unschuldsblick auf. Dann wandte sie sich dem Barkeeper zu, um über Champagnersorten zu diskutieren.

Lena schnappte nach Luft und protestierte: »Aber …«

»Verzeihung, dürfen wir mal? Hermann, hast du die Kamera? Ist der Blitz geladen? Herr Seiler? Herr Seiler!«

»Ja?« Fabian drehte sich auf seinem Barhocker um, erkannte in der aufgeregten Luise sofort den fanatischen Fan und schaltete sein Lächeln ein.

»Oh, Herr Seiler, verzeihen Sie, aber ich und mein Mann – Sie erinnern sich doch an meinen Mann?« Luise zerrte an Hermanns T-Shirt-Ärmel.

»Aber gewiss, ich hatte die Ehre, Sie vom Flughafen abzuholen.«

»Genau. Also, wir haben gestern gar nicht daran gedacht, ein Erinnerungsbild von Ihnen zu machen, und da dachten wir … Jetzt. Also, ein Foto von Ihnen und …«

»Natürlich«, antwortete Fabian zuvorkommend. »Kommen Sie, wir zwei können uns da vor den Pool stellen, und Ihr Mann macht ein Foto von uns. Da können Sie dann zuhause mit angeben – bei allen Ihren Freundinnen.«

»Nein, nein«, mischte sich Hermann ein. »Kein Foto von Ihnen und meiner Luise. Das bringt ja nichts. Wir hätten lieber ein Foto von Ihnen und, eh, Ihrer, eh, Freundin. Ihrer neuen Freundin, die Sie vorhin geküsst haben. Also, nicht die, die voll wie eine Strandhaubitze war, sondern die Neue eben.«

Luise kicherte. »Er meint Beatrice! Meine Freundin. Hallo, Beatrice.« Die Gablertochter wandte sich um. »Hermann hätte gerne eine Foto von euch beiden. Fabian und du. Als Liebespaar. Für die Zeitung!«

»Luise, so deutlich muss man das doch nicht sagen!«

»Aber ist doch wahr! Du hast doch gesagt, damit kann man ein bisschen Geld verdienen, oder? Ich meine, Fabian Seilers neue Liebe! Und wir sind sozusagen von Anfang an dabei gewesen. Ist das aufregend.«

Beatrice setzte ein strahlendes Lächeln auf – sozusagen der verlorene Zwilling von Fabians Filmgrinsen. »Was für eine glänzende Idee! Wir zwei in der Zeitung, Fabian! Heimlich fotografiert, am besten ein wenig verwackelt oder unscharf. Das erhöht den Reiz. Komm, Liebster. Auf zum Kuss.«

Lena fand endlich wieder zur Sprache zurück: »Untersteh dich, Beatrice. Wenn du das tust …«

Weiter kam sie nicht, denn in diesem Moment drückte Beatrice bereits ihren Mund auf den Fabians, der etwas überrascht von seinem Hocker rutschte.

»Was für ein Paar«, seufzte Lessing und bestellte mit stummer Geste einen weiteren Sherry. Hermann drückte auf den Auslöser: »Oh verdammt, der Blitz kommt nicht!«

Lena ließ sich von ihrem Hocker gleiten und zerrte an Beatrices beiden Ellbogen: »Hör auf, diesen hergelaufenen Kerl zu küssen. Hör sofort auf. Beatrice! Vergiss den Hampelmann. Die Millionen gehören dir nur, wenn du Daniel heiratest! Sonst kriegst du keinen Pfennig. Hörst du, keinen Pfennig. Von mir nicht … und …«

Hermann zerrte an Lena. »Hallo, Sie, weg da, mein Blitz wäre jetzt so weit.«

Doch Beatrice löste sich von Fabian und wirbelte herum. Ihre Augen wurden zu katzenschmalen Schlitzen: »Halten Sie den Mund, Frau Derndorfer. Sie haben doch überhaupt kein Geld mehr, dass Sie mir geben könnten. Meine Mutter hat mich eben am Telefon über den Stand Ihrer Finanzen informiert! Sie leben auf Pump.«

»Genau wie Ihre Mutter und Sie!«

»Nicht ganz, meine Gute, nicht ganz, wie Sie wissen.«

Lena richtete sich zu voller Größe auf, stemmte den rechten Arm in die Hüfte und ließ die Finger ihrer linken Hand auf der Theke Galopp laufen.

»Schau sich das einer an: der junge und der alte Drachen«, murmelte leicht angesäuselt Doktor Lessing. »Würde mir gut überlegen, Seiler, ob so ein Feuer speiendes Ungetüm auf Dauer die richtige Gefährtin ist.«

Fabian zuckte die Achseln: »Fürs Geschäftliche bestimmt.«

»Können wir den Kuss noch mal wiederholen, das Blitzlicht ist jetzt endlich so weit«, warf Hermann ein.

»Jetzt doch nicht, Hermann«, zischte Luise, »jetzt geht es erst mal um Daniel, Ihren Neffen.«

»Wessen Neffen? Wer ist Daniel? Lohnt sich da ein Foto? Ich meine für Geld«, fragte ein verwirrter Hermann.

Auf Geld kam in diesem Moment Lena Derndorfer zu sprechen. Mit mühsam kontrollierter Stimme sagte sie: »Gisela Malchow, die die letzten Gablermillionen für dich verwaltet, Beatrice, hat gesagt, du bekommst das Geld nur, wenn du Daniel heiratest.«

Beatrice schnaubte nur kurz und bedachte Lena Derndorfer mit einem kalten Blick. »Das ist ja lächerlich.«

»Das ist der letzte Wunsch deines Vaters, Kind. Er hat Gisela Malchow das Geld als Schenkung überlassen, über die sie verfügen kann, und ausdrücklich gesagt, du sollst einen Mann heiraten, der dich glücklich machen kann. Einen zuverlässigen Mann, der zu dir steht, der dich aufrichtig liebt, der nicht nur an Geld interessiert ist. Einen Mann wie meinen Daniel eben.«

Beatrice lachte laut auf. »Schade, dass wir nicht mehr in Zeiten leben, in denen das Wünschen noch geholfen hat. Und das ausgerechnet *Sie* einen Vortrag über die Liebe halten, ist doch reichlich unglaubwürdig, nicht wahr, Lena? Wir sind doch beide keine Menschen, die weiße Wäsche in der Öffentlichkeit waschen. Bleiben wir lieber bei der schmutzigen Wahrheit: Ihnen geht es weder um Ihren Neffen noch um mich, sondern um *mein* Geld. Ich verstehe das, mir ging es bei der geplanten Ehe auch um Geld – allerdings um Ihres.«

»Gut gefaucht, kleiner Drache«, murmelte Doktor Lessing. Beatrice neigte mit Dankeslächeln den Kopf in seine Richtung, dann wandte sie sich wieder an Lena, die ausnahmsweise sprachlos war.

»Nun Frau Derndorfer, bleibt in dieser Situation ein wirklich vernünftiger Grund, weshalb ich Daniel heiraten sollte? Nennen Sie mir nur einen. Vielleicht bin ich dann dazu bereit. Aber kommen Sie mir nicht mit seinen Gefühlen für mich, die kennen Sie überhaupt nicht! Die kennt er nicht einmal selber. Also? Warum sollte ich ihn heiraten? Er will in Wahrheit nicht …«

»Du musst ihn heiraten, weil *du* ihn liebst!«

Erstaunt hielt Beatrice inne. Der leise, aber deutlich gesprochene Satz kam nicht aus Lena Derndorfers Mund. Er kam auch nicht von Lessing oder sonst jemandem, der an der Bar stand. Er kam aus dem off – hinter Beatrices Rücken. Die Gablertochter drehte sich langsam um.

»Können wir jetzt vielleicht das Foto mit Ihnen und Fabian am Pool machen? Das sieht romantischer aus, und mein Blitz ist jetzt wieder da«, warf Hermann ein, den der leise Verdacht beschlich, ihm könne auf den letzten Metern zwar kein Millionen- aber doch ein nettes Nebengeschäft durch die Finger gehen. Wenn er sich schon seinen Urlaub mit diesem Haufen durchgeknallter, wankelmütiger TV-Idioten um die Ohren schlagen musste, sollte wenigstens etwas dabei herausspringen!

33. Kapitel

Daniel hatte genug gesehen, um Bescheid zu wissen. Natürlich hatte sich Verena sofort von ihm gelöst, als sie – neben ihm in der Restauranttür zur Terasse stehend – sah, wie Beatrice und Fabian einander leidenschaftlich küssten. Daniel hatte der Anblick wenig ausgemacht, er wusste schließlich Bescheid. Aber sie – Verena – war geradezu erstarrt. Wortlos hatte sie die auf den Kuss folgende Auseinandersetzung zwischen seiner Tante Lena und der Gablertochter verfolgt, bei der es sicher um diese lächerliche Verlobung mit ihm ging. Als ob das noch etwas bedeutete! Schon gar nicht ihm – und Beatrice sicher auch nicht.

Endlich hatte Verena sich auf den Weg gemacht. Wie eine Schlafwandlerin hatte sie sich am Pool vorbei zur Bar bewegt, ein schmaler, bleicher Schatten mit entschlossen vorgerecktem Kinn, dem die tanzenden Paare zwischen den Tischen automatisch auswichen.

Daniel sah genau, dass Verena auf dem Weg zur Bar all ihren Mut zusammenraffen musste, um zu tun, was zu tun war: Fabian zur Rede stellen. Nicht wie heute Nachmittag, nein viel direkter, ohne schützende Maske, ohne wütendes Aufbegehren. Ja, er konnte sich lebhaft vorstellen, wie sie – die neue, verletzliche, offene Verena – Fabian Seiler ihre tiefen Gefühle gestehen würde, die sie für ihn hegte. Sie war sich ihrer Stärke bewusst geworden und hatte keine Angst mehr vor Verlusten.

Oder? Mit einem Mal schwankte Daniel. Verena, die eben eine Hand haltsuchend nach einem Stuhl ausstreckte, sah mit einem Mal so unschlüssig aus. War sie wirklich so stark, wie er glaubte? War sie bereit, dem Mann einfach die Wahrheit zu sagen und zu gehen? Oder würde sie diesen Kerl am Ende doch um seine Aufmerksamkeit anbetteln? Daniel verzog den Mund. Das wäre mehr, als er mit ansehen wollte.

Er wollte keine Verena sehen, die sich vor einem Kerl wie Fabian klein machte, die ihren Stolz aufgab für so einen. Eine Verena, die diesem Gossenkater – wie Beatrice es formuliert hatte – nachstieg. Also drehte er sich um. Genug neue Wahrheiten für diesen Tag.

Er wollte nur noch nachhause. Auf die Finca, vielleicht ein Bier trinken, Gofio streicheln, ins Bett gehen oder eine Weile im Innenhof sitzen, die Stille atmen, hier wurde einem die Brust ja ganz eng.

Er beschleunigte seine Schritte, stolperte über Kabeltrommeln, die das Filmteam im Restaurant hinterlassen hatte. Er verfiel in einen Laufschritt, rannte beinahe durch das offene Foyer und wusste nicht, ob ihn die Sehnsucht nach Stille antrieb oder ein Fluchtinstinkt.

Am Ende der Auffahrt, kurz vor dem Parkplatz hielt er kurz inne, warf einen Blick zurück. Das Hoteldorf strahlte in trügerischem Glanz, ein orangefarbener, untergehender Mond stand knapp darüber. Alles sah aus wie auf einem der Afrikagemälde von Paul Klee. Alles war perfekt, doch zum ersten Mal hasste Daniel sein Hotel. Sehr gelungen oder originell war ihm die Anlage nie erschienen, aber jetzt verabscheute er sie geradezu.

Er wandte sich ab, öffnete die Tür des Jeeps und befahl Gofio mit barschen Worten, endlich Ruhe zu geben.

Diesmal wählte er die geteerte Straße über Tindaya für den Rückweg. Nach Pistenabenteuern stand ihm der Sinn nun erst recht nicht mehr. Er brauchte nur noch Ruhe. Genau. Grimmig nickte er sich im Rückspiegel zu. War das wirklich er? So verkniffen hatte er lange nicht mehr ausgesehen. Zuletzt nach seiner Scheidung, kurz bevor er Beatrice kennen gelernt hatte. Auf diesem vermaledeiten Sommerfest in der Gablerresidenz.

Für einen Moment wanderten seine Gedanken zurück zu dem Sommerabend, den bunten Papierlampions in uralten Buchen, dem von Fackeln beleuchteten Teich, der dezenten Tanzmusik. Eine Szenerie zum Verlieben.

Vielleicht hatte er sich nur darum verliebt. In Beatrice, die an diesem Abend hinreißend ausgesehen hatte und umwerfend amüsant geplaudert hatte. Umschwärmt von mehr als einem Dutzend Verehrer war sie die Königin des Festes gewesen und hatte sich nur um ihn bemüht. Er hatte sich das erste Mal seit langem wieder unterhalten gefühlt, angeregt, beschwingt und als Mann begehrt. Dafür war er dankbar gewesen – dankbar und verführbar. Aber was wäre gewesen, wenn er in dieser Umgebung Verena begegnet wäre? Hätte er sie überhaupt wahrgenommen – damals?

Sie war da gewesen. Als Buffetmanagerin. Das wusste er inzwischen. Sie war da gewesen und hatte Fabian Seiler getroffen. In einer Nacht wie dieser, und sie musste sich ebenfalls bezaubert und beschwingt gefühlt haben, vielleicht mehr als bereit für zärtliche Gefühle, und dann traf sie ausgerechnet auf diesen …

Daniel schob den Gedanken beiseite – und Gofio, der seinen schweren Hundeschädel auf seinen Schoß zu legen versuchte.

»Nicht während der Fahrt, du Tollpatsch! Wir sind ja gleich … He, verflucht, welcher Idiot ist das denn!« Daniel stieg kurz in die Bremse und lenkte den Wagen über die weiße Markierungslinie am rechten Straßenrand. Der Jeep sackte kurz in ein Grabenstück, die Räder fraßen sich durch Geröll. Ein Stück weiter kam er wieder hoch.

Ein Sportwagen hatte Daniels Auto vom Weg abgedrängt, war laut hupend vorbeigezogen und schnürte nun in atemberaubendem Tempo die kurvige Bergstraße hoch.

»Na warte, du verhinderter Hell's Angel«, knurrte Daniel. »Ich werde dich noch kriegen.« Dann gab er Gas und nahm die Verfolgung auf.

Seltsamerweise nahm der Flitzer den Weg zur Finca. Nur noch zwei Kurven, dann hieße es abbiegen. Daniel krauste die Stirn. Sollte er den Rowdy weiter verfolgen oder lieber in die Stille und das Dunkel seines Patio abtauchen. Ein volkommenes Dunkel. Denn der Mond war nun endgültig verschwunden. Könnte trostlos werden.

Die rasante Fahrt hatte ihm bislang Erleichterung verschafft, ja beinahe Spaß gemacht. Zuhause erwarteten ihn hingegen noch mehr unsinnige Erinnerungen an Dinge, die hätten sein können, wenn, Gedanken an …

So was! Der Sportwagen bog ab in Richtung Finca. Kurz streiften die Schweinwerfer seines Jeeps die Karosserie des Flitzers. Es war ein roter Flitzer. Es war, ja! Kein Zweifel. Es war Beatrices Wagen, der ihn überholt, geschnitten und zu einer Verfolgungsjagd animiert hatte.

Typisch, wirklich typisch für sie, immer die Nase vorn haben wollen, immer ungestüm, immer auf Vergnügungen bedacht – in allen Lebenslagen. Kopfschüttelnd bog auch Daniel in die Auffahrt zu seiner Finca ein. Was aber wollte seine Verlobte noch von ihm?

Verlobte??

Er lachte trocken auf. Diese Bezeichnung war nur noch ein Witz. Nach so einem Kuss mit Fabian Seiler, dem Gossenkater. Beatrice konnte doch nicht ernsthaft glauben, dass er danach noch an ihr interessiert war! Daniel passierte die verfallenen Stallungen neben dem Haupthaus und ließ kurz die Scheinwerfer aufblenden.

Tatsächlich: Vor dem Holztor stand Beatrices Mietwagen. Von der Fahrerin gab es allerdings keine Spur. Natürlich, sie war bereits im Innenhof, um sich für die Begegnung mit ihm in Szene zu setzen. Beatrice brauchte immer einen Auftritt, einfach nur vorbeikommen, Hallo sagen oder nur da sein oder etwa auf jemanden warten, nein, das war nicht ihre Art!

Er stieg aus dem Auto, Gofio sprang hinterher, beschnupperte kurz den Sportwagen und schlängelte sich dann durch das halb offene Holztor in den Innenhof. Drinnen stieß er einige kurze Freudenbeller aus, dann gab er Ruhe und junkste wohlig, so wie er junkste, wenn er ausführlich gekrault wurde.

»Treulose Töle«, murmelte Daniel, »warst doch sonst nie so wild auf Beatrice, und jetzt, wo ich zur Trennung entschlossen bin …« War er das? Immerhin hatte Beatrice ihn einmal sehr fasziniert. ER hatte sich so sehr eine Gefährtin gewünscht für sein Leben hier, auf der Finca. Beatrice auf der Finca? Er schüttelte den Kopf, nein, das wollte einfach nicht passen.

Mit einer kraftlosen, unentschlossenen Bewegung öffnete er das Holztor. Der Patio lag in mondlosem Dunkel, dennoch erkannte er, dass Beatrice neben dem Springbrunnen hockte und – sehr versunken – den Hund streichelte. Hübsch sah das aus. Familiär und friedlich, eine ganze neue Seite, die sie ihm da offenbarte. Oder war das ein Trick, um ihn wieder einzufangen? Beatrice war eine unglaublich gute Schauspielerin, wenn es darauf ankam.

Sie trug noch das Kopftuch oder den Schal, der sie gegen den Fahrtwind im Cabrio geschützt hatte. Gofio legte sich auf die Seite und streckte wohlig die Flanken. Beide schienen so vertieft in die Liebkosung, dass sie ihn nicht herankommen sahen.

Als er nahe vor ihnen stand, sagte er heiser:

»Beatrice?«

Sie hob den Kopf.

»Verena!« Daniel ging vor ihr in die Hocke, streckte unwillkürlich die Hand vor, löste das Kopftuch und wusste nicht, wohin damit. Er schluckte: »Du?«

Verena senkte verlegen den Blick. »Beatrice schickt mich.«

Daniel ließ Hand und Tuch sinken. »Ach so. Ich verstehe. Sie glaubt, Sie könnten mich überreden …«

Verena schüttelte den Kopf und legte ihm ganz sacht den Finger auf die Lippen. »Bleiben wir doch beim Du. Beatrice schickt mich, um dir zu bestellen, dass die Sache mit Fabian völlig harmlos ist.«

Daniel schnaubte verächtlich. »Also habe ich Recht. Sie will …«

»Moment, warte. Die Sache ist völlig harmlos, der ganze Fabian ist völlig harmlos, da er nun einmal ist, was er ist.«

»Ja, ein streunender, treuloser Gossenkater, Verena! Ich hoffe, dass Sie, dass du das endlich begreifst, und die Finger von ihm lässt. Beatrice kann so was wegstecken, sie ist ihm nicht unähnlich …«

»Da täuschst du dich.«

»Herrje, ist doch egal. Ich hoffe doch nur, dass du nicht länger glaubst, Fabian wäre ein Mann für dich. Mein Gott, denk doch nur an den Kuss von eben!«

Verena hob beschwichtigend die linke Hand. »Alles Tarnung, Daniel. In Wahrheit ist Fabian schwul. Ganz einfach schwul. Was alles erklärt und mir überhaupt nicht wehtut. Vorher hat mir allerdings auch schon nichts mehr wehgetan, was mit ihm zu tun hatte. Ehrlich.«

»Fabian schwul? Im Leben nicht! Das hätte ich doch merken müssen.«

Verena lachte befreit auf. »Woran? Dich hat er doch nicht geküsst. Er ist ein verdammt guter Schauspieler! Genau wie Beatrice. Die hat ihn nur vor Publikum und Filmcrew geküsst, um seine Managerin daran zu hindern, seine Karriere durch ein voreiliges Outing zu zerstören. Na ja, und weil sie ihn ab sofort selber managen und zum Star aufbauen will. Könnte sein, dass sie endlich etwas gefunden hat, das sie zumindest eine Weile beschäftigt.«

Daniel schüttelte noch immer ungläubig den Kopf. »Hat Beatrice sich das ausgedacht, um mich zurück zu bekommen? Dann bestell ihr, das sie das vergessen kann. Ich …«

»Halt, du hast mich noch nicht ganz ausreden lassen. Beatrice lässt dir vor allem ausrichten, dass du ein selten dämlicher Esel bist.«

»Danke!«

»Und zum Schluss will Beatrice die Antwort auf eine Frage.«

»Und die wäre?«

»Liebst du mich?«

Verblüfft öffnete Daniel den Mund, schwieg eine Weile, runzelte die Stirn, dann fragte er vorsichtig »Wen genau meint sie?«

»Den anderen Esel.«

Daniel seufzte: »Dann kann ich jetzt nur hoffen, dass du das bist.«

Verenas Kopfbewegung erkannte er auch ohne das Licht des Mondes deutlich.

… und Tante Lena?

Tante Lena entdeckte ihre ganz uneigennützige Liebe zu Beatrice, deren Produktionsfirma »Dreamteam« und deren Star Fabian Seiler. Die Liebe war am Ende so herzlich, dass Lena dem »Dreamteam« einen zehnprozentigen Nachlass auf alle Hotelkosten zugestand, die Beatrice im Rahmen der Dreharbeiten zu »Fiesta Fatal« entstanden. Allerdings nur unter der Voraussetzung, dass sie und Doktor Lessing feste Parts als spätes Paar in der Serie spielen durften – gegen Honorar versteht sich. Und ohne sentimentale Hintergedanken!

Gisela Malchow gewöhnte sich nach einer gewissen Weile an den Gedanken, dass ihre höchst vernünftige Tochter Verena den höchst unvernünftigen Entschluss gefasst hatte, künftig auf Fuerte zu leben, mit dem Ex-Bräutigam ihrer Freundin, als freischaffende Künstlerin und Besitzerin eines ziemlich ungestümen Doggenmischlings. Gisela Malchow gewöhnte sich außerdem daran, ab und an Ferien zu machen. Natürlich auf Fuerteventura.

Katharina Gabler hingegen gewöhnte sich weder an den Gedanken, dass ihre Tochter sich entschlossen hatte, ihr letztes Geld in einen schwulen Serienstar zu stecken, noch an die Tatsache, dass unbezahlte Hypotheken am Ende zur Zwangsversteigerung der Gablervilla führen mussten und für sie keinerlei Happy End vorgesehen war.

Männer und andere Stolpersteine – das hatte Carola sich nicht gerade für ihren wohlverdienten Kreta-Urlaub vorgestellt. Eigentlich wollte die glücklich geschiedene Mutter von zwei heftig pubertierenden Töchtern endlich einmal ausgiebig Sonne und Kultur tanken – und sich männerlos so richtig wohl fühlen. Doch da hat sie die Rechnung ohne ihre beiden Töchter und vor allem ohne ihre Zwillingsschwester gemacht. Die sind nämlich alle drei vom Kuppelwahn befallen ud wollen Carola den ultimativen Urlaubslover verschaffen. Er taucht dann auch prompt auf, in der Gestalt eines gewissen Justus, der außer Urlaub auf Kreta noch einiges mehr vorzuhaben scheint ...

ISBN 3-404-16224-2

BASTEI LÜBBE